水浒猎人 3

时晨 著

人民文学出版社

图书在版编目（CIP）数据

水浒猎人 . 3 / 时晨著 . -- 北京 : 人民文学出版社 ,
2020

ISBN 978-7-02-014661-1

Ⅰ . ①水… Ⅱ . ①时… Ⅲ . ①长篇小说—中国—当代
Ⅳ . ① I247.5

中国版本图书馆 CIP 数据核字 (2018) 第 243978 号

责任编辑：甘　慧　张玉贞

出版发行　人民文学出版社
社　　址　北京市朝内大街 166 号
邮政编码　100705
网　　址　http://www.rw-cn.com

印　　刷　杭州钱江彩色印务有限公司
经　　销　全国新华书店等

开　　本　890 毫米 ×1240 毫米　1/32
印　　张　9.75
字　　数　217 千字
版　　次　2020 年 3 月北京第 1 版
印　　次　2020 年 3 月第 1 次印刷

书　　号　978-7-02-014661-1
定　　价　49.00 元

朝廷实时海捕赏金榜

匪盗榜

水泊梁山	宋江	一万贯文
水泊梁山	吴用	三千贯文
二龙山	鲁智深	五千贯文
二龙山	武松	三千五百贯文
二龙山	杨志	三千贯文
桃花山	杨采苓	三千贯文
桃花山	李忠	五百贯文
少华山	史进	三千贯文
少华山	朱武	一千贯文
光之国	方腊	两万贯文

命匪榜

祝家庄	栾廷玉	一千贯文
扈家庄	扈三娘	八百贯文
兵诛城	唐霄	两千贯文
少林寺	玄武	两千贯文
龙虎山	张闲	五千贯文
少林寺	晁盖	五千贯文
流寇	徐燎	四千贯文

梁山泊机构和头领布置图

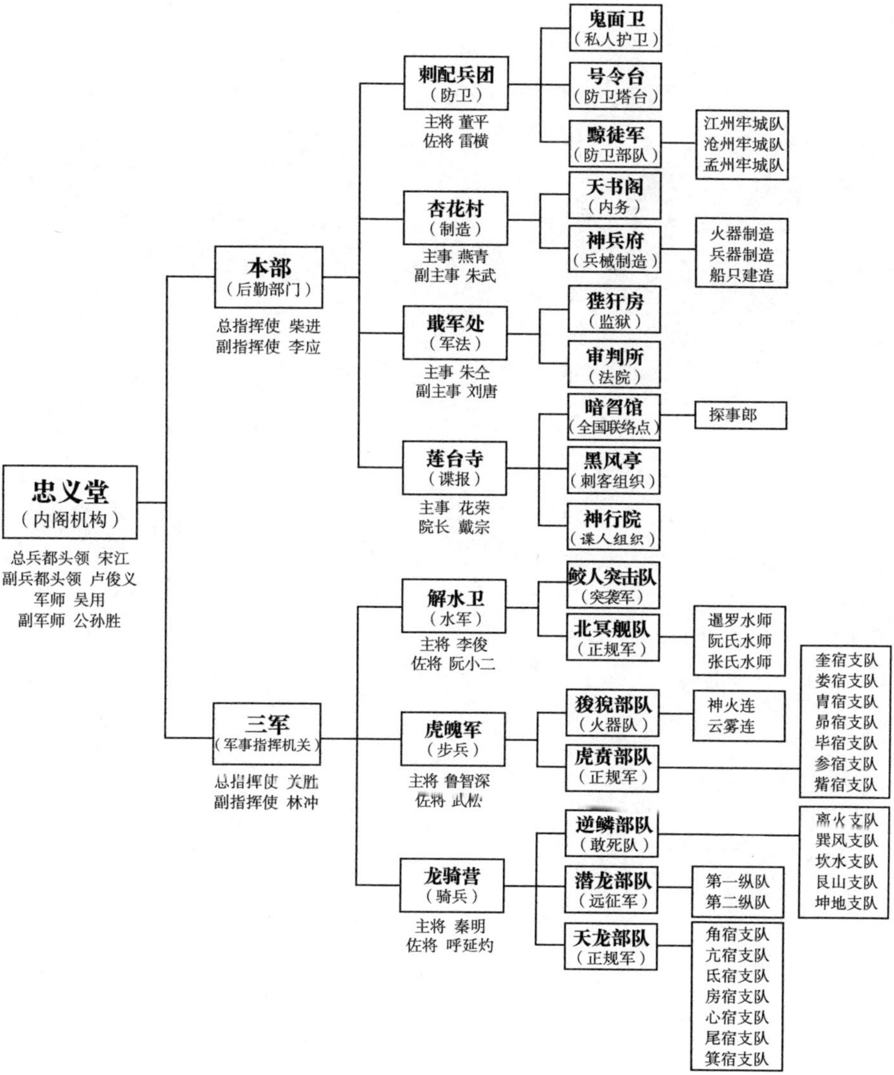

目录

梅香入去，不多时，转出李妈妈来，燕青请她坐了，纳头四拜。李妈妈道：“小哥高姓？”燕青答道：“老娘忘了，小人是张乙的儿子，张闲的便是，从小在外，今日方归。”原来世上姓张姓李姓王的最多，那虔婆思量了半晌，又是灯下，认人不仔细，猛然省起，叫道：“你不是太平桥下小张闲么？你哪里去了，许多时不来？”

——《水浒传》第七十二回

第一章 皇城司

重和元年，东京城。

漆黑的夜幕之下，十二位披着黑色斗篷的公人，正押着六个步履蹒跚的男女，行色匆匆地穿过街道，快步朝城西的狱房走去。偶有百姓见了这情状，便纷纷惊恐地关上门窗，像是在躲避瘟神一般。

因为这些黑衣人，正是整个京城的百姓都避之不及的“乌鸦”。

不过，谁若敢当着皇城司亲事官的面，喊出这两个字，就算保住了项上人头，牢狱之灾却是躲不过的。

皇城司不属三衙管理，首领“提点皇城司公事”是直属于皇帝的近臣。皇城司分禁卫所与探事司两部，禁卫所的人称为“亲从官”，负责警卫皇宫，而探事司的亲事官，便是百姓闻风丧胆的“乌鸦”。

对于辽、夏、大理等国的反常举动，宋王朝十分重视，故而设立亲事官一职，专门应对周边各国的谍战工作。澶渊之盟后，宋真宗曾言：“朝廷虽与彼通好，减去边备，彼之动静，亦不可不知，间谍侦候，宜循旧制。”因为与周边各国长期对峙，对敌国信息的掌握，定然十分重要。

当然，也有不少敌国的谍人伪装成商人、僧侣和边境居民，入宋刺事。为了不让大宋的山川形势、军情机密等情报落入敌手，亲事官就必须找出这些隐藏在良民中的谍人。因此，也有不少普通百姓遭殃，被诬陷为间谍，打入死牢。

入了狱房，这四男两女一字排开，双手被高高吊起，双腿也被牛筋绳死死捆住，半分动弹不得。实际上，这些人早已没有了挣扎的力气。安排毕了，十二位亲事官纷纷退后，左右各六人，肃立在一把铺着虎皮的交椅两旁。

倚坐在虎皮交椅上的，是一个身形魁梧、相貌俊朗的青年男子。青年男子眉间有条疤痕，眼神中透着一股不容侵犯的威严，令人不敢逼视。

男子右手边的亲事官低头禀道："徐大人，都带来了。"

被称为"徐大人"的男子，真名唤作徐燎，乃是皇城司探事司的二把手，除指挥使沈俊外，事无巨细，都由他来决断。由于办事雷厉风行、铁面无私，深得皇城司公事柯引的欢心。虽然口中不说，但皇城司上上下下，大家心里都明白，待指挥使沈俊告老还乡后，探事司指挥使一职，非徐燎莫属。

"就这六个？可有遗漏？"

徐燎接过左侧亲事官递来的茶碗，轻呷一口，漫不经心地问道。

只随口一问，亲事官便吓得面色惨白，坚定道："就这六个。"

"好，很好。"徐燎缓缓站起身来，走到六人中央的老者面前，用手指了指他的衣裳，扭头问那亲事官道，"这六人身上虽有创口，但都是小伤，可为什么这人衣服上有这么大片的血迹？你们几个也没伤，那这多血，又是从何而来？"

那亲事官见瞒不下去，忙跪倒在地，不停叩首："徐大人……这……是小人缉捕这几个谍人的时候……失……失手误杀了一个……"

徐燎瞥了他一眼，然后摇了摇头。

"不要……兄弟们为朝廷卖命……真的不是故意……徐大人……网开一面……"

那人大声疾呼起来，却被左右两边的亲事官押了下去。

屋子里的人都知道，徐大人要抓活口，就一定得是活口，不然便以命抵命。这是自探事司成立以来的铁律，谁敢破戒，谁就是与整个皇城司为敌。

狱房里又恢复了宁静。

"咸平六年，辽供奉官李信投降大宋，详细交代了辽国皇帝、后妃、公主、亲王等宗室的情况，以及幽州汉、契丹、奚等军的军情军政。庆历元年，辽中书舍人赵英归宋，呈上了辽国地形图。这些以契丹机密事来献宋的人，都在大宋得到了很不错的待遇。我想表达什么，想必各位都很清楚了吧？"

徐燎在这四男两女面前踱步，一双星目来回扫视着他们。

被吊在中间位置的契丹老者低头喝骂了一句，似乎是契丹语，亲事官们都没听明白。但徐燎知道他在说什么，不仅契丹语，就是女真语、西夏语，甚至连藏语，对徐燎来说也不是难事。精通各国的语言，本就是一个出色谍人的基本素养。

那老者说的是，宋人狡诈，不可信。

"一条是通往荣华富贵的路，一条是死路，就看你们怎么选。"

见徐燎能说一口流利的契丹话，老者怒目圆睁，骂道："你杀了我们吧！"说罢便一口唾沫朝他吐去。徐燎侧头避开，反手一记响亮的耳刮子，打得老者嘴角迸裂，鲜血直流。

周围几人见老者被打，纷纷挣扎起身，欲上前与徐燎搏斗。他们挣扎时牵动了碗口粗的链子，发出阵阵金属摩擦的刺耳之音。

“哟嚯，今天这么热闹。徐郎，你怎么不喊我呀？”

只见身着一席白色窄袖衫襦的美貌女子，款款走入狱房。周围亲事官见了这娇柔的美人，神色并不轻松，反而更显惊慌。因为这个女子便是皇城司八虎之一，白露霜。

徐燎头也不回，冷冷道：“你来这里做什么？”

“我来瞧瞧我未来的夫君，这也不行么？”白露霜走到徐燎身边，一把钩住他粗壮的胳膊，头微微倾斜，靠在他肩上，“这几条契丹狗，想也拷问不出什么来，不如都杀了。”

徐燎挣脱她的手，面无表情地说：“出去。这里的事，用不着你来插手。”

“徐郎，难道你还在生我的气吗？”白露霜瞧了一眼这几个契丹俘虏，走到一个少女面前，冷笑道，“你一定是看上了这个狐狸精，对不对？我今天就要杀了她！”说着便从腰间抽出一柄梅花刀，作势要砍下。

徐燎快步上前，一把握住白露霜的手腕，道：“你疯疯癫癫的做什么？”

“我不怕死，要杀就杀我，放了我的家人！”谁知那少女也不怕，昂着头，说的竟是官话。

徐燎转头去看那少女，只见她一身黑衣，衬得肤色更为白皙，容貌秀丽美艳，却不乏英气，心里不禁有一丝波动，心道，怪不得白露霜要吃她的醋。

“放心，我一定会杀了你，”徐燎面色如罩冰霜，一字字道，“不止你，你们全家，我都会杀。”说罢大手一挥，快步走出牢狱。

回得自己府中，已是丑时，徐燎毫无睡意，唤来婢女烧洗面汤，取肥皂团，伺候着洗了脸。洁面后的徐燎精神一振，睡意全无，便燃了油灯和香熏炉，又从书架上取了几卷文牒，摊在粗腿木桌上细细翻阅。

自徐燎上位后，皇城司亲事官四出，但凡听到有谁议论朝政，便立即逮捕，这些年，为此下狱者有数万之多。他甚至规定亲事官每十日至少要逮到一人，否则就要扣减俸禄。这些亲事官哪敢忤逆徐燎，不管三七二十一，只要有嫌疑，便送往开封府交差，搞得整个京城人心惶惶。不止老百姓如此，前些日子，都虞候李烨喝醉了酒，说了一些对官家大不敬的话，立刻被徐燎的手下逮送狱房，至今生死不明。徐燎更在东京城的驻防军甚至殿前诸班中，都安插了皇城司的亲事官，详细记录他们每日的情况。

所以，任何只言片语都逃不过“乌鸦”的耳朵。不论是普通百姓还是朝廷命官，只要有叛国嫌疑的，必要追查到底。宁可错杀一千，也不可放过一人！这，就是皇城司“八虎”之首，徐燎的行事准则。

翻阅文牒的手忽然停了下来，徐燎看着纸上的一行文字，不由得皱起了眉头。

昨日宫里又准备送出一批机密文书，由殿前司指挥使高俅照准，命皇城司配合。这殿前司与皇城司不和，是众所周知的事，何以皇城司公事柯引不问一句，次次同意放行？

在皇宫中，护卫官家的一般有五条防线，以皇城司和殿前司交替守护，最里一条与最外一条，皆为皇城司所拱卫。比如贴身保护官家的，乃是皇城司亲从官，带御器械。皇宫的各个出口，均由亲事官负责看守，进出皇宫的令牌和门号也由他们负责发放。如此设置，就是为了让皇城司与殿前司互相制约，以防不轨之心。所以从宫内发出的文书，特别是没有圣谕言明的机密文书，皇城司和殿前司都有权查阅。

令徐燎感到奇怪的也是这一点。

皇城司公事柯引与高俅向来不和，办事的时候也经常给殿前司使绊子，高俅批示送出的机密文书，在没有圣谕的情况下，柯引完全可以在东京城门一关，给打回去。但柯大人却没有这么做。唯一的可能就是，官家曾同时吩咐过他们二人，兹事体大，不得有半点差池。

这种类似密诏的文书并不是没有过，近两年尤其频繁，官家连手谕都不肯留，生怕被人抓住把柄一般。

在皇城司当差，绝不可有好奇之心，这个道理，徐燎自然明白。亲事官们对于这种机密文书，通常都会睁一只眼，闭一只眼，但这并不代表他没有在意。

究竟是怎样的机密，连他这个副指挥使都没有资格查阅？

皇城司是直属皇帝的机关，所有行动三衙都无权过问，可以说是官家的近臣，这都不值得被信任吗？

这个疑问一直积压在徐燎心头，挥之不去，成了他的心结。

他低下头，目光再次落到文牒上。他不由苦笑起来，自己虽贵为皇城司的高官，却连查阅一封机密文书都畏首畏尾，所有的行动，也皆遵从沈大人的吩咐，没有自由可言。

——罢了！瞧一眼就还回去，应该不会有人发现。即便被柯大人知道，最多给责骂几句，罚几个月俸禄。

“来人。”徐燎喊了一声，食指在文牒上移动，停在了昨日发放通关文牒的负责人的名字上。

门外进来一名身披黑斗篷的亲事官，恭敬道："大人有何吩咐？"

"去把苏轸给我叫来。"徐燎头也不抬。

"是，大人。"

"等等，"那亲事官刚要退出去，却被徐燎制止了，"这件事，不要让其他人知道。"

"明白。"

"快去快回。"徐燎挥了挥手，继续埋首文牒。

约莫过了一盏茶的工夫，忽然有人轻叩三下门框，徐燎咳嗽一声，那人便把门推开一条缝隙，快速钻入屋内，又顺手关上了门。

"属下苏轸，参见徐大人。"

进屋那人身形瘦削，下巴很尖，两条细长的眼睛直勾勾地看着徐燎。

徐燎迎着他的目光，冷冷道："昨日从宫里送出的那批文书，眼下可在你这里？"

"是的，殿前司批示后，今日便可送出城去，交给驿使。"

"快去拿来。"

苏轸本以为自己听错了，两司俱已批准的文书，怎能说要就要？

"是柯大人的意思？"苏轸小心翼翼地探问。

"与其他人无关，你拿来便是。"

"可是……"

"婆婆妈妈的，快去取来！"徐燎怒目而视。

"是……是……属下这就去取……"苏轸见徐燎震怒，额上不禁渗出冷汗。

"此事休与第二人说。若是流传出去，被我知道了，非扒了你的皮不可。”

“这个自然，属下绝不会泄露出去，只是今日寅时三刻会交与驿使。大人要借阅，也请在这个时辰之前还给属下，以免不必要的麻烦。”

“知道了。”

苏轸躬身退出屋子，心想，这徐燎莫不是疯了？仗着自己在皇城司的功勋，如此无法无天，竟敢在没有柯大人和沈大人准许的情况下，私自翻看朝廷机密文书，天晓得这里面写了些什么机要。苏轸为人行事，处处小心谨慎，是以对徐燎私下偷阅文书的事，完全不能理解。

但他又转念一想，此事对他来讲，未必是件坏事。

用了没多久，苏轸就拿来了那几卷机密文书，离开前，和徐燎约好半个时辰后来取。

徐燎立在门后，待苏轸走远，才回到书桌前。对于苏轸，徐燎一贯不喜，也不信任。虽然苏轸同自己一样，做起事来拥有霹雳手段，能力也不差，但本性却刁滑狡黠，且一直觊觎着徐燎副指挥使的位子。这个拥有“豺狼”称号的男人，如果不借机除去，将来必是心腹大患。

来日寻个理由，随便打发去西夏国刺事，半路上找几个党项人结果了他。沈大人若是责问起来，便说是暴露了身份，如此一来，偷阅机密文书一事，也可掩盖过去，一举两得。

徐燎一边盘算未来的计划，一边小心翼翼地解开捆绑文书的细绳。文书用黄罗袱子包裹，共三卷，长五寸，阔三寸，厚三寸。黄罗袱子上还贴着一张纸笺，用工整的楷体题着“济州还道村玄女之庙”九个字。

连官家都三缄其口的机密，近在眼前，徐燎不由得心跳加速。他刮去封口漆，将第一卷文书平摊在桌面上，右手拿起油灯，凑近文书，使得光源能够均匀地分布在书页上。

谁知一看之下，他大失所望!

文书上密密麻麻地写着一大堆歪歪扭扭的字符，徐燎一个都不认识。

对于普通人来说,遇见不识的文字,也属正常。但对于徐燎来说,完全不是这么一回事。他自幼在皇城司接受训练，除了研习各种杀人武技和间谍技巧外，还系统地学习了不少别国语言。其中包括契丹文、西夏文、女真文、白文、回鹘文等，几乎所有与大宋有往来的国家文字,他都认识。甚至一些西域小国的文字,徐燎都略有涉猎。

可是眼前这奇形怪状的符号，他却是头一次见。对于他来说，这三卷文书，不啻天书般难解。

在强烈的好奇心驱使下，徐燎取来笔墨，开始在一张澄心堂纸上临摹这些符号。

如果问一些西域来的胡商，或许会有收获。此时的汴梁不比唐朝时的长安，胡人的数量不多，却也还有从榷场偷偷入境的商队。再不行，祥符县有祆祠，亦是胡人聚集之处。总之先把这些抄下来，再去打听能识得这些文字的人。

半个时辰转瞬即逝，徐燎搁起笔，才将桌上的澄心堂纸卷起收好，门外便传来了叩门声。

苏轸进屋后，徐燎就问道：“有没有被跟踪？”

“大人放心，属下虽然不成器，但若是有人追踪我，还是能够察觉的。”

“很好。这个我翻阅了一下，没什么问题，你重新火漆封缄，给驿使吧。”徐燎放心地点了点头，把手中的三卷机密文书用黄罗袱子包裹好，递给了苏轸。

他当然知道苏轸的能耐，能和自己并列“八虎”的人，皆非等闲之辈。

苏轸弯下腰，双手高举接过机密文书，面朝徐燎，倒步缓缓退出房间，身形逐渐隐没在黑暗中。这样离开，一方面是对徐燎的尊重，另一方面，则是怕背部暴露，受到暗算。干他们这一行的，时时刻刻都要留个心眼，谁都不知道能不能活到下一秒钟。

自窥视机密文书那一夜，又过了三日。

用过午膳，徐燎便把自己关在书房，寻出那日誊抄的澄心堂纸，摊在桌上细看。这些日子，除去日常的事务外，徐燎一得空就在思考这神秘符号的意义。为此，他还特意找出几个字符，打乱顺序写在纸上，寻了来自高昌、龟兹等西域国家的胡商请教。可这些个深目高鼻的西域人见了，也是大摇其头，说是没有见过。

既然是从宫里送出来的，大内必有识得这些文字的人存在。

——难道是官家?

徐燎不敢肯定。

宋徽宗自诩文采风流，在笔墨丹青方面也确实有过人的天赋，至于是否学习过别国的语言，好像并无耳闻。就算官家通晓这种语言，文书上的字迹，也非出自他的手笔。皇帝的笔迹，徐燎曾见过多次，自信绝对不会认错。一个人可以掩盖口音，毁掉相貌，但绝不能掩饰自己的笔迹，特别是在皇城司副指挥使徐燎的眼中。

他又想起了那个附在文书上的地址——济州还道村玄女之庙，考虑要不要去济州打探一番。可身为皇城司的统领者之一，且不说公务缠身，不得空闲，就算离开京师，也要通报上级批准，否则视为擅离职守。若是平日，只需派两个手下去还道村走一遭，便可知这庙中玄机，可眼下却万万不行。偷窥朝廷机密文书，怎么说也是死罪。

正思索间，门外忽然有人报道：“探事司快行冯明义求见。”

徐燎收起澄心堂纸，朗声道：“进来。”

跨入书房的是一个二十出头的年轻人，身披玄色飞鹰服，见了徐燎纳头便拜。

“有什么事么？”

“三日前被关押在狱房的六个契丹谍人，已经死了五个。”

“还有谁活着？”

“一个女子，不过瞧她的情况，也撑不了多久。”

徐燎想起了牢房中，那位容貌秀丽，说着一口流利官话的契丹少女。

“她伤得重不重？”

“回大人，身上多处伤口化脓，高烧不止，半昏半醒，嘴里不停地说着胡话。”

徐燎沉吟片刻，开口道：“把她送去太医局，让御医救她。”

冯明义一惊，忙道：“可是，这恐怕不合规矩吧？狱房也有医师，不如……”

“就说此人性命事关重大，身系辽国重大机密，务必全力救治，留下活口，”徐燎不耐烦地挥了挥手，打断道，“如果她死了，你提头来见我，明白了吗？”

“属下明白，这就去办！”

冯明义当然知道徐燎没有开玩笑。只是他怎么也不明白，区区一个契丹女囚，徐燎为何要将她送去太医局救治？若是身系重大机密，更说不过去。这几日不论如何严刑拷问，这些契丹人要么不吭一声，要么破口大骂，机密从何而来？

不过这些疑问，都会被冯明义烂在肚子里。在皇城司中，质疑徐燎的下场，只有死路一条。

“另外，待她伤势稳定之后，就送入我府中。狱房那边，我自会有交代。”

徐燎说这句话的时候，情绪没有任何起伏，冯明义却听出了一些言外之意——原来徐大人是想自个儿收了这契丹女子，这么一来，一切就说得通了。皇城司上下都道徐燎不近女色，以白露霜的姿色，也毫不动心，众人纷纷议论，皆怀疑徐燎有龙阳之癖。如今看来，徐大人并非对女人没兴趣，只不过白露霜不对他胃口罢了。

“明白！”

这一次，冯明义的声音更响亮了。

她睁开眼睛，发现自己置身于一间敞亮的内室中。

背上不是硬邦邦的石板，而是柔软舒适的棉垫，周身的痛楚也比之前减轻了不少。空气中混杂着香熏和草药的气味，这种熟悉气味，在上京临潢府的时候也经常闻到。早年契丹医学吸收了中原汉药的长处，经过长时间的融合，其医药早已无异于中华。

“你醒啦？快喝药吧。”

她转过头，瞧见一个相貌平平的婢女立在床边，手里端着一碗刚熬好的药汤。她发现这婢女口中所说的并不是契丹话，而是开封官话。

“我这是在哪里，你又是何人？”她眼神中充满了警惕。

“这里是徐府，是徐大人让我来照顾你的。”

“徐大人？谁是徐大人？”

她头疼欲裂，之前在东京街头被捕的画面，陆陆续续闪现在脑海中。

话音未落，门便吱嘎一声被推开了。一个肩膀宽阔、体格健壮的男人大步走进屋内。她定眼一看，正是当时抓捕他们一行人的头领，名唤徐燎的皇城司副指挥使。

“是你！”她猛地一摆手，将婢女手中的汤碗拍落，药汤洒了一地，瓷碗也摔碎了，“我要杀了你，替大家报仇！”

那婢女显然被她突如其来的暴怒吓到了，呆立原地，身子还在发抖。

“你先出去吧。”徐燎上前，拍了拍婢女的肩膀。

像是如临大赦般，那婢女头也不回，快步离开了房间。

徐燎看着泼在地上的药汤，缓缓道：“以你现在的体力，站起来都难，还想杀我？”

“你究竟想做什么？若想从我口中套话，我劝你还是免了。我们只是普通百姓，并没有你想要的情报。”

“普通百姓么？”徐燎冷笑一声，“萧月奴，辽国女谍者，上京探密院御史，人称‘灰狼’。你们的底细，我早就派人查得清清楚楚。而且那些人，也根本不是你的亲人，不过你的演技我十分欣赏，怪不得高丽的王俣也要吃你的亏。”

萧月奴不动声色地望着徐燎，心想这次的行动，果然一开始就输了。

“不过你也不用怕，我暂时不想要你的性命，也不会把你送回狱房。”

“那你想要什么？我不会蠢到真以为你会放了我。”

“你我本无私仇，只是你身为契丹人，我身为汉人，各为其主罢了。这是你我的命数。况且就算我放你走，在这遍布皇城司耳目的东京城，不妨猜上一猜，你能走多远？所以，无论逃走还是杀我，还得等你养好伤再说。”徐燎一边说话，一边走到桌前，拿起药壶，又斟了一碗药汤，端到萧月奴面前，“喝了它。”

萧月奴犹豫了一下，还是伸手接过药汤，一饮而尽。

“你不怕我下毒？”徐燎笑着问道。

“你要杀我易如反掌，何必下毒呢？这么简单的道理，我还是能想明白的，”萧月奴抹了抹嘴，又躺回床上，“但是你别指望我会感激你。”

“不必感激我，说不定我待会儿便后悔救你，进屋一刀结果了你的性命。”

“别说你们宋国，便是在我们辽国，对皇城司徐大人毒辣的手段，也听过不少呢！据说灭门是你的拿手好戏，连三岁小孩都不放过。”

“斩草除根，这话你没听过吗？”徐燎用手指了指衣服上的飞鹰绣图，“干我们这行的，说穿了就是皇家的鹰犬。是非对错，由主子决定，我们要做的就是执行而已。”

“真是可怜。”

听了这话，徐燎胸口一震，问道：“你说什么？”

“我说你真可怜。”

“何以见得？”

“没错，我也杀过人，本不配对你说教。只不过，我杀人，并不是为了耶律延禧，而是为了所有契丹人。我知道自己在做什么，并且愿意去做，而你却不是。一个无法遵从自己内心的人，不就是一个可怜的人么？”

堂堂皇城司“八虎”之首，竟被一个重伤垂危的小娘子说成可怜之人，天下还有比这更可笑的事吗？可徐燎笑不出来，他不知该如何去回答。

这世上哪里有完全自由的人？谁又能随心所欲地去做自己想做的事？

即便贵为皇帝，怕也无能为力吧。

这些被徐燎奉为人生真谛的话，现在听起来，却好似自我安慰一般。

也许还真有人能掌控自己的命运。

他又看了一眼躺在床上的萧月奴。只见她紧闭双目，早已酣然入梦。

时光匆匆，转眼过了一个月。

这一个月来，萧月奴的健康也渐渐恢复，面色由惨白变得红润。从可以下床走动到奔跑跳跃，只用了不过半月时间。徐府上下对这位姑娘也是十分照顾，一来徐燎特意吩咐，好吃好穿伺候着，二来萧月奴长相秀美，讨人喜爱。徐燎每日从办公处回来，也会和她一起吃吃饭，聊聊天，全然不像一对仇敌。

然而，这一切平静，只不过是表象。

待在徐府养伤的萧月奴并没有闲着，徐府里里外外都被她翻了个遍，却也没找到有价值的情报。大部分时候，她的行动总会被徐燎提前看穿，因此，萧月奴的心态也渐渐起了变化。刚开始她还对徐燎怀着怨恨，内心深处有与他一较高低的欲望，久而久之，她也习惯了失败，甚至有些佩服徐燎，总能先她一步洞察她的意图。

萧月奴佩服的不仅是徐燎的头脑，还有他的武艺。

可以这么说，这两个人，无时无刻不在打斗。徐府的家丁们从一开始的惊愕到现在的麻木，至少经历了不下百次他们突如其来的比试。通常是萧月奴趁徐燎不备，发起奇袭，每次都会被徐燎轻松化解。打到后来，以至于徐燎都开始指导她的武技——刀横劈太慢，马步不稳，肘击时力度没有到位。这两个人的关系，让徐府的人越来越瞧不明白。

何止他们，就连徐燎自己都搞不清楚，为什么要收留这么一个隐患。窝藏敌国谍人，若是被检举揭发，不止乌纱帽不保，这条命都可能搭进去。他隐隐有些担心，却没有放在心上。这个时候，徐燎还不知道，祸胎已然埋下，厄运到来，只是时间问题。

那日，徐燎像往常一样来到皇城司，却发现同僚看他的眼神都有些躲闪，不禁心下生疑。

踏入司务厅，徐燎便感到气氛有些凝重。

厅堂正中央的长椅上，坐着一位六十多岁的高瘦男子，下巴留着一丛胡须，正是皇城司探事司指挥使沈俊。他的右手边，快行冯明义低着头，垂手而立。

见了他，徐燎不由得心头一震，脸上却没有任何表情。

“徐燎，你来了？正好，过来，我有事找你。”沈俊露出祥和的笑容，朝徐燎招了招手。

徐燎上前两步，拜道：“沈大人有何吩咐？”

“听说狱房的契丹女囚，是你提走的？”沈俊的言辞并没有很激烈，而是出乎意料的平静，像是在说一件无关紧要的事。

徐燎看了一眼冯明义，爽快道：“没错，是我提走的。”冯明义把头低得更低了。

“你知不知道她是辽国的谍人？”

“知道。”

沈俊重重叹了口气，道：“罢了，她现在在哪儿，你将她带来，还回狱房去。”

“恐怕不行。”

“哦？”沈俊扬起一边眉毛，“徐燎，你是在抗命吗？”

“不是。”

“区区一个女子，你认为值得吗？你要是喜欢女人，今晚我就带你去御街的仙音阁，那里什么样的女人没有？你若是偏爱番邦女子，也无不可，我让虫二爷替你去寻，不论是契丹还是高丽，甚至西域的金发碧眼，都能给你找到。”

“拷问的时候，嘴太硬，被我活活打死了。”

“尸首在哪儿？”

“城郊东边的树林里。”

沈俊站起身来，来回踱步，口中道：“徐燎，不是我不信你，你说她被你拷问而死，若真如你所言，你也不需担任何罪责。毕竟你是副指挥使，有权在任何地方审问敌国的谍人。但是，活要见人，死要见尸，也是咱们皇城司办事的规矩，你懂吗？”

“属下明白，寻尸期间，一切听从沈大人吩咐。”

沈俊满意地点了点头，伸出一双肉掌拍了拍，高声道：“来人啊，派一队人马去东郊密林寻一具女尸，若是找到了，速速带回，好洗清徐副指挥使窝藏敌国谍人的罪名。”

四五个身披黑袍的亲事官鱼贯而入，领命后便快跑出门，接着传来一阵急密的马蹄声。

随着马蹄声渐远，沈俊又道：“徐燎，咱们还是要按规矩办事。”

“明白。”徐燎解下腰间的虎翼刀，连同刀鞘一起丢在地上，双手向上伸出。

沈俊赞许般点了点头，转头对身后的冯明义道：“上枷具。”

冯明义拖着铁链和长枷，走到徐燎面前，满面愧色道：“徐大人，得……得罪了……”

徐燎看着朝自己逼近的长枷，心中一动，沈大人平日待己宽厚，两人感情，也亲同父子，今日何故如此大动干戈？

“你做得很好。食君之禄，忠君之事。”徐燎直视冯明义的双眼，双手一抖，“戴上吧！”

沉重的长枷扣在头上，双腿又被缠上了粗链条，徐燎感觉到一种前所未有的屈辱感。

幸而这屈辱只是暂时的。

毕竟以他副指挥使的职位，就算窝藏一个谍人，也罪不至死。更何况，他早就把另外一个女刑犯的尸首掘出，用匕首捣烂了脸，埋藏在了东郊密林。这样一来，所有人都会认为这具女尸，便是当日他命冯明义带走的契丹女囚。

可事态的发展并没有像徐燎预料的那样。

亲事官们并未在东郊发现女尸，搜了三四个时辰，什么都没有找到。当他们回来报告的时候，徐燎心头闪过一丝不安，这种感觉是他从未有过的。

沈俊也露出为难的神态，对徐燎说道：“按规矩办事，接下来必须搜查徐府。”

徐燎知道，反抗也没有用，只是暗暗期待萧月奴能逃过这一劫。这当然不单单是为了她，更是为了自己的仕途。

然而事件发展又出乎了他的意料。

负责搜查的亲事官未能在徐府找到萧月奴，是以无法坐实徐燎窝藏敌国谍者的罪名。既无实罪，理应释放徐燎才是，可沈俊不仅没有赦免他，反而将徐府一干人等尽皆打入牢房。此事显然超出了徐燎的底线，令他十分恼怒。这哪是搜寻谍人，分明是抄家。

“只是按规章办事，皇城司上下都是你的兄弟，你如何放心不下？只要查证你没有窝藏那个契丹女子，便可放你自由，官复原职。”

每当徐燎情绪失控，沈俊总会如此安慰他。

可是日复一日，徐燎渐渐发觉，这一切都太奇怪了，像是一个圈套。

那具女尸明明就在东郊密林，埋的位置也十分显眼，以皇城司“乌鸦”的能力，如何寻找不到？除非，他们故意视而不见！

想到此处，徐燎犹如被人用一盆凉水照头浇下，浑身上下一片冰凉。

在囚牢里的第十日，徐燎再也忍受不住，双拳猛击牢笼，怒吼道：“快放我出来，我要见沈俊！”谁知只敲了三下，牢门竟自打开。原来门上缠的铁链并未锁死，只是搭在栏杆上，形同虚设。徐燎双手被木枷铸住，双腿间缠着铁链，走路甚是不便，每跨出一步，链子便相互敲击，发出刺耳的金属鸣响。

“有人吗？”徐燎走在这熟悉不过的皇城司狱房，却见不到一个同僚。

他拐入一个甬道，徐燎知道这里通往司务厅，那边应该会有人值班。

又走两步，忽然感觉脚下软绵绵的一团，绊住了脚，他低头一看，不禁倒吸一口凉气。

在他脚下的，竟是一个身披飞鹰斗篷的皇城司亲事官。只见此人俯卧在地，背部有一柄匕首没入，鲜血流得到处都是，徐燎的脚也正好踩在一摊血上。他连退三步，但为时已晚，地上都是他的血脚印。

“囚徒徐燎，逞凶杀人啦！”

不知谁在暗处喊了一声，甬道两边分别拥出四五个持刀的皇城司亲事官，向徐燎所在的位置奔踏而来！

——中计了！

说时迟，那时快，背后一人已举刀劈下，徐燎猛然扭动腰腹，双手同时挥出，用木枷的边缘击中那人的鼻梁，那偷袭者顿时整个人向后飞出。

“沈大人有令，见了徐燎，格杀勿论！”

众人轰然响应，如潮水般涌向徐燎。此时徐燎就算身负高超武艺，也是徒然，双手双腿受制，只能任人鱼肉。唯一的办法就是先冲出去。

幸好他在皇城司当差多年，对地形极为熟悉，仗着爆发力，左突右撞，生生开出一条路来。他利用木枷来格挡周身飞来的刀剑，虽然也被劈中几刀，但他没有痛觉，只要不伤及重要器官，也并不碍事。

冲出数十米，身后皇城司的追兵越来越多，眼看就要被敌人围困，右手边一扇木门轰的一声被人从外撞破。

木屑横飞中，竟是萧月奴俏生生立在门口，双手各持一柄长刀！

她上前一刀劈开木枷，一刀砍断徐燎脚下的锁链，徐燎正奇怪哪来的这削铁如泥的宝刀，低头一看竟是自己的佩刀虎翼，自是喜不自胜。

萧月奴将虎翼刀递给徐燎，自己留着一柄朴刀，急道：“快！

跟我走！”

徐燎好不容易放开手脚，又有虎翼刀在手，刚才所积压的愤怒一股脑爆发出来，哪里肯走。回过头，向追杀他的亲事官冲去！

那些个亲事官，不少都追随过徐燎，也见识过他的手段。此时见他手脚无所滞碍，又提着宝刀虎翼，顿时乱了阵脚。徐燎冲入敌阵，左劈右砍，直如虎入羊群，瞬间就杀死五六个亲事官。可追兵不断递增，萧月奴急了，拖住徐燎的手就往城外跑去。

两人直奔了五里路，见追兵没了踪影，才略微放下心来。两人靠着一棵槐树坐下，稍作休息。

“你怎么来了？为什么不回辽国？”徐燎的言语中略有责备。

“是我连累了你，又怎么好独自偷生？”

“这件事，和你无关。”

“你不要说这种话，我知道……”

“不，你不了解，”徐燎抑制着心中的怒意，道，“他们抓我，根本不是因为我救了你。一个契丹女间谍，对于皇城司甚至朝廷来说，都无足轻重。”

“那又是为什么？你对于朝廷来说，是难得的将才，他们为何要除掉你？”

“光是沈俊，他也没这个权力。恐怕是柯引直接下的命令，或者……或者是官家要我的命。这一切，恐怕是因那三卷送往玄女庙的天书引起的。”

“玄女庙？”萧月奴越听越糊涂。

徐燎便将偷偷临摹机密文书的事，一五一十地告诉了萧月奴。

“知道这件事的，只有我和苏轸。如今他还不露面，定与此事有关。冯明义一直很是忠心，这次怕是被苏轸这厮利用了。”徐燎咬牙切齿道。

“就算你偷看了机密文书，也罪不至死吧？再怎么说，你也是堂堂皇城司的副指挥使，有知道皇宫来往密函的权力。”

“若是普通的文书，那是没有问题。可……可万一是官家不想让别人知道的秘密呢？”

“可是你也没看懂啊！那文书上的文字，你也不识。”

“所以才要立刻灭口，不然我记着这些文字，迟早有一天会知道其中的秘密。他们到我家中搜查，其实并不是去抓你，而是去找澄心堂纸。我猜文书上所载的内容，是足以撼动整个朝廷的机密。这种等级的机密，是我这种小官无权查阅的。”

徐燎望着远处，心中一阵愤恨，自己半生戎马，为朝廷做了多少见不得人的勾当，如今却被弃之如敝屣。

当然，他最恨的还是那个叫苏轸的家伙！

“不如你和我一起回辽国吧？我们找个没人的地方生活。”萧月奴的脸色微微发红。

“不可，我不能就此罢手。”

“你还想要怎样？与整个朝廷为敌？”

“这件事不水落石出，我死不瞑目。月奴，此事与你无关，你回去吧。只是别再回上京的探密院，也别再做御史啦！我们这种人，活了今天不知明天，这样做人有什么滋味？你年轻漂亮，应该找个好婆家，安安稳稳地过一生才是。”

萧月奴刚想反驳，忽听得身后树林一阵沙沙声，两人立刻警觉地握紧了兵器。

“不用劝来劝去了，今日你们俩都得死！”

树林中缓缓走出七个人，每个人手中都握有刀刃，徐燎扫视着七个人，目光定在了苏轸身上，心中怒火极盛。

这七人，正是皇城司“八虎”中的另外七个！

苏轸站在中央，右手持着一柄长剑，左手一指徐燎，喝道：“徐燎，你窝藏契丹谍人，私通敌国，罪当问斩！不仅如此，你还畏罪潜逃，杀死皇城司的昔日同僚，灭绝人性至极！今日，我们就要代皇城司清理门户，将你就地斩杀！”

“就凭你们七个杂毛，想杀我？”徐燎将虎翼刀横在胸前，“一起上吧！”

苏轸大喝一声，竟冲向了萧月奴！

“徐燎，我要让你看着自己喜欢的女人，死在你面前！”

徐燎大惊，刚想抽刀去助萧月奴，却被另外六人团团缠住，徐燎施展刀法，身形犹如鬼魅，在六人间穿来插去，进退如闪电一般。瞬息间，六人中的三人皆被徐燎砍伤，鲜血喷溅。但刀光剑影中，饶是他天下无敌，此刻还是无暇顾及别人。

苦战之中，徐燎的耳边接连传来萧月奴的惨呼之声，顿时方寸大乱。

皇城司六虎的兵器飞舞，有如一片光网，把徐燎罩在垓心。

“徐郎，别再挣扎，我给你个痛快！”白露霜梅花刀狠狠攻刺，刀刀指向要害，徐燎举刀勉强化解，左支右绌。

忽然，萧月奴的惨呼停止了！

苏轸一甩手中长剑，回身加入了围剿徐燎的战团。

徐燎双目怒睁，奋力嘶吼，手中虎翼刀如疾风骤雨般狂刺乱劈，如同一头暴怒的猛虎！身为皇城司副指挥使，他身经百战，却从未被如此多的高手围攻过，又眼见萧月奴死在自己面前。愤怒、懊悔、悲伤、绝望种种情绪，将他体内最强的“鬼刃”逼了出来！

七虎被疯狂的徐燎逼得兀是觉得吃力，谁会想到，一个力竭之人，刀法还会如此迅捷凌厉！七虎被逼得纷纷退后，战圈越扩越大，脸上都露出了怯色！

徐燎竟然如此之强，便是连苏轸都没有料到。

“今天你们都得死！”

虎翼刀芒耀眼，银光遍布，有如黑夜中的千万流星，在徐燎身边闪过！

仿若战神下凡！

此时的二里之外，沈老汉正背着刚从地里采的瓜果，准备回家。

他见女儿沈小芸望着远方，怔怔出神，便开口问道：“芸儿，瞧什么呢？太阳快要下山了，再不走就晚啦！”

“爹爹，你有没有听见什么奇怪的声音？”

“奇怪的声音？”沈老汉耳背，完全没有听到，“我看是你自己想多了。”

“不是，真的有声音。”

沈小芸还是很坚定地看着远方，像是有人在呼唤她的名字。

第二章 囚徒

睁开双眼，徐燎发现自己置身于一间逼仄的斗室，而非少室山的战场。他隐隐记得，自己在少林寺混战中遭遇皇城司亲事官的袭击，与一名使长戟的美貌女子战到力竭，最后才失去了意识。

紧接着，徐燎就看见了苏轸那张愤怒的脸孔。

他不知道自己昏迷了多久，只是头痛欲裂，过了好一会儿，才发现自己的双脚被死死捆绑在一支蚬木制成的拷问架上，无法动弹。

若不是方才一盆凉水扑面，天晓得他还能睡多久。

身处的这间斗室，十分眼熟，但徐燎完全想不起何时来过。

"我在哪里？"

"你当真什么都不记得了么？"苏轸狐疑地看着他，"这儿可是您曾经最熟悉的地方呢，徐大人！"

"什么地方？"徐燎身体极为虚弱，说话的声音轻若蚊吟。

"您曾经作威作福的地方——皇城司啊！"

"什么？我在东京？"

徐燎大骇，他哪里会想到，一觉醒来，自己竟已从少室山到了京城！在路上颠簸了几日，他却毫无知觉。

“你抓我来这里，究竟想做什么？”

“徐大人，你好像还是有点搞不清楚状况。被绑在架子上的是你，所以是我问你问题，不是你问我问题，明白吗？”

苏珍睨视徐燎，眼神中流露出一丝愤恨。

当年被徐燎踩在脚下苟活的日子，他永远不会忘记。而今天，这个曾经令整个京师为之胆寒的“鬼刃”，却像一条狗一样，臣服在他眼前。

“无论你问什么，我都无法回答你。”

“少跟我来这套。你摘抄机密文书所用的那卷澄心堂纸，究竟藏在何处？”

听见这句话，徐燎心里某个地方，忽然抽动了一下。

“什么堂纸？”

“那日你命大，在我们几个的围攻之下，竟然还能逃遁，可我清楚记得，你身上除了兵刃，并无他物。我去到徐府后，上上下下搜了三遍，还是没能找到你摘抄文书的澄心堂纸。可见你入狱之前，就已将澄心堂纸藏匿起来。如今你落到我的手里，非让你交出不可！”

他这番话说得徐燎一头雾水，且不说这澄心堂纸为何物，便是苏珍口中所言“文书”为何物，也是全然不知。

“你说的话，我一句也听不懂。既然我被擒住，要杀要剐，悉听尊便。”徐燎傲然道。

“想死？在皇城司，可没那么容易。”

“怎么？你还想施刑于我？”

“非也。像我们这种皇城司的顶尖谍者，受训时皆泡过用生草乌、蟾酥、蓖麻子、生天南星、蛇床子、商陆、密陀僧、千金子霜、土荆皮等剧毒调制的九毒顽麻汤，药浴之后，身体再无知觉。所以对我们这种人施刑，自然不会害怕。不过，这不代表泡过药汤后，就没有了其他知觉。”

说完，苏轸伸出双掌，在半空中用力拍了几下。

接到信号后，从斗室外走进两个身穿飞鹰服的亲事官，两人摇摇晃晃地抬着一个巨大的水桶，桶中浑水不时地溅落在地上。二人来到近前，放下水桶，向徐燎身后走去。原来捆绑徐燎的木架中间有一根轴，可以水平翻转。在他二人的操作下，徐燎头朝下，脚朝上，整个人被倒转过来。

“你们想做什么！”

徐燎奋力挣扎，可手脚被牛筋所捆扎，越挣越紧。

“不要惊慌，我只是想让徐大人尝尝窒息的滋味！”言毕，苏轸大手一挥，“放下去！”

那两个亲事官一人一边，将水桶提起，徐燎整张脸登时浸没在浑水中。徐燎在皇城司受训时，也曾接受过“泅水术”的训练，是以一时半会儿对他来说，并非难事。但随着时间的推移，徐燎渐渐感受到胸口有一股湮塞感，十分难受。毕竟肉体凡胎，又不是水里游的鱼虾，哪里受得了。待口中气尽，强烈的窒息感让徐燎觉得心脏都要炸开，他松开口，又吞下了好多水，浑身不自觉地痉挛起来。

便在此刻，水桶忽然被移开，空气开始涌入徐燎的气管，让他有一种死而复生的错觉。他大口地呼吸着，又不停地剧烈咳嗽，浓痰和黏液充斥在他的口中，令他产生一种无以名状的痛苦。

苏轸满意地瞧着眼前狼狈不堪的徐燎，待他呼吸平复，才道：“继续。”

徐燎的脸再次被淹入水中，气管肿胀堵塞之感汹涌而至，这一次较之上一次，不适感反而更加剧烈。

在模糊的意识中，一幕幕幻境如长卷般飘过。不止画面，还有声音，各种人都喊着他的名字。那幻象就像一生这么长，在快要灰暗时，他又被带回了人间。水桶被拿开，苏轸的样子再次出现在他眼前。

斗室中弥漫着一股臭味，徐燎这才意识到，自己经历了一系列非人的折磨后，已然失禁。

苏轸来回踱步，纵声大笑道："怎么样，还满意么？只可惜这个木桶相比徐大人的水牢，未免相形见绌。"

原来，徐燎任皇城司副指挥使的时候，曾发明过一种水牢，即在密闭的空间内灌入浑水及腰，只留天花板一个通气孔，被关进水牢的人，不会在短时间内溺死，不过无法坐下，无法睡觉，只能一直站立，当气力用尽而站立不动的时候，就会被慢慢淹死。

也许是因为闭气太久，伤到了肺腑，鲜血从徐燎双眼和鼻孔中流出。他无暇理会苏轸，只是兀自大口喘着粗气，血沫不时地从他嘴里喷出。

见他不答话，苏轸冷笑一声，又道："看来，咱们的徐大人近日甚渴，还想多喝点水呢，你们几个，继续伺候着！"

"是！"两人应声之后，又将灌满水的水桶提来，将徐燎的头部浸入其中。

三番四次的折磨令徐燎体力迅速耗尽，已无力反抗，头淹没在水里，四肢却没有了挣脱的动力。身体虽静止不动，可那脑中幻象却不停地出现，无数画面在他脑中旋绕，翻腾，跳动。忽然间，徐燎像被一道闪电击中般，脑海中一片澄明！

过去的一切，他都想了起来，包括自己的身份，以及苏轸追杀他的原因。

苏轸见他许久没有动静，让亲事官将水桶移开。只见徐燎双目紧闭，脸色发青，嘴唇发紫，看上去像是一具刚被溺死的尸体。左右二人将他整个人翻转回来，又用手按压着徐燎小腹，徐燎还是没有反应。

——难不成真死了？

尚未取得澄心堂纸，就令徐燎殒命，柯大人怪罪下来，该如何是好？

“瞧一瞧，他死了没有！”苏轸向着右侧的亲事官努了努嘴。

那亲事官点了点头，伸出左手食指，伸到徐燎鼻下，去探他的鼻息。指尖没有感觉到气流，亲事官皱起了眉头，心想柯引十分看重徐燎，若是怪罪下来，苏轸受重罚也就罢了，自己的项上人头可就要保不住了。想到这里，他略一犹豫，不知该如何向苏轸说明情况。

便在此时，突然间一股热流冲向他的指尖，他刚想抽回手指，指关节便传来一阵剧痛！

“啊！”他失声惨叫，眼看左手食指被咬去一截，痛彻心扉！

张口咬断他手指的人，正是徐燎！

亲事官疼得弯下腰，右掌捂住左手断指处，惨呼声不绝。而徐燎一双锐目直视苏轸，头一歪，将嘴里半截手指吐在地上，狞笑道：“苏轸苏指挥使，不错啊，统领半个皇城司，比我当年的官还大。”

此时徐燎满口鲜血，双目圆睁，宛如一头从炼狱中挣脱，重返人间的恶虎，浑身散发着浓浓的杀气。苏轸被他这一瞪，不由自主地往后退了半步，后脚跟撞到了身后的交椅，发出一阵杂音。

“你果然回来了，”苏轸表情有些僵硬，强笑了两声，道，“这才对嘛！”

“苏大人要我的摹本，开口便是，何须弄成这样？”徐燎转过头去看左侧的亲事官，把脸一沉，冷冷道，“还不快给我松绑！”

亲事官怔了一怔，忙伸手要去解他的牛筋绳，却被身后的苏轸喝止。

苏轸定了定神，缓缓道：“阶下囚还和我谈条件，我现在要杀了你，易如反掌。”

“要是你能杀我，早就动手了。若是澄心堂纸尚未到手，就弄死了人犯，你回柯引大人那儿，也不好交差吧？”徐燎说话时语气平缓，却字字诛心，举手投足间的神态，与刚被抓来时相比，判若两人。

“我先杀了你，柯大人怪罪下来，我自有交代！”

“苏轸啊苏轸，你也太瞧得起自己了。就凭你，还真以为柯大人把你当作心腹？你做过我的下属，我自然了解你。你这人啊，缺点是卑鄙无耻，优点也是卑鄙无耻，就像一头忘恩负义的豺狼。试问，谁会把一头狼养在家中呢？所以，希望你趁早觉悟，因为迟早有一天，你会被柯引清理掉。看在同僚一场，可别怪我没有提醒你。”

苏轸咬牙切齿道：“不需要你来担心我！你还是好好担心一下自己吧！识相的，就快把澄心堂纸的下落说出来，否则，别怪我不客气！”

“你待如何？再拿那个破桶淹我一次？没关系，尽管来。只要再把我的脑袋塞进这水桶，我立刻咬舌自尽。苏轸，咱们在皇城司当差的，谁不把脑袋别在裤腰带上？别唬我！”

徐燎这一番话，说得苏轸面无人色，紧闭着嘴，半天说不出一句话来。看样子，他的底牌，已被徐燎揭开。

但事情远没有那么简单，苏轸还有筹码。

他忽然仰天大笑起来。

“你笑什么？疯了吗？”徐燎心头掠过一丝不安。

“我笑你还是这么愚蠢，自以为是。你刚才说我，缺点是卑鄙无耻，优点也是卑鄙无耻，不愧是徐大人，的确很了解我。我可是一个为了达到目的，誓不罢休，什么手段都使得出来的人呢！哈哈哈！把人给我带上来！”

苏轸止住笑意，又如法炮制，朝半空中击掌数下。

斗室的铁门吱嘎一声被从外推开，走进一老一少两个人，身上俱是手枷铁链，捆得结结实实。他们身后各站着一个皇城司亲事官，手持钢刀，抵住二人的背部。徐燎定眼一看，不禁愕然。

这二人不是别人，正是在京师郊外挥别的沈老汉、沈小芸父女。

一瞬间，徐燎内心纷乱到了极点！

他没有想到，阔别多日的沈氏父女，竟然会以这种方式和自己见面。

手脚被缚，徐燎只得眼睁睁地看着二人，却无能为力。因为，以他在皇城司当差多年的经验，他已经预见到了沈氏父女落到苏轸手中的结局。

九死一生。

东京城的人爱喝茶，所以这里茶馆特别多，流动的茶摊更是不计其数，走街串巷，提瓶叫卖。早市的茶坊五更就点灯开市，供应早茶。其中最为著名的，莫过于宣德楼前御街东的李四分茶，生意尤其火爆。

茶坊老板李四，也是个能人，早年拜师学分茶，在取火、候汤、点茶等各方面，下足了苦功，凭借自己出众的手艺，迅速在东京城站稳脚跟，并在御街边上开了自己的店铺。所谓分茶，又称茶百戏，用茶的液体表现字画，是观赏和品饮兼备的一种茶艺，茶汤丰富的纹理幻化成各种图案，令人赏心悦目，故有“水丹青”之美誉。

随着一阵喝彩，李四单手提壶，将水注入茶碗中，另一只手拿着食匕在茶面勾画，汤纹水脉随着食匕变幻成兽鱼鸟花草等物象，图案散灭后，恢复为原来的形态。李四的食匕再次浸入茶汤，略一搅拌，水面又形成了新的图案，反复多次，不停变幻，观者又是一阵喝彩。

此时，角落里却坐着一个怪人。这怪人始终低头喝茶，对李四的精彩表演视若无睹，毫不关心，与这番热闹格格不入。他是一个身材魁梧的汉子，年约四十出头，脸上有一道显眼的刀疤，自上而下，废了他的左眼。他身上穿着一件洗得发白的青衫短褐，斜挎一团铁链，腰间插着三根两尺长的炭黑铁棒，棒顶圆端，分别刻了“风”“雷”“电”三个小篆体的古雅汉字。

茶坊来来往往的顾客很多，却没人多瞧这怪人一眼。这些日子皇城根下越发不太平，往来的武人甚多，奇形怪状的，什么人都有，时间一久，大家也都见怪不怪了。

那汉子喝完茶，从腰带中取出一枚铜钱，放在桌上，起身走出了茶坊。

离开茶坊后，这汉子只挑小巷走，拐了好几道弯，行了约半炷香时间，才止住脚步。原来前方没有路了，是个死胡同。

汉子转过身，重重哼了一声，朗声道：“朋友，你跟了我这么久，何不出来相见？躲在背后，又算什么英雄好汉？”

“和栾大哥你比起来，区区在下，怎么算得上英雄好汉呢！”

话音刚落，一个神色自若的中年男子便从巷子拐角处走出。这男子长了一张四方国字脸，浓眉虎目，身上披着一件圆领大袖的白色襕衫，头顶裹着幞头，腰间束着黑带，显得英气勃勃。而他口中所喊之人，便是祝家庄教头，铁棒·栾廷玉了。

栾廷玉不住地上下打量着这个男子，动容道：“扈成？你……你怎么在这里？三娘说你去江淮做了个宣抚使，怎么……”

扈成摆了摆手，道：“不过是宣抚使麾下小小的武官罢了。这次来东京，主要是对三娘放心不下，可来了东京才知道，江湖上发生了这么大的事！”

他指的大事，便是前些日子，梁山泊提兵攻打少林寺一役。

栾廷玉道：“三娘眼下正在二龙山安身，没有危险，你尽可以放心。”

“那你呢，你知道自己现在的处境吗？”扈成从身后取出一张海捕文书，在栾廷玉面前晃了晃。那文书上画着栾廷玉的面容，悬赏一千贯文。

栾廷玉苦笑道：“怎么，身为朝廷命官，要把我这流寇抓去开封府吗？”

扈成点了点头，恍然道：“是啊！这么一来，不仅这一千贯赏金可以到我的钱袋中，说不定还会升个官呢！”

说完这话，两人齐声大笑起来。

笑声渐止，扈成转首四顾，低声道：“这里说话不方便，不如去我的住处。”

栾廷玉点了点头，没有异议。他跟着扈成，沿着御街出了朱雀门，来到外城，又走了一里路，才到扈成住处。

这是一间有些破败的宅子，看上去像是许久没人居住。

进院子后，扈成又探出头去张望了一番，才小心翼翼地关上大门。尽管栾廷玉压低了斗笠，走在路上看不清面目，但毕竟是海捕文书上的通缉犯，还是小心一点为好。

“这里不止你一个人住吧？”

栾廷玉瞧了眼院子中央的木桌，上面放着半壶暹罗酒，酒气刺鼻，他站在院门口便能闻到。此种烧酒酒性极烈，以扈成的酒量，喝上一杯酒就足以醉倒。

扈成转过身来，看了眼栾廷玉，又看一眼木桌，随即大笑道：“不愧是栾兄，什么都逃不过你的眼睛。确实还有一位，不过不急着引荐，我们先进屋再说。”

厅堂的陈设相对简朴破旧，迎面一张八仙方桌，两侧各两张交椅相对排开，桌椅漆面已落了不少，墙上也已有了岁月斑驳的痕迹。

屁股刚坐定，扈成便开口问道：“栾兄此番冒险回到东京，是不是为了前皇城司副指挥使徐燎？”

“没错。”栾廷玉道。

“听说他曾和你们一起打梁山，说实话，我真不知这家伙葫芦里卖的什么药。”扈成皱起眉头，百思不得其解。他并不知道徐燎失忆的事。

“你有他的消息？”栾廷玉问道。

“是。”

“他在哪儿？”

“皇城司的地牢。”

“果然如此，”栾廷玉略一沉吟，缓缓道，“我要救他出来。”

“你疯了么？你可知道皇城司的地牢，有多少守卫？”

"不知道。"

"就为了一个'乌鸦'，值得搏上性命？"

"他帮过我。如今他要死了，我若见死不救，还算是个人么？"

"你果然一点都没变，"扈成苦笑着摇头，"对了，你是怎么追踪到这里的？"

原来少林大战之后，栾廷玉找不到徐燎的下落，问了好几个僧人，才知道徐燎被不明身份的人掳走了。栾廷玉当下就决定找回徐燎，但又暗暗觉得此番行动甚是凶险，不想再拖累其他人，便辞别扈三娘他们，偷偷赶回东京。

走了几日，来到沈老汉家附近，便想顺道去探望他们。谁知到了那边，栾廷玉竟发现房屋内外，一片狼藉，人也不知所踪。他在地上捡到半张撕毁的司理院批捕牒文，但牒文的印章十分古怪，与栾廷玉从前见过的略有不同。

如此看来，是有人冒充巡尉来此地拿人，抓走了沈老汉父女。

什么人胆敢伪造司理院的牒文呢？

需要伪造，说明这些人并没有逮捕沈老汉父女的正当理由，逮捕的行为，甚至不能让别人知道。但是这印章又与真印极为相似，没见过司理院印章的人，绝对无法复制。栾廷玉虽也认识，但要让他复制一枚，也是绝无可能的。

所以，应该是朝廷内部能够拿到原件的人。

念及此，栾廷玉登时双目圆睁，额头的汗水涔涔而下。他最担心的事果然发生了——皇城司的亲事官不仅查到了徐燎的踪迹，连救过他的沈老汉父女也追查到了。他一拳捶在地上，为自己晚来一步而懊悔不已。

他们带走沈老汉父女，定与徐燎有关。想到此处，栾廷玉立刻动身，快马加鞭赶到东京。可是来了几日，仍如无头苍蝇般，没有方向。他虽认识不少江湖人士，但一来自己已是通缉犯，这些人未必信得过，二来皇城司是什么地方，这些绿林好汉虽耳目众多，却也未必打听得到庙堂中的事。无奈之下，他只得日日流连茶坊，希望从街边巷闻中得到些消息。无巧不成书，竟然在茶坊附近遇上了扈成。

待栾廷玉敷陈完毕，扈成才开口道："这么说来，沈氏父女二人，也被皇城司的乌鸦们带走了？"

"极有可能。"栾廷玉回答得很干脆。但他想不到，亲事官抓走沈老汉父女，有何用意。

扈成道："据说抓走徐燎的，是探事司新任的指挥使苏轸，这人心狠手辣，人称豺狼，熟知酷刑，擅长各种折磨人的手段。徐燎这次落到他手里，凶多吉少。他曾经是徐燎的手下，对徐燎的位子一直虎视眈眈，可惜在能力、胆识、武艺上，都远不如当时的徐燎，加之人品低劣，柯引和沈俊也不太喜欢他。"

"那何以又让他坐上了指挥使的位子？"

"正所谓山中无老虎，猴子称大王。皇城司八虎之中，除去徐燎，已无人是苏轸的对手。更何况八虎之中另外两人——赤熛怒与仇琼英被苏轸收入麾下，成为他的左膀右臂，指挥使之位，必然非他莫属了。"

"看来眼下徐燎三人的境地十分危险！"

"是啊，若想救得他们的性命，非争分夺秒不可。我怕时间一久，再去救人，抢回来的也不过是三具尸首罢了。"

栾廷玉叹了口气，又道："可皇城司的地牢固若金汤，想要救出他们三人，谈何容易啊！"

皇城司身为大宋朝廷最神秘的机构之一，由数百位武艺精湛的亲事官把守，连只苍蝇都飞不进，其地牢更是密不透风，无故闯入者，皆杀无赦。要从牢中救出一个朝廷命犯，怕是比登天还难。

想到这里，栾廷玉顿感无力，若是拉去法场斩首，在街道上或许能趁乱劫狱，但倘若在大牢之中囚虐至死，又如何救得？

正当栾廷玉极为苦恼之时，扈成竟低低笑了一声。

栾廷玉好奇道："你笑什么？"

扈成清了清嗓子，正色道："要救他们三人，也并不是没有办法。"

"什么办法？"栾廷玉直起了腰。

"与皇城司的人，里应外合。"

"扈成，这个时候，你还只顾说笑！"

栾廷玉言语中颇有些责备的意味。他本以为扈成会有什么妙计，谁知竟是无稽之谈。皇城司当差的人，怎么会帮助他这种江湖匪类？

"我可没有说笑，栾兄，你是否还记得刚进屋时你曾推断，这里并非我一人居住？其实那人并不住在这里，只是在你来之前，一起喝了几杯。现在，我就为你引荐一下。"扈成说着，便转过头，朝屋外喊了一声，"过来吧！"

右侧厢房的门被推开，果真走出一个身披飞鹰黑袍的皇城司亲事官来！这一突变令栾廷玉心头大震，忙抽出腰中两根短棍，紧紧握在手中。

扈成轻轻拍了拍他的肩膀，道："自己人。"

那亲事官走入厅堂，栾廷玉定眼一看，发现这亲事官年纪在二十岁上下，眉清目秀，只是右侧耳朵不知所踪，看伤口，像是被利刃切去一般。

他走近栾廷玉，躬身唱了个喏。栾廷玉尚未做出反应，那人便开口道："晚辈见过栾廷玉栾大侠！"

栾廷玉也回了礼。

扈成指着那年轻亲事官道："若问这世上有谁最恨苏轸，非他莫属！"

见栾廷玉表情中透出疑虑，亲事官伸出双手手掌，在面前撑开，但见右手缺了整根小指，左手缺了一截无名指。

"苏轸斩我手指，切我右耳。我恨不能饮其血，啖其肉，死后将他挫骨扬灰！"年轻亲事官说这些话时，愤慨不已，肩膀都在不住地颤动。

敌人的敌人，便是自己的盟友，这么浅显的道理，栾廷玉自然懂得。如果这人所言不假，那潜入皇城司大牢营救徐燎的计划，就有实现的可能。

栾廷玉听他语气不像在撒谎，便问道："你叫什么名字？"

"在下冯明义。"

沈老汉父女的口目皆被黑布条绑住，目不视物，也说不出话来。苏轸一把拖过沈老汉，将他推了个踉跄，不等他站直，手中长剑已架在了他的脖子上。沈小芸听见父亲被他们掳走，情急之下，扭动身子想挣脱身后的亲事官，却全然无济于事，只能发出一阵含糊不清的悲鸣。

"此事与他们无关，放了他们。"徐燎怒视苏轸，一字字道。

沈小芸听见徐燎说话的声音，身子一震，隔了半晌，两行清泪顺着脸颊流淌下来。她未曾想到，自己朝思暮想的人，竟然近在咫尺。

苏轸冷笑道："徐大人啊徐大人，我真是太高看你了。这两只蝼蚁，从前可入不了您的法眼啊。眼下竟为这种贱民求起情来？"

“我不是求情，我是命令你。”

“他妈的！”苏轸手上运劲，长剑的利刃在沈老汉的脖子上割开了一道小血口，“快快把澄心堂纸交出来，否则先拿这老东西开刀，祭一祭我这柄宝剑！”

苏轸话一出口，沈小芸低吼一声，便奋力挣脱亲事官，冲苏轸撞了过去！她蒙着眼鲁莽冲去，哪里是苏轸的对手。苏轸身子一侧，沈小芸便扑了个空，跌倒在地，并被苏轸一脚踩在背上，动弹不得。沈老汉听见女儿被欺负，也发出“呜呜”的声音抗议，却苦于被剑架住脖子，受制于人。

“再问你一遍，说是不说！”苏轸瞪圆了细长的眼睛，怒气冲冲道。

徐燎不语，双眼虎视苏轸，额头上已渗出一片黄豆大的汗水。

“贼杀才！”苏轸转动手腕，长剑唰地一下，将沈老汉的大腿划开，登时鲜血四溅。沈老汉右腿吃痛，膝盖一弯，重重跪倒，血淌了一地。由于大腿伤口极深，剑刃割断了大动脉，沈老汉的裤子不一会儿就让鲜血染红。

耳边传来沈老汉的惨呼声，沈小芸发狂似的扭动身体，想从苏轸脚下挣脱，可二人力量悬殊，根本没有胜算。

“住手！快来人，帮他止血！”

徐燎声嘶力竭地喊叫，可斗室内的亲事官无不置若罔闻。尽管余威尚存，但毕竟不是从前那个掌管半个皇城司的徐大人了。

随着体内血液的流失，沈老汉的喘息声越来越重，脸色也开始变得苍白。徐燎知道，如果放任不管，用不了一盏茶的时间，沈老汉就会死去。沈老汉于他有救命之恩，但澄心堂纸是他保命的唯一筹码，如果交出去，不仅他性命难保，沈老汉父女也会被灭口。

他太了解皇城司的手段，他也太了解苏轸了。两难的选择放在徐燎面前，曾经冰冷如铁的他，此时亦纠结万分。

苏轸上前一步，扯去沈老汉口目上的黑布，令他露出脸来。也许是双眼在黑暗中太久，蓦地睁开后，视线无法聚焦，沈老汉举目四望许久，才认出徐燎。他呼吸急促，双目含泪，用极为微弱的声音说道："阿正……是你……真的是你……"

"对……对不起……"徐燎双眼也充满着血丝与泪水，"是我连累了你们……"

苏轸一脚踹倒沈老汉，气急败坏地大叫道："快点！我没空听你们叙旧，只要交出那卷澄心堂纸，我就放了你们三个！"

"阿正……他们这样逼你……一定是想用我们父女令你屈服……如……如果是这样……你千万不要将东西交出来……"

沈老汉语速虽慢，却吐字清晰，在场的人都听得真切。

这么一个普通的老农，死到临头，竟然毫不惧怕，这是苏轸没能想到的。原本徐燎就犹豫不决，他这话一说，澄心堂纸还哪里拿得到？苏轸心下愤恨至极，长剑一提一送，剑身从沈老汉背心贯入，透胸而出！

鲜血喷洒在徐燎的脸上。

"啊——"

见沈老汉被杀，徐燎惊怒交集，胸中积郁的情绪顿时迸发，仰天长啸起来。悲愤的啸声响彻整个房间，连屋顶的瓦片似乎都被震得颤动起来。

被苏轸踏在脚下的沈小芸虽目不能视物，却能听见父亲的惨叫声，知道父亲已然归西，悲从中来，顿时不知哪里来的力气，又拼命挣扎起来。长剑抽出，苏轸没有停下动作，而是用剑尖斜指沈小芸。

徐燎森然道："你若是敢动她一根汗毛，我就让你求生不得，求死不能！"这时的他犹如一头露出獠牙的猛虎，杀气纵横。

苏轸多年以来在徐燎手下做事，从未见他如此激愤，握着剑柄的手指，竟不由自主地颤动起来。这当然是没办法的，皇城司里所有的亲事官，对"鬼刃"的恐惧，早已深深刻入骨髓。

"事到如今，还在嘴硬！"

苏轸强装冷静，挺起胸膛，手腕一抖，用剑尖挑开沈小芸脸上的黑布，同时松开了踩踏在她背上的脚。

沈小芸感到原来压在背上的千钧之力消失了，随之而来的是一阵刺眼的光亮。一阵恍惚后，她终于看清了这间潮冷斗室的模样。她的目光先接触到徐燎那张满是伤痕的脸庞，再把目光投向倒在血泊中的老父亲。

"爹爹！你不要死啊！"

乍见父亲的尸体，沈小芸完全失去了控制，爬到沈老汉的尸身旁。苏轸的剑尖抵住她的脖颈，沈小芸也毫不在意，只顾把脸伏在父亲的胸口，哭号之声震天。

苏轸高声道："你是铁石心肠么？他们可是你的救命恩人，你都见死不救？徐燎，你果然比传说中更冷血呢！"

"你先放了她，我便把澄心堂纸交给你。"徐燎有气无力地说道。

沈小芸的哭声深深刺痛了他的心，不，刺痛的是与他们父女一同生活过许多时日，度过人生中最美好时光的阿正的心。那是徐燎作为一个任人摆布的皇城司间谍，唯一一段能真正按照自己所思所想而生活的时日。此刻，他已不想再挣扎了，只求沈小芸能带着沈老汉的尸首安全离开皇城司，即便苏轸要他的命，他也无所谓了。

他只想让她离开。

“我不走……阿正……我们一起走……你说过会回来找我的，可是你没来。你知道吗？我等了你好久，天天盼着你回来。现在终于见面了，我不想离开你，要走，我们一起走！”沈小芸抬起头，不停地抹着泪。可能是号哭的关系，她说话时的音色都变了。

徐燎苦劝道：“对不起。小芸，这次你要相信我，你先走，我一定会来找你的。”说完，又转头去对苏轸道：“让她安全离开，我就交出你要的东西。”

苏轸绷紧着脸道：“不要和我谈条件，我现在就要！”

剑刃搁在沈小芸白皙的脖颈上，微微颤动。只要再往前一寸，沈小芸的喉管就会被剑割开，到时就是华佗再世，也救不了她。

“放她走，我一定会给你！只要她走远了，我就交出澄心堂纸，决不食言！”

苏轸顿了顿，随即爆出一阵狂笑，道：“你这个乌鸦头子，当年最擅长的便是食言！你让我怎么信你？快快交出纸来，我饶你们不死！”

沈小芸看了一眼自己死去的老父亲，把目光投向了徐燎，噙着眼泪，凄然一笑。

忽然间，徐燎像是能读懂她的心思般，脑中突然闪过一个可怕的念头。他急忙颤声喊道：“小芸，不要啊……”

“再见了，阿正……”

沈小芸话音方落，整个人便向长剑迎去。她忽然发难，苏轸哪里想得到？他慢了半拍，收剑不及，长剑刃身将沈小芸的颈部划开一道极深的血口，瞬时之间，斗室内血花飞舞，宛若漫天蔷薇花瓣零落。沈小芸的身子在徐燎面前，轻轻旋了个圈，而后轻轻倒下。

徐燎勃然变色，他想怒吼，宣泄内心的懊悔之情，却发不出半点声音。有时候，人悲痛到了极点，反而没有任何反应。他想起那日随栾廷玉上京前，在屋内与沈小芸挥别的情景。残阳斜照下，天然俏丽的沈小芸，也许正期待着她与他的未来。

然而这一切的人和事，都已不复存在。

全是因为眼前这个男人。

徐燎一双眼睛怒得鲜红，直射苏轸。这一次，他什么都没说，只是看着苏轸。

被他这怒目盯得心里发瘆，苏轸倒转剑柄，将剑刃收在身后，尴尬道："刚才若听了我的话，他们俩也不用死！记住，杀死他们的，不是我，而是你！"

死一般的沉寂，徐燎沉着脸，没有答话。

——不管了，今日若不杀了他，日后必有大难！

苏轸在心中暗暗思忖，他知道，此时若让徐燎重获自由，意味着什么。世界上恐怕没有一个人，能躲得过皇城司鬼刃的追杀！他可是朝廷不计重金训练出来的"怪物"！

杀心已起，苏轸踏上一步，手中长剑向徐燎的咽喉疾刺！

——先杀了他！若是柯大人真怪罪下来，便是打入大牢，总比来日落入这家伙手里要强！

便在此刻，斗室大门忽然被推开，苏轸怕被人从身后袭击，急忙收住剑势，转身同时挽出剑花护身。

出乎意料的，门口竟站着一位气喘吁吁的亲事官，见了苏轸，立刻禀道："苏大人，冯……冯明义求见！"

苏轸先是一愣，隔了半晌，才道："冯明义？他来做什么？"

"他说有要事求见！"

"不见！"苏轸蓦然喝道，"他能有什么要事！"

“可是……”亲事官露出犹豫不决的模样，像是有话想说。

“可是什么？”

“他说，是高太尉的意思。”

“高太尉……”

“正是。”

苏轸微微一怔，心想高俅怎么插手皇城司内部的事，就算有需求，何以让冯明义来说？这里面恐怕有诈。但转念一想，毕竟高太尉是官家面前的红人，万一官家真有什么吩咐，需要高太尉秘密行事，让他给怠慢了，这可是要掉脑袋的重罪。

“盯着他，我去去就来。”

苏轸将长剑递给身边的亲事官，大步流星地朝斗室外走去。

第三章 旧部

皇城司的大厅高悬着一块巨型金漆牌匾，题着“纤芥无遗”四个大字，瘦金体的字是宋徽宗御笔亲题，隐隐散着一股威严之气。没见过世面的普通百姓来到此处，都会被这股气势慑住，内心一惶恐，知道什么就交代什么，再不敢半句隐瞒。

苏轸随着引路的随从来到了大殿，厅堂两边分别立着数十名亲事官，众人见了苏轸，齐声高呼：“参见指挥使大人。”

他微微点头，从数十名高矮不均的亲事官中间穿过，径直走向巨匾下的虎皮交椅前坐了下去。众人望着苏轸的身影，紧张得大气也不敢喘一口。他们心里明白，这个外号“豺狼”的新上司，行峻言厉比之徐燎，犹有过之。

“把冯明义给我叫上来。”刚坐稳位子，苏轸就跷起了二郎腿。

右侧的亲事官点了点头，小跑下去。过不多时，厅堂外响起脚步声，两名亲事官左右打开大门，冯明义引着一人走进厅来，身后跟着的男子神情冷漠，两手负在背后，一双眼睛不时地打量着苏轸。

两人走到离苏轸丈许处，便停下了脚步。

“冯明义，你有什么事？”苏轸瞧了他身边的男子一眼，“这位又是谁？”

“回禀苏大人，这位是殿前司虞候扈成扈大人。属下求见大人，也和扈大人拜托的事情有关。”冯明义躬身答道。

苏轸扬起眉毛，咧嘴一笑：“原来是殿前司的扈大人啊！久仰，久仰！”说完，转过头对左右厉声道：“还不快搬一张椅子过来，难不成要让扈大人一直站着么？”他对殿前司诸多长官的变动了若指掌，自然也听闻江淮调来了一个武官，只是没想到做了殿前司统领官。

“苏大人不必客气，高太尉托的事，办完我就走。”扈成伸出手掌，止住了要去搬椅的亲事官。他说话时故意将“高太尉”三个字音量提高，以示威严。

苏轸调整了一下坐姿，故作惊讶道：“不知高太尉所托何事，竟要劳扈大人大驾？今后有吩咐，随便派个小厮通知一声便可，苏轸无有不从。”

“来见苏大人，自然是大事。”

“喔？”苏轸瞪大眼睛，“那在下倒是要好好听听了。咱们皇城司与殿前司一向各司其职，井水不犯河水，不知什么样的大事，要劳烦扈大人亲自登门。”

“关于苏大人从少林寺带回来的一个人。”

“我们从少林寺带回了许多人啊，扈大人您也知道，最近冒充僧侣的谍人极多，抓也抓不过来。不知您说的，是哪一位？”苏轸露出苦恼的神色。

扈成低头笑了一声，缓缓道：“苏大人，您这不是明知故问么？”

“在下是真不知道。”苏轸一脸诚恳地道。

“那我就开门见山了。高太尉让我把徐燎给带回殿前司，有要事相询。”

听了扈成这话，苏轸眼角的肌肉抽动了一下，他没想到高俅消息如此灵通，这么快就来抢人，抢的还是他们皇城司的人。

“这可有点难办啊……”苏轸搓了搓双手，眉头紧锁道，“若是别的人，高太尉只要开口，我一定亲手押送到殿前司。可这徐燎不是普通人，毕竟曾在皇城司受训，普通的守卫都奈何不了他，非得押在皇城司的地牢不可！况且眼下柯大人不在京城，这天字号的重犯，不经他审批，我这私自放了，可是死罪。”

“这个容易，待柯大人回到京城，高太尉会亲自登门拜访，解释这件事。”

扈成语气很硬，让苏轸感觉没有回旋的余地。

“难啊……许多事务我们还未着手去办，实在不宜将徐燎转给你们。不如这样，扈大人您先回去，等我这里该审的审完了，我再将徐燎送去殿前司，您看如何？”

苏轸知道高太尉在官家面前的地位，不敢直接回绝，只得使个缓兵之计，再谋对策。

他本以为扈成会就此妥协，谁知扈成竟然道：“不行，今天我必须带走。”

“那这事可就难办了。”苏轸收起笑脸，闷哼了一声，斜睨扈成。

厅里的气氛顿时降到了冰点，厅堂两边，有不少亲事官的手掌已按在了刀柄上，只要苏轸一声令下，随时准备上前拿人。他们没想到有人胆敢用这种口气和苏轸说话。因为在他们的印象里，除了柯大人和官家，苏轸从未把任何人放在眼里。

“难办也要办，不是么？不然，不仅高太尉不高兴，官家也会不高兴的。”扈成不慌不忙，从腰带中取出一块金字牌，高高举起。

这金字牌阔二寸半，长七寸，有隶字书，刻有“御前令牌，如闻敕旨”八个大字。

见到扈成手中金光炫目的金字牌，苏轸霎时收紧了瞳孔。他没想到，为了带走徐燎，高太尉竟然使出这样的手段，祭出了金字牌。

最初，这种金字牌用于战时的军情传递。宋时的驿传有三等：步递、马递、急脚递。急脚递最速，日行四百里。熙宁年间，又有金字牌急脚递，带着金牌，相当于羽檄，因为金字牌直通皇帝，见之如面圣，所以当时人形容金字牌急脚递，过如飞电，望之者无不避路。

苏轸额头渗出点点冷汗，如果他拒绝，就是抗旨。若押解徐燎是官家暗授予高俅，别说柯大人不会保他，若是反咬一口，撇清关系，那他苏轸将来的仕途，可就一片昏暗了。可若一切都是阴谋呢？不，金字牌何等重要，这扈成胆子再大，也不敢假传高太尉的命令。

好不容易到手的徐燎，难道就这么送出去？若是高太尉赦免了他，替殿前司办起事来，如何是好？他徐燎做了殿前司的官，倒也罢了，万一这扈成要什么花样，没将徐燎送去高俅那儿，私自给放了，或是路上遇到栾廷玉一伙，麻烦就更大了！

苏轸越想越害怕，内心纠结万分，委实难以定夺。

扈成冷笑一声，朗声道：“苏大人信不过我，也就算了，难不成还信不过高太尉？”

“我不是这个意思，”苏轸赔笑道，“只是这去殿前司的路程也挺远的，我怕……”

“你怕我的人应付不来？”

“扈大人，这徐燎可不是普通囚犯，这厮不仅武艺高强，阴谋诡计也极多，所以……”

扈成点头应道：“好了，我理解你的担忧。毕竟是重犯，要是半路给强人劫走，我也没法向高太尉交代。我有个两全其美的法子，不知您意下如何？”

“在下洗耳恭听。”

“既然苏大人不放心，那就烦请皇城司的亲事官将徐燎押送至殿前司，不知可否？”

苏轸睁大双眼，道：“此话当真？”

他没想到扈成竟会提出这样的要求。这么一来，他的戒心消了大半，肩上的责任也轻了不少。若是徐燎在交接给殿前司后被人劫走，那就与他苏轸没有半点干系，到时候出了问题，皇城司还可借机在官家面前打压殿前司，帮助柯大人在官家面前争脸。

“当然，若是皇城司肯协助我们将徐燎押送回去，在下感激不尽！”

扈成说完，深深一拜，显得极为诚恳。

至此，苏轸再无怀疑，厉声道：“冯明义，你点十位亲事官，随同扈大人回去。记住，找的人手脚利索点，若是出了差池，我扒了你们的皮！”这趟差事若是办砸了，随同的亲事官必然会人头不保。这等烫手山芋，苏轸自是不会交由自己的亲信去做，冯明义也正是算中了这一点。

“是，属下明白！”冯明义低着头，视线朝下，拱手领命。

冯明义得令后，顺手点了十位亲事官，随他一同去地牢押人，扈成向苏轸深深一揖，道谢几句，也随着去了，独留苏轸坐在厅堂上，兀自闷闷不乐。

也许是因为惊怒过度，当冯明义来到斗室的时候，徐燎早已不省人事。

几个亲事官取下了刑具枷杻，手忙脚乱地将徐燎枷了，腿上绑了锁链，又拿一盆冷水泼在他脸上，把他激醒。徐燎睁开眼，只觉得眼前一片模糊，头疼欲裂。

出了地牢，东京城已然入夜。冯明义提着风灯走在最前头，身后紧跟着扈成，徐燎则被十个亲事官团团围在中心。寒夜阴森，街道上寂静得吓人，除了他们一行人的靴声，再没有其他声响。穿过几条街后，冯明义左右张望了一下，忽地吹灭了风灯里的蜡烛。

四下顿时一片漆黑，众人没有声张，而且加快脚步，跟着冯明义钻入一条小巷。

那小巷极深，左转右拐，终于来到了一处破败的宅子。临到门口，冯明义屈起右手中指，轻轻叩了三声，不过一会儿，大门开出一条缝隙，众人鱼贯而入。待人都进去之后，那大门又悄无声息地合上了。

徐燎头昏脑涨，只道自己被他们押去处死。沈氏父女的死令他大受打击，内心痛苦至极，也深知自己要逃出这铜墙铁壁的皇城司，几无可能，是以他也不做反抗，只求速死。但如今自己竟被他们押到了一间民宅，此事甚是诡异，徐燎不由得打起了几分精神。

他认出带头的人是冯明义，当年他的下属，因契丹间谍萧月奴一事背叛了他。不过那时自己已失势，树倒猢狲散，倒也不怪他。只是，冯明义带自己来这破旧的民宅究竟有何企图，一时之间，徐燎也想不明白。

进了屋，四下敞亮，徐燎还没等看清屋内众人的脸面，冯明义便取出钥匙，解开了他手脚上的刑具。徐燎手脚重获自由，心头疑云顿起。尽管他武艺高强，可被折磨了这些日子，体能极差，单打独斗，未必是这些受过特训的亲事官的对手。

冯明义将枷具丢到一边，又从腰间解下一柄带鞘的宝刀，然后跪倒在地，高举过顶。这柄宝刀，正是徐燎的虎翼刀。

冯明义大声泣道："徐大人，我……我对不住你！你杀了我吧！"

徐燎大惊之下，往后退了一步，却见屋内除了扈成之外，其余亲事官纷纷拜倒，齐声道："我们对不住徐大人，请徐大人降罪！"

原来，徐燎在皇城司当差时，冯明义也曾惧怕于他，觉得徐燎做事太过于决绝，死守教条，毫无回旋的余地。谁知苏轸上任后，不但严苛胜过徐燎十倍，在处理私人恩怨时，更是放肆妄为，将自己凌驾于大宋刑律之上。皇城司上下也畏惧他的权力，无人敢多说一句。

久而久之，从前的旧部们便纷纷怀念起徐燎来，不愿继续留在皇城司中。尤其是冯明义，对自己当初倒戈相向的行为懊恼不已，恨不能用自己的一条命去换回徐燎。

"你……你们这是做什么？"

徐燎被这突如其来的变故弄得手足无措，只得呆立在原地，怔怔看着他们。众人抬起头来，一双双热忱的眼睛望向徐燎，与他对视。徐燎扫视一圈，当即认出了他们。冯明义、赵坦夫、钱务观、吴希文、李景庄……这一个个，都是曾经跟着他出生入死的下属，其中不少人，都替他挡过刀子。

"他们都是你的旧部，是来救你的。"

有人从屋子的暗处缓缓步入油灯照亮的区域。忽明忽暗的光线映射在他那张饱经风霜、疤痕交错的脸上，徐燎立刻认出了他，心中又惊又喜，脱口喊道："栾大哥，是你！"

栾廷玉见他浑身的伤痕，心中不忍，颤声道："是我来晚了，徐燎兄弟你受苦了。”

“没事，就是身体有点虚。”徐燎转身去看跪拜在地上的众位亲事官。

冯明义高声道：“徐大人被奸人陷害，我等无用，不能来救大人，实在失职。尤其是我，贪生怕死，被奸人利诱背弃了大人，简直猪狗不如，请大人重重责罚！”

徐燎叹道：“我作孽太多，罪有应得，又与你们何干？都起来吧。”

众人起身后，徐燎这才顺手接过冯明义递来的虎翼刀。

栾廷玉将扈成引到徐燎面前，道：“这位是扈三娘的兄长，扈家庄少主扈成，江湖人称‘飞天虎’是也。目前在殿前司高俅手下任职。这次来救你，他赌上了身家性命，是一条响当当的好汉！”介绍完身份，栾廷玉又将扈成如何利用自己在殿前司的身份，将金字牌从高俅处盗出，又如何联合冯明义和徐燎旧部，里应外合将徐燎赚了出来，统统说了一遍。

徐燎听后，纳头便拜，却被扈成双手托住，口中道：“徐燎兄弟，何必行此大礼。我欠栾兄一个人情，他的朋友，也是我的朋友。救你出来是应该的。”

扈家庄被屠，扈成不得已才入朝做了武官，效命朝廷。但他本性任侠，哪里受得了官场的束缚。扈三娘去寻栾廷玉时，他便有了弃官归隐的想法，只是梁山未灭，内心总有块疙瘩。尤其是宋江有意招安的传闻，更是令他彻夜难寐，想到仇敌有一天将与自己同朝为官，他就愤恨不已。

是以当他来到东京，听闻二龙山群雄脱离梁山后，就下定决心要辞了官去二龙山落草，这样他就有机会剿灭梁山，为扈家庄上下复仇。

“身为朝廷命官，私盗金字牌是重罪。扈兄为了我，仕途毁于一旦不说，余生都将被朝廷追杀，这让我怎么过意得去？”

徐燎本性不愿亏欠别人，现在却变相毁了扈成一生，内心不由得深深自责。

扈成摆了摆手，道：“唉，现在说这些作甚？眼下最要紧的，是趁着夜色赶快离开京城。苏轸这狐狸心眼多，若是派人去高俅处询问，我们就露馅了。到时全城搜捕我们，再想离开东京，可就难上加难了！”

栾廷玉点头道：“扈兄所言极是。”

宋时夜间无事，百姓和官员均不许出城，负责东京城门禁的正是皇城司的监门官。如果苏轸发现殿前司带走徐燎这件事有异，那么他就会立刻传下命令，抓捕徐燎和扈成，并搜寻冯明义、赵坦夫等十一位亲事官，那时他们的皇城司飞鹰令，可就不管用了。

徐燎愁道：“皇城司眼线遍布大宋各州，天下虽大，哪里是我们的容身之所？”

栾廷玉拍了拍徐燎的肩膀，道：“离开少林那日，鲁智深曾邀我一同上二龙山，共举大义，被我婉拒。并非我不愿上山，鲁智深也好，武二郎也好，都是响当当的好汉，只是我为了寻你，又不愿意牵连他们。眼下我们走投无路，何不去二龙山投靠他们？”

徐燎听完，长叹一声，缓缓点了点头，道：“也只能如此了。”

扈成点头道：“后院备了几匹马，事不宜迟，先出城！”说罢，他便带着众人去到后院，牵出七八匹马来。徐燎受了伤，不能单独骑马，栾廷玉和他同乘一骑。二人都披上了绣有飞鹰图的斗篷，压低竹笠，不露出脸来。扈成推开大门，飞身上马，冯明义等亲事官紧随其后。随着一连串急密的马蹄声，骑队飞驰而出，奔向城门。

夜里街上无人，骑队畅通无阻，偶尔会遇到一两个打更的更夫。那更夫见是皇城司的人，也躲得远远的，不敢多看一眼。

来到城门口，监门官一见他们身上的黑斗篷，便知是自己人，态度先软了三分。又见冯明义取出飞鹰令，更是二话不说，立刻打开城门放行。虽说皇城司联合殿前司出城办事，这种情况极为少见，但小小监门官哪有资格质问亲事官？他们可是直属皇帝的差役，若是延误了公事，就算不掉脑袋，刺配个沧州道，这辈子可就别想回京城了。

骑队出了城，刚行了三四里路，徐燎便揽住辔头，对众人道：“多谢各位相救。我还有一件要事去办，此地不宜久留，你们先去，我随后再来。”

扈成急道：“苏轸恐怕已经知道我反水，再不赶路就来不及了！”

徐燎摇头道：“我一定要去取那件东西。你们先走，不必管我。”

栾廷玉见他态度十分坚决，知道拗他不过，便道：“我陪徐燎去，你们按原计划赶路，不必等我们。”众亲事官哪肯答应，纷纷表示愿意同往。栾廷玉心想，与其在这里浪费时间，不如速战速决，于是点头答应。众人回辔而行，驰赴西南方。

行了一顿饭工夫，骑队来到一片密林之中。栾廷玉先纵下马鞍，再到徐燎脚边，扶着他下马。徐燎在栾廷玉的扶持下，一瘸一拐地往前走，在一棵白果树下止住了脚步。他伸手去抚摸树干，果然有一道利器留下的印记。

“如果没有记错，东西就在这下面。”徐燎用脚踏了踏树根处松软的泥土，潮湿的落叶发出沙沙的声响。

身边的亲事官心领神会，抽出腰间的宽刀，开始掘土。大约挖了两尺深，忽见一个长方形的黑盒。冯明义跪在地上，双手取出黑盒，捧到徐燎面前，却被栾廷玉接过。他扳开盖子，发现盒子里有一卷澄心堂纸文书，徐燎伸手去拿，将文书缓缓展开在大家面前。

纸上写满了密密麻麻的文字，可这些歪歪扭扭的字体，谁都不认识。

“这是什么？”栾廷玉忙问道。

“我也不知道。不过，这一定是很重要的东西，隐藏着极大的机密，否则朝廷不会想将我灭口。他们在找的，就是这卷我誊抄的文书。”

徐燎重新将文书藏入盒中，用绳子扎紧，背负在身后。

取完东西后，众人上马，准备往青州赶去。可刚准备启程，忽地耳边呼哨声连作，马蹄声四起。徐燎心头一震，游目往四周瞧去，只见数十支火把在树林间摇晃，瞬时将他们所在之地照得如白昼一般。徐燎一行人的坐骑被火把团团围住，马匹骇然惊呼，一片马鸣声中顿然响起一阵狂笑，自远而近。

“你们以为没我的吩咐，当真出得了城门？”只见苏轸一身黑服，骑在马背上，缓缓从林中踱出，“多谢你带我来这里，找到我想要的东西。”

徐燎放眼望去，见苏轸身后还有两个女子，其中之一便是他的左右手，仇琼英；另外一个女子头顶纱笠，朱色轻纱垂将下来，完全遮住了她的面容。再细看一眼，徐燎便认出了此女的身份，心中一凛。

苏轸见他面色忽青忽白，便哈哈大笑，说道：“怎么，害怕了？这可不像你啊，徐大人！”

徐燎阴沉着脸，看着苏轸。他没有忘记苏轸杀死沈氏父女时的情境。若非他身受重伤，行动不便，不然管他千军万马，早已上前用刀刃割断苏轸的咽喉。

“你就是苏轸？”栾廷玉并不惊慌，慢条斯理地问道。

苏轸瞧了他一眼，笑道：“这不是祝家庄的栾教头么？嘿！今日我可有大收获呀！一天之内抓住两个朝廷重犯，还有一群叛徒。”说完，他目光在众亲事官身上转了一圈，停留在冯明义身上，怒目而视。

冯明义案剑瞋目，回瞪苏轸。

苏轸敛起怒容，微微一笑，对徐燎说道：“徐大人，你我都是朝廷的狗，护的都是大宋的江山，何必要为难下官呢？交出澄心堂纸，我留你一条全尸。”

扈成牵过辔头，靠近栾廷玉耳边，低声道：“敌人将我们包围，意图在歼灭我们。实力相差太大，如果硬拼，必然全军覆没，唯有找准一个方位进行突击。到时候我先发动，其他亲事官紧随，撕开口子后，你带着徐燎往南北方向奔驰，切莫回头。”栾廷玉点头应允。说完，扈成又来到冯明义身边，吩咐了几句。

“怎么样？还没有考虑好吗？”苏轸抽出长剑，不耐烦道。

扈成抽出腰刀，往前一指，吼道：“冲！”他话音甫落，十名亲事官在冯明义的带领下，开始了冲击。苏轸像是早有预料，手中长剑一挥，大声道：“射！”顿时箭镞从四面射来，十名亲事官中有两名被飞射而来的长箭嗖嗖两声，贯穿脑门，当场毙命。没有被射中要害的，手臂和腿脚上，也都中了数箭，一瞬间落了下风。

情急之下，徐燎对栾廷玉道：“栾大哥，你看见那边的朱纱女子没有？你去把她抓来，这群家伙便不敢再对我们射箭。”栾廷玉瞧了他一眼，不问一句，便抽出腰间风雷双棒，向头顶纱笠的女子驱驰而去！

仇琼英见栾廷玉向自己而来，从腰间取出两块石子，激射而去！栾廷玉用风字棒砸开一颗，另一颗则微微侧头避过。他经过之处，两个亲事官被他一棒一肘打下马去，不消一会儿，便来到了纱笠女子跟前丈许之处。

众亲事官见栾廷玉已近在咫尺，纷纷举刀劈砍，却被他两三棒打得东倒西歪，仇琼英此时离纱笠女子尚有些距离，飞石又恐伤了自己人，只能干着急。栾廷玉欺近纱笠女子身边，右手手掌探出，抓住了她的左腕。纱笠女子惊叫声起，整个人被栾廷玉挟住，置于身前。

那些人见纱笠女子被擒，纷纷放下手中弓箭，生怕误伤。

“这里有我们，你快带着徐燎走！”扈成身上已中三箭，其中一箭贯胸而出，口中鲜血狂喷，“再不走！大家都要死在这里！”

冯明义朝着徐燎喊道：“徐大人，我们对不住你！今日为你战死在这里，算是赎罪！你千万要活下去，替我们报仇，杀了苏轸！”他说话间，背后被人劈了一刀，翻身落马，几个亲事官围聚上前，将其乱刀砍死。

“一起走！听到没有？我命令你们！”

徐燎看着从前的下属惨遭屠戮，心情极为复杂。他们虽然背弃过他，但毕竟都曾追随于他，不少人的刀法都是徐燎亲自传授。他嘶吼了几声，身上却全无力道，根本帮不上忙。栾廷玉也再不忍去看，咬紧牙齿，双腿猛夹马肚，疾速朝前冲去。那匹马上驮着三个人，微感吃力，但栾廷玉不停地催鞭，它也只能不停狂奔。

见栾廷玉和徐燎逃窜，苏轸本想追击，却被徐燎的几个旧部死命缠住。

“给我放箭！”苏轸举起手中长剑，剑尖指天。

众亲事官听罢，纷纷张弓搭箭，手指勒紧弓弦，只待苏轸长剑一挥，便万箭齐发，将栾廷玉等人射成刺猬。

“不可以！帝姬在他们手上！”仇琼英挥动长戟，架住了苏轸剑锋。

她口中的帝姬，便是延庆公主赵福金。

政和三年，因蔡京提议，宋徽宗稽考周代的“王姬”称号，改公主为帝姬。虽然赵福金后又被改封茂德帝姬，但大家私下还是习惯称其为延庆公主。

“你说什么？”苏轸一听之下，魂飞魄散，“她又跟来了？”苏轸适才一直盯着徐燎，生怕漏掉他的一举一动，丝毫没有注意到身边竟然偷偷跟了个公主。

这位公主深受官家宠溺，无法无天，私自出宫也是常有的事。被官家发现了，责骂两句也就算了，从不重罚，以至于三番四次捣乱。她与仇琼英私交不错，一直缠着仇琼英带她出宫见见世面，没想到今日围捕徐燎时，竟也混迹在亲事官中。

面对苏轸的责问，仇琼英满脸愧色，不知如何回答。

她本以为己方人多势众，延庆公主在大家的保护下十分安全，谁知竟被对方擒去。若是知道如此，她说什么也不会带公主来此。现在事情既已发生，再后悔也无济于事。待他们两人回过神来，想去追时，这一骑三人，早就消失得无影无踪了。

“他妈的！坏老子好事！”

苏轸吃了个败仗，怒气没地方发泄，见到地上扈成的尸首，上去便猛刺了几剑。延庆公主被栾廷玉他们抓走，可比逃了徐燎更令他头疼。

那匹白马载着栾廷玉、徐燎和延庆公主狂奔了十几里路，终是体力不支，忽地马失前蹄，摔断了自己的脖子，也将三人从马上翻跌下来。栾廷玉一个侧滚，避开摔在地上的马匹，立定后去看另外两人，见他们也无大碍，心下稍定。他又回望一眼，幸好身后并无追兵，可以暂时休息一下。

徐燎摔得不重，可那延庆公主跌下来时头部冲撞了一下，昏了过去。徐燎忍着身上的剧痛，去检查她的伤势，发现只是皮外伤，并无大碍。栾廷玉坐在徐燎身边，两人想起扈成等人落在苏轸手中，绝无生机，不禁喟然长叹，许久不曾说话。

过了一会儿，栾廷玉先开口道："这女子是谁？"

徐燎漫不经心道："她是延庆公主，皇帝的宝贝女儿。"

"她是公主？"栾廷玉微微一怔，随即明白了苏轸为何不敢下令放箭。

大宋公主在敌人手中，谁敢轻举妄动？但是，这也是个烫手山芋，如今虽借她脱身，怎么摆脱她也是个问题。栾廷玉瞧了一眼昏迷中的延庆公主，问徐燎道："现在怎么办？"

"只能暂时委屈公主和我们同行啦！到了青州地界，再寻个机会将她送去衙门。"徐燎自从恢复记忆之后，思维也比之前清晰不少。

他这番话，让栾廷玉明白了他的用意。要是在这荒郊野岭抛下公主，万一有个三长两短可就麻烦了。到底是金枝玉叶，又如此美貌，被歹人见了，难免有谋财图色的想法。若是送去衙门，核准之后，官府便会派人将公主护送回京城。

夜色渐渐退去，天空开始泛白，林中也开始传来长短不齐的鸟鸣声。

良久没有进食，眼看天都要亮了，栾廷玉和徐燎腹中也是饥饿难耐。栾廷玉指了指那匹摔断脖子的死马道：“四野没有什么可以吃的，打野味也太费时间，不如就吃了这位‘救命恩人’吧？”

徐燎苦笑道：“看来，这救命恩人又要救我们一次了！”

栾廷玉从腰袋中取出一块燧石，又抽出铁棒，擦出火星，在捡来的枯叶上开始生火。徐燎又用虎翼刀割下白马的四条腿，用溪水冲去血沫，刀锋刮去皮毛，再串上树枝，在火堆上烤了起来。火焰将马腿上的油脂烤得滋滋发响，过不多时，浓香便弥漫开来。

马腿烤得差不多了，栾廷玉伸手撕下一块马肉，放到嘴里大嚼起来。

正在此时，耳边忽然传来一阵微弱的呻吟，两人目光投去，看见延庆公主悠悠醒转过来。她睁眼四望，见到两个陌生男人正坐在旁边吃烤马肉，不禁吓得大声尖叫起来。

“喊什么喊？这儿方圆十里都没有人烟，喊破喉咙也没有用！”栾廷玉一边说话，一边对着枝干上的马肉吹冷气。

延庆公主见两人暂时没有加害之意，心情稍微平复。她生性率直，看他们吃着马肉，并不理睬自己，心下有了几分恼怒，便大声道：“你……你们胆子这么大，竟然敢绑架我，你们知道我是谁吗？”

“当然知道，你是公主嘛！”栾廷玉冷笑一声。

“知道我是公主，还不送我回去！要是让我父皇知道，一定处死你们！到时候就把你们架在火堆上烤，和这匹马一个下场！”

“既然如此，我们更不能把你送回去了，我们两个还想活命呢！不如把你卖给山贼，做个压寨夫人如何？山贼头子一定没见过公主，出手也阔绰，这样我们还能赚一大笔银子呢！”

栾廷玉一生之中，最见不惯飞扬跋扈之人，这延庆公主要是老老实实也就罢了，但她气焰如此嚣张，栾廷玉便故意装出一副匪气，用言语来捉弄她。

延庆公主哪里知道这是玩笑，她出生在深宫，又得宋徽宗百般怜爱，谁敢揶揄？是以听了栾廷玉这番话，当真以为要被卖去山头做压寨夫人，泪水便在眼眶中打转。但她性格倔强，硬是嘴上不肯求饶半句。

“殿下宽心，栾大哥和你说笑呢，到了青州我们就放了你。”

徐燎毕竟曾在朝中为官，对待皇室还是带着几分尊敬，不似栾廷玉草莽气这么重，即便是天子，他也敢拿来说笑。

延庆公主原本正自抽泣，听徐燎这么一说，不顾脸上还挂着泪珠，便笑道：“刀疤脸，原来你是在吓唬本宫！”说完，她用袖子擦干脸颊的泪水，道，“算啦，不和你计较！”

栾廷玉苦笑着摇头，心想这公主个性天真烂漫，倒不似传说中的那么刁蛮。

延庆公主“哼”了一声，扭过脸去，瞧见了烤架上的马肉。

“咦，这么香！我也要吃！”她站起身来，自顾自走到烤架边上，学着他们撕下一块肉，放进嘴里。

谁知才嚼了几下，便吐了出来，蹙眉道：“呸，怎么这样难吃！”

她自小吃着大内御厨精心调制的山珍海味，对食物的要求很高，味蕾也极为敏感，这种没加调味佐料的乡野粗肉，哪里入得了她的金口？

徐燎耐着性子，温言劝道：“等到了市集，我再买点好酒好菜给殿下。这里四下荒芜得很，只能请殿下将就着吃了。”

栾廷玉看不过眼，没好气道：“不吃就不吃，何必浪费？等你饿了，自然什么都要吃了。”

“凶什么凶！本宫爱吃什么，用不着你管！”延庆公主也不甘示弱，回敬了栾廷玉一句。

两个人互不买账，你来我往地斗起嘴来，徐燎也毫无办法。

吃完烤马肉，三人便动身前往青州。

青州位于东京东北方位，相距一千里路，步行最快也要十来天。原本栾廷玉以为这一路上公主会想尽办法逃走，谁知她不仅没有这个打算，与他们相处时，也像毫无芥蒂一般，还时常问东问西，对周边的一切都感到新奇。

其实延庆公主早就厌倦了皇宫内的一切，但毕竟尊为公主，怎么可以随意出宫？别说群臣不会答应，认为有失皇家颜面，就算宠其备至的宋徽宗，也断不会同意。所以，虽然是被绑架，但既然对方无意加害，自己不过是人质而已，那不如做个快快乐乐的人质。

延庆公主走不得路，每天步行几十里，也着实难为这位常年待在宫里的公主。栾廷玉本想买几匹马代步，却苦于身上盘缠不多，只好作罢。但延庆公主每天不是哭天喊地，就是赖着不走，搅得栾廷玉束手无策，只得沿途在泗水县买了一匹，专给延庆公主骑，他和徐燎牵着马步行。

就这样走了十数日，一日中午，到了青州城南的临朐县。

他们在市集上找了家饭馆，点了几样小菜，还要了临朐出名的煎饼和山楂。这些日子延庆公主跟着他们赶路，对饮食的要求也有所降低，毕竟民间的食物不如御厨那么考究，偶尔有几样小吃风味独特，延庆公主也会多吃几口。

菜上齐后，栾廷玉斟了杯酒，对延庆公主道："到这里也就安全了，吃过这顿，你骑着马去青州城找衙门，我们就此别过。"

"别啊，你们不是要去什么二龙山吗？我和你们一块儿去！"

延庆公主一听他们要撇下自己，满是不开心。

栾廷玉把酒饮尽，奇道:“山上都是一些绿林中人，你去做什么？快回你的皇宫，不然你皇帝爹爹可要急疯了。”

延庆公主秀眉一轩，笑道：“去见见世面啊！总之现在我不要回宫，等我玩够了再回去。而且就算有绿林中人，我也不怕，你们会保护我的。”

“谁说我们会保护你？我和他都是被朝廷通缉的人，说不定哪天就把你杀了，到时候你可不要后悔。”栾廷玉吓唬道。

“不会的，你们都是好人，我瞧得出来！”延庆公主不客气地拿起山楂吃起来，脸上堆满笑容，“不用劝啦，我就是不想回去。”

听她这么说，可见是吃了秤砣铁了心。这段时间相处下来，栾廷玉和徐燎都知道这公主的脾气秉性，你越是不让她做什么，她就偏要做什么，还不能打，不能骂。原以为到了青州，终于可以送走这位“小祖宗”，谁知竟是刺棵子粘到裤腿，想甩都甩不掉。

“要上山也行，但是你不能说出自己的身份。二龙山上盘踞的虽是武松、鲁智深等好汉，却也可能有朝廷派来的内鬼，若是让官家知道你藏身二龙山，可要害死大家了。”

徐燎考虑得十分周全，栾廷玉也在一旁点头。

延庆公主见他们松了口，十分高兴，笑着说道:“没问题，你让我说什么，我就说什么！这样总行了吧？”

栾廷玉想了片刻，提议道:“若有人问起，就说是徐燎在皇城司的旧部。你对皇宫内院比较熟悉，别人也不会怀疑你。名字么，随便编一个就行。”

“行啊，这个简单，你们瞧着！”延庆公主说罢，将手中的竹箸搁在桌上，向徐燎拱手作揖，装模作样道，“下官仇琼英拜见徐大人！祝徐大人福如东海，寿比南山！”

她学着仇琼英的语调说话，神态诙谐，栾廷玉和徐燎拿她没辙，只能相视苦笑。

三人用过午饭，便出了临朐县，往二龙山进发。

他们沿路问了几个樵夫，根据他们所指的方向大约又走了两个时辰，眼见冈峦连绵，高山环绕，山头悬崖峭壁，形似堡垒。栾廷玉瞧了一眼，道："这里已是二龙山所在。这山头易守难攻，自古便是绿林好汉啸聚之处。"三人一路蹒跚上冈，山路起伏蜿蜒，极为难走，道路两边苦竹森森，苍莽葱茏，走了半个时辰才到山门。

这时，忽从竹林中闪出胖瘦两个喽啰，手里各端着一张神臂弓，箭头对准了他们三人。

"要命的，留下钱财，快下山去！"

栾廷玉知道他们是鲁智深的部下，便举起双手，高声道："我要见你们山寨之主！"

胖喽啰道："你道我们头领是谁，是你想见就能见？再废话，休怪爷爷箭镞不长眼，在你身上射几个透明窟窿！"

"喂！你们讲不讲道理？我们千里迢迢来投靠你们头领，至少要通报一声吧？哪有话都不让说，直接轰人下山的？"延庆公主看不过眼，指着胖喽啰就骂起来。延庆公主贵为帝姬，自小没人敢忤逆她的意思，被人拒之门外的情况更是从未有过，此刻当然咽不下这口气。

那瘦喽啰一双贼眼在延庆公主身上打了个圈儿，见她美貌，色心顿起，于是奸笑道："你们两个留下钱财和这个小妞，快快下山去吧！"

延庆公主一听这喽啰要留住自己，惊怒交集，口中语无伦次道："你……你胡说什么……臭奴才竟敢打本宫的主意……我让父……

我砍了你的狗头！”

胖喽啰用手扳起神臂弓的望山，只需他手指轻轻一拨悬刀，箭镞便会直接射向他们！

“留下女子和钱财，滚下山去！”

接着，他发出了最后的警告。

栾廷玉与徐燎对视一眼，均明白对方心里所想。留下延庆公主，当然不可能，摆在他们面前的只有一个选择——硬闯二龙山！

第四章 二龙山

胖喽啰见栾廷玉和徐燎兀自站在原地，并无离开的意思，不禁恼怒，心想先杀他一个，就地埋了，头领也未必会知道。他一动杀心，面目即刻变得狰狞起来，手指要扣动悬刀。就在此时，徐燎忽然抬起一脚，踢向地上的沙土，陡然间尘土翻滚，谁都看不清眼前的情况。

这突如其来的变故令两个喽啰手脚大乱，射也不是，走也不是，就在他们犹豫的当口，栾廷玉与徐燎同时发动，两人化身两条黑影，分袭胖瘦喽啰。

烟尘渐去，栾廷玉一脚踩着胖喽啰的脑袋，徐燎则将虎翼刀架在瘦喽啰的脖子上，眨眼工夫，两人尽皆被伏，手中的神臂弓俱已被踹飞，落在离他们两丈处的泥地上。

延庆公主见状，拍手叫好，小跑过去拿起地上的神臂弓。弓弩作为大宋禁军的武备，延庆公主自是不陌生，使用方法也很熟悉。她将食指搭在悬刀上，箭尖对准瘦喽啰的太阳穴，满脸得色，问道："还想打本宫的主意？今天非在你脑袋上留几个透明窟窿不可！"

瘦喽啰见她不是开玩笑，哭喊着求饶。

栾廷玉沉声说道："虽然是他们先发难，但我们来这里投靠人家，一来就杀人，恐怕不妥，你且把弩收起来。"延庆公主当然不依，吵着闹着要杀人，徐燎则在一旁温言相劝。胖瘦喽啰见自己的性命竟掌握在一个女娃手里，不禁感到奇怪，但嘴上也不敢多说。

正僵持间，忽然竹林中发出一阵杂乱的沙沙声，过不多时，从林中蹿出数十个手握兵刃的喽啰，为首的男子一脸横肉，蓄着胡须，赤着膊，拖着一柄朴刀奔来。栾廷玉握紧手里双棒，徐燎横刀在胸，身体挡在延庆公主前，随时准备展开一场搏杀。

赤膊男子瞧了二人几眼，竟然怒色渐敛，开口道："且都不要动手！你们两个擅闯我二龙山，可通报个姓名？"

栾廷玉朗声道："我行不更名，坐不改姓，铁棒·栾廷玉便是！"

"莫不是祝家庄的栾教头？"男子大惊，撇了朴刀，纳头便拜，"小人有眼不识泰山！有怠慢处，请栾教头恕罪则个！小人原是开封府人氏，八十万禁军都教头林冲的徒弟，姓曹名正，祖代屠户出身，人称**操刀鬼·曹正**，与栾教头在少室山有过一面之缘。"

栾廷玉收起双棒，拱手回礼道："原来是曹义士，久仰，久仰！"

胖瘦喽啰见曹正拜服栾廷玉，更是吓得魂飞魄散。曹正瞥了他们一眼，怒道："这两个泼皮不知好歹，冲撞了栾教头，待回了山寨，定不轻饶，军法伺候！"

栾廷玉道："一场误会。"既已表明身份，他和徐燎便扶起地上的胖瘦喽啰。杀不成这二人，延庆公主气得直跺脚，但也没其他法子，只能兀自怄气。

曹正领着一群喽啰带着栾廷玉三人上山，三重关上，摆着檑木炮石，硬弩强弓，一片肃杀气氛。过得三处关闸，众人来到宝珠寺前，除了三座殿门前有一块平地，周遭都是木栅围城。寺前山门下立着七八个喽啰，看见曹正归来，便上前行礼。曹正不耐烦道："快去通知头领们，就说祝家庄的栾教头来了！"

栾廷玉三人跟在曹正身后，入了佛殿，只见这殿上的佛像都已经被抬走了，空出的地方放置着三张虎皮交椅，众多小喽啰拿着枪棒，林立在旁。过了约一盏茶工夫，从后殿急急走出一个长身女子，见了栾廷玉便快步上前，正是扈三娘。

扈三娘握住栾廷玉的手，激动道："师父，你终于来啦！"

栾廷玉顿了一顿，温言说道："外面想杀我的人确实不少，可有本事杀我的，还真没几个呢。"

可能意识到自己情绪太过，扈三娘忙撒了手，朝徐燎和延庆公主点头致意。栾廷玉本想将扈成的事告诉她，但怕她一时无法接受，话到嘴边，终究是没有说出口。

"栾大哥，兄弟可挂念你呢！"

栾廷玉闻声望去，只见唐霄向他跑来，恭敬地行了个叉手礼，激动之情溢于言表。杨采苓跟在他身后，虽话不多，但也是喜不自胜。徐燎此时也上前，分别与他们行了揖礼，杨采苓和扈三娘还了万福。

过不多时，鲁智深、武松、杨志、施恩、张青、孙二娘、刘唐、白胜等头领来到殿上，那少林寺的怪僧玄武也赫然在列，不过话语不多，一副唯唯诺诺的模样。

"栾教头，今后你和洒家，就是自家兄弟啦！"鲁智深最为激动，紧紧握住栾廷玉的手不放。他对栾廷玉一向敬仰，从前苦于身在梁山，难以结交，如今终于可以把酒言欢，和这位钦佩已久的豪杰交上朋友。

"对了，晁天王的情况如何？"栾廷玉关切道。

鲁智深叹了口气，沉声道："病情并不稳定，幸好有杨姑娘在，还算调理得不错。有时候会醒来，但大部分时间都在昏迷中。唉，希望天王早日痊愈，这二龙山的山寨之主，洒家让给哥哥做，才是众望所归。"

栾廷玉又向二龙山群雄介绍了徐燎与延庆公主。说到延庆公主的身份时，便扯了个谎，说她是徐燎在皇城司的下属，名叫仇琼英。加上延庆公主一本正经的表演，大家自然也信了。鲁智深拉着栾廷玉，笑着对众头领道："今天夜里洒家要大摆宴席，给栾教头接风，如何？"众人赞同纷纷，霎时欢声雷动。

到得夜间，宝珠寺里里外外张灯结彩，鼓乐齐鸣，一派热闹气象。整个寺内满满当当摆了数百席，筵席上三牲五鼎，水陆杂陈，众人或是猜枚掷宝，沽酒豪饮，或是挨肩搭背，倾心吐胆。

三巡酒过，鲁智深起身朗声说道："今日祝家庄的栾教头和徐燎兄弟驾临二龙山，使得咱们宝珠寺蓬荜生辉。栾教头颖悟绝伦，早就识破了宋江的阴谋。我等混迹江湖，尊的就是'侠义'二字。若不是栾教头，洒家可能还蒙在鼓里，继续做宋江这背信弃义之徒的爪牙。徐燎兄弟武艺高强，对朝廷的龌龊之处了若指掌，加入咱们之后，更是如虎添翼！栾教头、徐燎兄弟，洒家敬你们一杯！"说着端起一碗烈酒来，仰着脖子一饮而尽。

栾廷玉、徐燎见鲁智深喝得这般豪迈，胸中豪气顿生，回敬了一碗。

鲁智深又给自己斟了满满一大碗，举起酒碗道："洒家这里还有一桩好事要向众位兄弟宣布。昨天得到情报，周通与史进带着旧部，都已下了梁山，各自回了桃花山与少华山，并有意和二龙山组成三山联防，以御外敌。如今以三山联合的势力，足以与梁山泊抗衡！他宋江若不来犯我们，也就罢了，若是胆敢来犯，我们也不饶他！”

话音甫落，殿上众人轰然叫好。他口中的两人，分别是那**小霸王·周通**与**九纹龙·史进**。梁山之前，他们俱是占山为王的一方霸主。周通虽为桃花山的二当家，可那大当家的**打虎将·李忠**却是个没甚主见的人物；史进是少华山之主，麾下有**神机军师·朱武**、**跳涧虎·陈达**、**白花蛇·杨春**三位将领，都与鲁智深有很深的渊源。这两座山头原本就唯二龙山马首是瞻，此番二龙山因宋江暗通朝廷之事与梁山分裂，也动摇了周通与史进的心思。

这个消息倒让栾廷玉心头一震，以他对宋江的了解，怎么会如此轻易让到手的肥肉飞走？既然得不到，不如将其毁灭，就像当年攻打祝家庄一样。三山联防的构想虽有足够的威慑力，但宋江决计不会就此罢手。二龙山与梁山的战争，才刚刚开始。

延庆公主坐在席间，对一群粗汉的吃相感到有些厌弃，便不动筷，只是喝茶。坐在她右侧的玄武和尚也不去夹菜，只是低头扒着白饭。延庆公主瞧得有趣，便问道：“小师父，你怎么光吃饭，不吃菜呀？”

玄武讪讪道：“小僧不能沾荤腥，只能吃米饭。”

延庆公主指了指桌上一盆芹菜炒百合，问道：“那里不是有素食吗？”

玄武答道：“这里的人爱用荤油炒蔬菜，若是吃了，也等于破了清规戒律。小僧虽然被逐出了师门，但师父也说了，心中有佛，哪里都可以修行。”

邻座的一位大汉听见他俩的对话，大笑道：“姑娘，你别理他。这和尚有离魂症，疯疯癫癫的，一会儿一丁点儿荤腥不沾，一会儿又与我们猜拳喝酒，大口吃肉，浑不在意。”

玄武嗫嚅道：“他是他，我是我，我的修行，与他毫不相干。”

延庆公主来了兴致，便凑过去问那大汉道：“这位大哥，什么是离魂症？”

那汉子见她美貌，心里也有几分欢喜，便耐着性子将玄武的姐姐如何被宋江所杀，如何在少林寺发狂，如何在达摩堂大校时打死同门师兄，如何击杀暹罗拳术高手，从头至尾给延庆公主讲了一遍。由于故事太过离奇，延庆公主听得津津有味，感觉比宫里太师讲的江湖逸事，还要精彩得多。

“那他的武功一定很厉害啦！”延庆公主拍手说道。

汉子苦笑道：“厉害是厉害，不过这疯和尚的武功时有时无，有时武艺极高，数十人不能近身，有时则懦弱无比，连女人都打不过。所以他武功厉害不厉害，我也说不准。”

延庆公主奇道：“什么叫时有时无？”

汉子耸肩道：“你若是在这里住上几日，就明白啦！”

延庆公主听完，把目光投向正低头吃饭的玄武身上，内心好奇至极。

她在东京皇城的时候，没有见过和尚，对佛教的了解，也仅限于一些太监宫女所讲的故事，对于同时拥有两种性格的人，更是闻所未闻，是以对眼前这个看上去老实巴交的少林寺和尚充满了兴趣。于是她便缠着玄武问东问西。

玄武一开始还耐着性子回答，说得多了，渐渐觉得烦闷。也许因为是佛门子弟，他见延庆公主生得美貌，多少有几分不自在。他也觉得奇怪，何以与杨采苓在一起时，没有这种不自在的感觉呢？反而觉得十分自如。

想到此处，玄武不禁偷偷向杨采苓瞧去。

只见杨采苓单手支颐，面对满桌佳肴，却不举箸，而是怔怔出神。不吃饭，并不代表她不饿，而是生着闷气。能让她如此气恼的人，也只有兵诛城的少主唐霄了。宴席刚开始的时候，唐霄还在，也敬了不少酒。可是一转眼，人又不见了。杨采苓知道他定是去了晏贞姑那边。

少林寺一役，使得晏贞姑精神受到严重打击，数病并发，卧床至今仍虚弱不堪。唐霄极为紧张，日夜陪伴在她的身旁。经过杨采苓的细心调理，晏贞姑的外伤好得很快，内心的阴影却一直挥之不去，但她越是这样，唐霄越是放心不下，将所有精力都花在了她的身上，故而冷落了杨采苓。

可是，唐霄自己并没有察觉到这一点。

关心自己的师妹有错吗？他不觉得。

离开筵席后，唐霄悄悄来到了晏贞姑的卧房，拖过一张椅子，静坐在她的床边。

拖动椅子的时候，椅脚刮擦青石板的刺耳声让晏贞姑从梦中醒转过来。她双眼微睁，蓦地瞧见唐霄，把头转向另一边，不去看他。

“师妹，今天感觉怎么样？”

“我没事，你走吧。”晏贞姑冷冰冰地道。

“你别这样，大家都很担心你。孙列的事……”

“不要提他的名字！”晏贞姑突然转过脸，冲着唐霄怒道，“你再提他的名字，我就杀了你！我就杀了你们所有人！”

唐霄住嘴。他看着晏贞姑憔悴的面容，内心一阵刺痛。

“你为什么老是盯着我？是可怜我吗？”说话时，晏贞姑咬牙切齿，仿佛唐霄不是她的师哥，而是她最痛恨的仇人。

“因为你是我的师妹。”

“不是了，以后我不是你的师妹，我们没有任何关系。我不需要你来可怜我，你若有时间，还是多陪陪杨姑娘吧！”

“对不起，师妹，你变成这样，都是因为我们。”

“不准叫我师妹！”

“如果可以补偿，你让师哥做什么都行。”唐霄握住晏贞姑的手，诚恳地说道。

晏贞姑甩开了他的手，冷笑道：“做什么都行？我让你现在就去杀了杨采苓！”

“小苓她又没惹到你，我为何要杀她？”

“说到底，她还是比我重要，是不是？”

其实晏贞姑与杨采苓无冤无仇，这几日又是杨采苓一直在照料她的伤势，她又怎会真的动了杀杨采苓的念头？只是她对师哥唐霄一往情深，见了师哥的未婚妻自然有种无以名状的敌意。

“你们俩在我心里，都很重要。你是我的师妹，她是我的……”唐霄说到此处，顿了顿，才续道，“唉，总之你们两个我都不会杀的。我宁愿杀了我自己，也不会动你们一根手指。”

“我不需要你们的怜悯。你知道吗？每一次你们劝慰我，都会再伤害我一次，每一次你们让我忘记过去，那些惨痛的画面都会再次浮现眼前，反复不止。这何尝对我不是一种伤害？我已经被孙列的手下糟蹋了，莫说你堂堂兵诛城的少主，便是普通的贩夫走卒，也会看我不起……”晏贞姑越说越悲，终于忍不住淌下泪来。

宋时人们对礼教之防，极为看重，故《二程全书》有饿死事小，失节事大之说。晏贞姑惨遭歹人玷污，难免会被人戳脊梁骨。虽是女侠，亦是女子，在这种境遇之下，自然是生不如死。此时师哥唐霄的关怀，只会令她加倍痛苦，这是普通人无法理解的。

见到晏贞姑哭泣，唐霄顿时手足无措，不知该说些什么。

哭了一会儿，晏贞姑忽然皱起眉头。

“师妹，你怎么啦？是不是哪里不舒服？”唐霄见她脸上血色渐渐退去，隐隐显出青色，连忙问道。

“不要你管。”晏贞姑捂住胸口，从牙缝中挤出四个字。

“我去喊小苓来……”

“不用……我……我没事……”晏贞姑话音刚落，忽地双目圆睁，哇地吐出一口血来。

那口血直直喷射在唐霄衣襟上。唐霄大惊之下，忙扶住晏贞姑，骇然道：“师妹！师妹！你……你怎么了？这是怎么了？”

晏贞姑面色忽青忽白，挣扎了半晌，才道：“中……毒……”

“中毒？怎么会中毒？”

他说话语无伦次，脑中亦是一片空白。只有一个念头从心中浮现出来——在这二龙山上，有人想要晏贞姑的命。

听见屋内喧闹，经过卧室门口的巡卫悄悄推开门，唐霄见了巡卫，忙道：“快把杨姑娘找来！”

那巡卫看到满地鲜血，知道大事不妙，转身就向宴客厅跑去。过不多时，杨采苓和栾廷玉便率先赶到，随后鲁智深领着二龙山诸位头领，也进得屋内，皆惊惧不已。

杨采苓上前把了晏贞姑的脉象，面色倏变，对众人道：“她……她中了剧毒！”

鲁智深双眼一瞪，一指身边的喽啰，扬声喝道：“晏女侠的药都是你负责熬煮的，何以会有毒？难不成是你这撮鸟下的毒？”

那喽啰吓得跪倒在地，不住磕头：“小的都是严格按照杨姑娘的方子熬煮，不敢有半点差池，请头领明察！”

鲁智深迈前一步，一把揪起那喽啰，虎目放光，举起拳头道：“若不是你这厮，还能有谁？不从实招来，休怪洒家拳头不长眼！”

武松上前劝道：“事情没搞清楚之前，先不要冲动。”

杨采苓听了半天脉象，神色越来越凝重，最后她用手指蘸了地上的血液，放到鼻下嗅了嗅，转头去问那喽啰：“喂汤药的时候，你是不是拿了我桌上的药丸？”

喽啰点点头道：“是啊，杨姑娘你不是说这药丸随汤服用么？”

杨采苓又道：“我让你拿的是红色袋子里的药丸，你为何去拿黑袋中的？”

喽啰愣了片刻，惊道：“这两袋中的药丸，原来不同？哎呀，我可糊涂了，我以为都是一样的呢！这两种药丸，外形上也无甚区别啊！”

在一旁的唐霄已听出了端倪，急急问道：“小苓，黑袋中的药丸，究竟是什么药，毒性何以如此剧烈？”

杨采苓面上一阵红一阵白，心中有愧，轻声道：“黑袋中的药，是我根据余五娘的《毒经》所炮制的。本想用来对付敌人，谁知竟然……唉，我真是糊涂！”

“现在说什么都没用，你快点想法子救救她！”唐霄指着昏睡在床上的晏贞姑，神情关切之极，恨不能代替师妹受苦。

杨采苓面色懊恼之极，却站在原地，没有任何行动。她没想到，自己一时好奇，利用《毒经》制出的“五毒丹”竟会被晏贞姑误食。要是知道会发生这种意外，她绝不会翻开这本毒药秘籍。可是现在说什么都没用了，一切都为时已晚。

唐霄催促道：“为什么不救她？快啊！”

杨采苓呆了一呆，讷讷说道：“这‘五毒丹’是取蜈蚣、毒蛇、蝎子、壁虎和蟾蜍等世间五种剧毒之物，佐以北乌头、断肠草、马钱子、箭毒木和甘遂等五种剧毒植物，融合研制而成，由于毒性太过复杂，服下之后，几乎无药可救。”

“无药可救是什么意思？你的意思是她必死无疑？”唐霄看了看杨采苓，又看了看躺在病榻上的晏贞姑，一时无法接受。

“目前只能做到延缓五毒攻心，但时日一久，恐怕……”讲到此处，杨采苓眼神忽然暗淡下去，低着头不说话了。

卧室内一阵沉默，众人都不知该说些什么，也不知在此时安慰唐霄，是否合适。此时的唐霄也怒气渐增，嘴上虽不说，心里却在暗暗怪罪起杨采苓，觉得师妹误食毒药，都是杨采苓的过错。

栾廷玉已瞧出了他的心思，上前一步，安抚道：“天下之大，医术高明者甚多，未必没有救晏姑娘的法子。你先别恼，大伙儿商议一下，看看还有什么办法。”鲁智深也在一旁附和。

“你为什么要研制这种害人的毒药？”唐霄面色铁青，没理会栾廷玉，而是转过身来，追视杨采苓。

“我不会武功，你和敌人交手的时候，我只能在一旁干着急。后来我想，余五娘武功也不好，但她会用毒。我不想成为你的累赘，想帮你，所以……”

“够了！”唐霄蓦地喝断道，“你想帮助我，就弄这种害人的东西？”

“我不是有意……”

“虽是无意，但师妹已经这样了！师妹若是有个三长两短，我如何向师父交代？”

杨采苓见唐霄如此在意晏贞姑，心中也泛起一阵不快，倔道：“你师父要是来问罪，你便说是我故意杀的，让他来找我！”

“你……”唐霄气得说不出话。

“我见不得你和你师妹好，所以故意毒死她！行了吗？”杨采苓边说边流泪。

“你当真是这么想的？”唐霄聪明一世，此时却被怒气冲昏了头脑，杨采苓说的气话，他都当了真，“她与你无冤无仇，你就要她的命？你……你好狠毒，杨采苓，我看错了你！”

眼见唐霄问起罪来，杨采苓竟抹去泪水，冷笑道：“怎么？天下闻名的兵诛城少主，现在想对一个手无寸铁的女人动手？来！有本事你在天下英雄的面前，杀了我！”

唐霄双眸闪闪，怒视杨采苓。

众人知道他不会对杨采苓动手，也就没上前劝阻，只有玄武走到他们中间，好言劝道：“唐居士，小僧有些话想说，请您见谅。这件事，也不能都怪在杨姑娘身上，是阴错阳差发生的意外。那意外既已发生，我们应当全力救治晏姑娘，而不是在这里互相埋怨。”

“意外？她刚才可说是有意的。”唐霄道。

“没错，我要这女人死。”杨采苓也不退让，反而更大声。

若是平时，唐霄定会让步于她，但眼下师妹命悬一线，所有的理智都已离唐霄而去，只剩下责怪和暴怒。人一旦遇到问题，都会习惯性地去寻找一个怪罪的对象，就算机智无双的兵诛城少主，也未能幸免。

唐霄上前一步，想去抓杨采苓的手，却被玄武用身子挡在前面。唐霄正自恼怒，见这懦弱的和尚也来与自己作对，喝道：“让开！”同时伸手去推他。谁知力气用多了几分，这玄武是不会武艺的玄武，哪经得起他这一推，整个人飞身摔出，倒在地上，头在石板上磕了一下，当即流出血来。

“你怎么这样粗鲁！别人好心劝你，你却动手打人！”

人堆里走出一个女子，正是延庆公主。她见玄武和尚受到欺负，指着唐霄便骂。

唐霄误伤了玄武，也觉得理亏，刚想开口道歉，却听见地上的玄武口中发出一阵怪声。怪声过后，玄武身形平地拔起一丈多高，向唐霄急冲而去！唐霄反应也快，身形一晃，躲过玄武双拳一阵猛攻，身形起处，疾如闪电！

玄武见唐霄躲过自己的进攻，身子一晃，又欺将过去，唐霄见识过他的拳法，情知不妙，于是双足点地，堪堪从玄武顶上掠过，身形急转之间，一道银光射向玄武脚踝处。玄武忙后退几步，唐霄射出的那枚无影飞刀便钉在了地上，与此同时，玄武向后一记侧踢，唐霄来不及拆招，双臂交叉，硬吃下这记猛踹，身子连退了五六步才定住。

玄武不等他站稳，人影一晃，又向唐霄追击而去，瞬息之间，进了三招！唐霄与他近距离交手，以硬碰硬，拆了几招，兀是觉得吃力，落了下风。

众人见他们这么打下去，必有一伤，急急出手。武松、杨志一左一右，止住玄武攻势，栾廷玉、徐燎一前一后，抵住唐霄将要射出的暗器，鲁智深挡在中间，将两人生生扯开，喝道：“都住手！谁若在宝珠寺放肆，便是与洒家过不去！”

延庆公主见了他俩闪电般的过招，目瞪口呆，双手举在半空，竟是要鼓起掌来。

玄武推开武松与杨志，冷笑道：“佛爷和他闹着玩呢，你们紧张什么？”表情傲慢至极，显然刚才磕到了头，离魂症发作，已不是之前那个懦弱的小和尚了。

唐霄喘着粗气，手指还拈着一枚铁镖，提防玄武再次向他发难。

此时屋内已被打得桌翻椅倒，一片狼藉。

在一片寂静之中，杨采苓缓步走到唐霄跟前，猝然扬手打了他一个耳刮子，含泪怒道："唐霄，记得你今日说过的话！从今天起，我便是嫁猪嫁狗，也不会嫁给你！"这一记耳光直打得唐霄发蒙，还没反应过来，就看见杨采苓大步走出房间。

鲁智深急忙问道："杨姑娘，你去哪里？"

杨采苓头也不回，冷冷道："下山，回四川。"栾廷玉本要遣扈三娘去追她，却被唐霄拦住。这不是赌气，而是他对杨采苓太过了解。

玄武理了理衣襟，扫视一圈后，也随着杨采苓跨出房间。

延庆公主在他身后追问道："小师父，你去哪儿啊？"

"我也下山啦，护送杨姑娘回四川。"玄武留下这么一句话，人早走得远了。众人见识过他的功夫，也没人敢去拦他。

唐霄望着远去的杨采苓，又转过头去瞧已然昏迷的晏贞姑，内心五味杂陈。他不知道自己做错了什么，为何重要的人都离他而去。先是父亲，再是师妹，最后连一直追随他的杨采苓，都弃他于不顾。想到此处，他心中一酸，险些掉下泪来。

众人见他们二人闹得不欢而散，俱唏嘘不已。

回到自己房间，杨采苓收拾了行李，从枕下取出那本《毒经》，本打算撕个粉碎来泄愤，却又想起了临死前的余五娘。她双手捧着这一册秘籍，踌躇半日，最后还是卷起来塞进腰间。她将包袱背负在身后，准备推门而去，突然止住了脚步。她犹豫片刻，转身回到桌前，展开笔墨纸砚，匆匆写下几行字，再将纸张撕成两半，小心翼翼地折叠起来。

出门后，她找到柴叔，将两张纸递给他，嘱咐道："这个是晁天王的方子，每日按时给他服药，一个月后停药观察，如果没有好转，只能另请高明了。这一张，是给屋里那位晏姑娘的，记住，用这几味药来救她，是棋行险招。用药的后果已写在纸上，你让唐霄自己好好斟酌之后再用。"

柴叔随唐霄来到二龙山后，照常负责唐霄的起居饮食，多年在兵诛城做总管的经验发挥了作用，将二龙山的后勤安排得井井有条。杨采苓和唐霄发生矛盾，他也有所耳闻，但下人终究是下人，他说的话，少爷未必会听，也只能由着他去。杨采苓说话时，柴叔不住地点头，对她依依不舍。

道别柴叔后，杨采苓来到寺门口，见栾廷玉与扈三娘并肩向他走来。

"我去意已决，你们不用留我啦，"杨采苓回首望了一眼这宝珠寺，苦笑道，"或许不是我的，再强求也无用。从前我一直觉得，既已被父母指腹为婚，我与他便是一对，无论如何，我都把他当作我的夫君。所以一直以来，我都不求他对我多好，只要他快乐，我也会快乐。可没想到竟换回这样的结果。我与唐霄，终究是有缘无分。"

栾廷玉江湖经验丰富，可对男女情感之事却一窍不通，也不知如何安慰，只得叹了口气，道："没想到会变成这样。杨姑娘，过几日等唐霄兄弟气消了，我再好好骂他。"

杨采苓摇头道："不用啦，今后他死也好，活也好，都与我无关。"

扈三娘张开双手，将杨采苓紧紧抱入怀中，在她耳边道："你想回来找我们，随时都在。”说完，她又从衣袖中取出几锭银子，放在杨采苓手心里。

“姐姐，你这是……”

“从这里回四川，路途遥远，一路上难免有需要打点的地方，多备一些银子，总是好的。这是师父和我的一点心意，和唐霄无关，你千万不能拒绝。”

听到他们说与“唐霄无关”，杨采苓心里又是一阵刺痛，不过脸上却不表露出来，笑着说：“那我收下了，以后你们到四川，一定要来找我。”

栾廷玉道：“一言为定！”

杨采苓看了看天，道：“时间也不早了，你们进去吧。我独自下山就可以了，对了，替我向鲁提督说声抱歉，多谢他这些日子的款待。”栾廷玉点点头，算是答应。

三人挥手道别，杨采苓便出了宝珠寺，往山下走去。

她沿着山道往下走，行了约莫一顿饭时分，四下里寂静无比，唯有丛林中鸟叫的声音。忽然，杨采苓听见一阵怪笑，心中不由得发毛。虽然光天化日，但此处是二龙山冈上极为荒僻的地方，杨采苓毕竟是个女子，难免有些害怕。她从腰间取出一个锦囊，囊中装着一包剧毒粉末，亦是她依照《毒经》调制，用来防身的。若是有强人来犯，这一包粉末劈头撒去，随风一吹，三四里内活物全部逃不过去。

“怎么走得这么慢？佛爷在此等候多时了！”

树荫下坐着的和尚，正是玄武。

杨采苓收起毒粉，嗔道：“你在这里做什么？吓了我一跳！”

“我见你孤苦伶仃一个人回四川，所以大发慈悲，送送你。不用谢我，出家人做好事是应该的。”玄武站起身来，一根齐眉棍扛在肩上，棍的一端系着包袱行李。

“你去四川做什么？”

“既然少林寺容不下本佛爷，我便去成都府找个佛寺出家，想来也不错。”

杨采苓知道他在胡说，也不再理他，自顾自往山下走。玄武笑嘻嘻地跟在她身后，也不打扰她。他们就这么一前一后地走着下山。行到山脚村庄，天色渐渐暗下，两人便向村里的村民借宿了一夜。第二日清晨，玄武又性情一变，成了那个低眉顺眼的小师父。

不过既然说好要护送杨采苓回四川，他也不能食言，怎么说承诺也是从他口中说出来，出家人不打诳语，说到就要做到。于是两人继续向西南方向赶路，说来也怪，他们所到之处，无论是山脚边的茶棚，还是市集里的饭馆，都早有人替他们打点了一切，吃饭住宿都不要钱，问了老板或掌柜，都说有客人垫付了。

这件事太过奇怪，令杨采苓十分费解。一开始她想会不会是栾廷玉或扈三娘，但两人临行之前已赠过盘缠，感觉不太像。又想到了唐霄，心中一喜，却又立刻否定，以她对唐霄的了解，就算他气消了，也不会躲在暗处替他们铺路。

那这个躲在暗处替他们结账的人，究竟是谁呢？

杨采苓想破脑袋也想不明白。

这一日，两人来到桃花山山脚下的一座小镇，找了家寻常饭馆，前脚刚踏入门槛，店伙计就迎了上来，热情道：“这位可是圣僧玄武？这位可是医神杨姑娘？”两人点了点头。店伙计又道，“请随我这边来。”说完便引着他们，走到一张全店最大的一张餐桌边上。

杨采苓见此，摇手道：“我们吃碗素面就走，用不着坐这么大的桌子。”

店伙计忙道：“要的，要的，之前有贵客吩咐过，一定要招待周全才行。两位远道而来，在我们店里一定要吃得舒服，吃得开心。”

“那位吩咐你的贵客什么模样，你还记得吗？可否告诉我们？”

听他这么一问，店伙计露出为难的神色，支吾道：“贵客不让说，要是说了，那之前给小人的打赏，可都得要回去！实在抱歉，这个不能讲。”

杨采苓心下生疑，却也不好多说什么，挥了挥手让伙计去忙。她想，这若是有人刻意安排的话，又怎么知道我们进的是哪家饭馆？难不成，他将这个小镇所有的店家都打点过了？这人的目的究竟是什么？

趁着店伙计去备菜的空隙，杨采苓将心里的疑惑说了出来。

玄武听罢，双手合十道：“也许是因为杨姑娘的善行积了福德，好人有好报，一切都是因果。阿弥陀佛，依小僧愚见，杨姑娘还是别太拘泥于是谁在帮助我们，或许他是不想表明身份，或是不方便表明身份呢？我们安心受之即可。”

杨采苓还想反驳，却想不出该说些什么。

过了一盏茶工夫，四五个店伙计端着一盘盘热菜上了桌，几轮过后，一张大餐桌几乎被几十盘菜肴堆满。玄武见了这满桌美食，鸡鸭鱼肉，一应俱全，心里大喊罪过。杨采苓心里则越来越诧异，倒不是奇怪这排场，而是心疑那人的目的。

她近日来随着栾廷玉和唐霄闯荡江湖，平日里也听栾廷玉说了不少武林旧事，深知江湖上的尔虞我诈不胜枚举，是以处处小心。

“小二哥，我不沾荤腥，给我来碗素面吧！”

玄武对着这一桌荤菜，不知如何下箸。

店伙计听了，忙调派下去，说煮一碗素面给圣僧，一滴荤油都不准放。

杨采苓虽不食素，也只挑着清淡的食物吃。也许是心事重重，吃了两口就饱了。素面来了之后，玄武饿极了，呼哧呼哧吃了个精光，还把碗里的菜汤都喝了。

两人用餐完毕，这一桌菜肴几乎没有动过。

店伙计刚想问他二人对菜品是否满意，忽然听得窗外响起了一阵马蹄声。这马蹄声由远至近，越来越密集，隐隐是一大队人马。店伙计怯意陡生，拔步向后倒退。不仅是他，饭馆内其他伙计也手忙脚乱起来，搬桌的搬桌，封门板的封门板，纷纷忙碌起来。那些原本坐在桌前用餐的食客，听了这马蹄声，也是惊慌成一片，朝门外跑去。

杨采苓疑道："小二哥，这是怎么回事？"

店伙计吓得面色惨白，颤声道："姑娘，您二位还是快点找个地方躲起来吧！您这般美貌，若是被他见着了，可不知会怎么样呢！哎哟，不好，他要来了！"

玄武也觉得奇怪，问道："谁来了？"

此时店面已用门板封好，掌柜和伙计们都松了口气，那店小二才轻声道："这儿又来了个梁山贼寇！"

听见"梁山"二字，杨采苓不禁与玄武面面相觑。

"这些家伙，原本已投了梁山。这些日子不知怎么搞的，又回到了这儿，为非作歹。三天两头下得山来，到这小镇搜刮财物。"

杨采苓又问："你们怎么不报官？"

"官府的兵也不是他们的对手，久而久之，就再也没官兵来保护咱们了。"店小二双手一摊，表示没法子。

他们在店铺内说话，店铺外蹄声渐渐缓了下来，偶尔听见几声呼哨。杨采苓在心中默数，算出对方大约有二十来骑。马蹄铁蹬在石板路上，发出当当当的响声。每一记，都踏在这小镇百姓的心头上。

这些人翻身下马，呛呛呛抽出兵刃。屋外开始传来杂乱无章的哭喊和哀号声，只听得有人大喊："他妈的，都给我乖乖把银子交出来！不交银子的，就把命交来！"想来那些个没来得及关门的店家，均遭到了洗劫。

咚！咚！咚！

忽然，饭馆的门板传来三记沉闷的蹴踏声。玄武躲在杨采苓身后，吓得一颗心几欲从腔子中跳了出来，反而杨采苓一脸怒容，直视着那门板。

"开门！"门板那边传来一声怒喝，"再不开，我就放火烧了这铺子！"

听说门外的强盗要放火烧店，掌柜的忙推开阻拦的店伙计，跑去移开门板。掌柜的四十来岁模样，这家饭馆可是他的身家性命，上有老下有小，收入全靠这家饭馆。要是被一把火烧了，全家都得喝西北风。

移开门板，店铺外站着五六个喽啰，为首的是个高瘦的麻子脸，手中拿着一柄钢刀。

掌柜的苦道："大爷，这个月你们隔三岔五就来征粮，我们可真没银子了，请饶过小的们吧！"他话音未落，便被这麻子脸揪住衣襟，往门外一扯，砰的一声重重摔在街心，头上毡帽都跌落了。

麻子脸还不罢休，上前一步，举刀便要往掌柜的心窝扎去。

"住手！"

杨采苓挤出人丛，指着麻子脸，怒喝道："光天化日杀人，没有王法了？”

麻子脸冷笑一声，撮唇作哨，二十多骑人马忽地涌上来，将杨采苓团团围在街心。那些强盗骑在马上，见杨采苓容貌甚美，嘴里便不干不净起来。杨采苓也算见过世面的人，手里攥着锦囊，依旧挺着胸膛，一副毫不畏惧的模样。

“小妞哪里来的？知道我们是谁吗？”

麻子脸提着钢刀走近杨采苓，一双贼目自上而下，又自下而上地打量着。

杨采苓冷笑一声，道：“不就是梁山泊的贼么？难不成还是朝廷的兵？”

她脸上虽然镇定，但内心还是怦怦直跳，盼望玄武的离魂症快点发作，将这二十人打翻在地。可她去看玄武，却发现这和尚躲在人堆之中瑟瑟发抖，完全指望不上。她锦囊中虽然还有一袋毒粉，只是这粉末随风一吹，不仅这些强人要当场毙命，四下的百姓恐怕也难以幸免。杨采苓一时间左右为难。

“哈哈，有种！知道我们是梁山的好汉，还敢这样说，够资格做咱们的压寨夫人！弟兄们，把这小妞押回山上，献给二当家，说不定还有赏赐呢！”麻子脸说完，大笑不止。

杨采苓啐了一口，恨恨地道：“呸！谁要做你们的压寨夫人！”

“事到如今，还容得了你做主么？小的们，给我绑上！”

麻子脸大手一挥，四周五六个喽啰便从马背翻下，手里拿着粗绳，夺下杨采苓的锦囊，将她绑了个结实。杨采苓不会武艺，又是女子，手脚上的力气哪里敌得过这几个大汉，只能任人摆布。

躲在人丛中的玄武再也瞧不过眼，冲到了街上。

那麻子脸忽见一个和尚朝他奔来，心中微微一惊。但见他步履蹒跚，便知这和尚体格虽壮，却不会武功，抬起一脚将玄武踹翻在地，然后上前踏在他的胸口上。

“他妈的，晦气！这是什么世道？和尚都来英雄救美了！”他朝玄武脸上吐了一口痰，引得四周喽啰一阵哄笑。

“你……你放开他……不然……不然休怪我不客气……”

玄武尽量使自己的声音有威慑力，却仍止不住身边强盗的笑声。他从未像现在这般渴望将自己的身体交出来，让体内的“魔罗”来教训这帮强盗。

可越到危机的时刻，“魔罗”就越不现身！

“出来……出来……出来啊……”玄武闭着眼睛，像是个痴人般，不停自言自语。

围观百姓只当这和尚被麻子脸一脚踢坏了脑子，都起了恻隐之心，生怕这麻子脸一刀结果了他。谁知麻子脸见玄武这痴呆模样，觉得好玩，并不急于杀他，命令手下将这和尚也捆绑起来，一起带回山上去。

“走啦！咱们回桃花山！”

众强盗上马后，呼哨声连作，马蹄声响起，二十多骑人马又再次奔腾起来。

第五章 帝姬

离了小镇，这二十多骑人马便直奔桃花山而去。玄武被缚在马上，心下惊慌，只是闭着眼默念佛经，盼望佛祖能够相救。杨采苓心态倒好得多，一路欣赏景色，只见桃花山郊外山影层叠，树影重重，一时看得入了迷。大约又赶了二十里田地，遥见树丛中闪着一座山寨，便知是到了桃花山。

这山寨规格虽比不上二龙山，却也十分宏伟。寨里四下都是手持刀枪的喽啰，他们席地而坐，三五成群地围在一起，不时哄笑，瞧上去没什么规矩。他们身后那一栋栋草屋竹屋已十分破败，像是许久没人修缮，屋外堆满了各种麻袋，袋中所装的，想必是从桃花山下各个村庄掠夺来的粮食。

众人下了马，杨采苓和玄武被四个喽啰用刀架着脖子，推推搡搡地走到两张并列的木质大交椅前，两张椅子空着座。椅上分别铺着的虎豹毛皮显得有些古旧，多处已有磨损。不知等了多久，围观他们的一众喽啰开始骚动起来，右侧的人堆霍地让出一条通道。

杨采苓转头去看，只见有两人一前一后向空椅走去。为首一人中等身材，生了一张阔面，苍髯如戟，鬓傍插着一支罗帛象生花，身后那人高头大马，虎背熊腰，浑身肌肉如岩石般清晰结实。立在两旁的喽啰，无不用恭敬的眼神看着他们。两人走到空椅前落座，鬓傍插假花的坐了豹椅，浑身筋肉的坐了虎椅。从这些喽啰溜须拍马的言语中可以得知，这坐豹椅的戴花郎是二当家，坐虎椅的大汉是大当家。

那二当家在椅上翘起一条腿，双眼色迷迷地在杨采苓身上转了一圈儿，笑道："不错，不错，哪儿来的娇滴滴的小娘子？"他身边的大当家则耷拉着眼皮，一言不发。

杨采苓啐了一口，骂道："贼寇！现在放了我们，就给你留一条生路，不然……"

她话未说完，就被那二当家接过话头，调笑道："不然怎样？是不是要嫁给我呢？"围观的喽啰一阵哄笑。

"你……你……你无耻！"

杨采苓知道他在打自己的主意，内心极度厌恶，气到几乎说不出话来。

二当家呵呵大笑道："小娘子，你匹配我，也不亏负了你。你休要怕羞，若是嫁了我，让你做压寨夫人！"

杨采苓平生最恨受人轻薄，当下怒道："呸！谁要做压寨夫人？有种就杀了我！"

二当家从豹椅上站起来，走到杨采苓面前，伸手去捏她的下巴，舔了舔嘴唇笑道："这可不行，你要是死了，这么如花似玉的人儿，我要去哪里找呢？"说罢哈哈大笑。

杨采苓双手被缚，身子动弹不得，只能把脸扭向一边，却也甩不开他那双脏手。

玄武见杨采苓被欺负，怒道："光天化日，强抢民女，你……你不怕报应么！"

听他这么一说，二当家的视线当即从杨采苓的脸上移开，投向玄武。

"小娘子不肯嫁我，难不成是瞧上了你这个秃驴？"

"这……这当然没有……"玄武吓得忙摇头否认。他原本性情懦弱，刚才出言相助，也是凭着一口正气，眼下被二当家这么一瞪，气焰登时灭了七八分。

"他妈的，把枪给我拿来！"

二当家伸手一挥，身后一个喽啰便将一杆绿沉枪双手呈上。这绿沉枪以精钢寒铁铸成，握在手中，杀气森然。二当家接过绿沉枪，将刃尖抵在玄武咽喉，只要再进一寸，玄武便要一命归西。这二当家吃过和尚的亏，对出家人一直怀恨在心。当年他曾在桃花村看上一位姑娘，本想抢上山去做个夫人，谁知半路杀出一个五台山出家的大和尚行侠仗义，把他一顿毒打，好好一桩"姻缘"，就此破灭。

"你这是做什么？"杨采苓见他流露出了杀意，也不由得紧张起来。

二当家见杨采苓对这和尚如此挂心，顿时一股妒火蹿上脑门，旋转枪杆，眼看就要刺下！玄武紧紧闭上双眼，口中念诵佛号，双腿完全使不上劲。

"等等……"

这时，坐在虎椅上的大当家终于立了起来，没精打采地道："兄弟不必心急，这小娘子迟早是你的夫人，要杀这和尚，也不用急在一时。和尚，我且问你，你在哪里出家？"

“小僧是少林寺的和尚。”玄武说话时还闭着眼睛。

此话一出，两位当家的顿时怔住，过了一阵才缓过神来。二当家厉声道：“大哥，休听这秃驴胡说！少林和尚不好好待在嵩山，跑到青州地界作甚？”

大当家沉吟片刻，对身后喽啰道：“先押下去。”

见大当家如此决定，二当家也没有办法，只是一双怒目直视玄武，目送他们离开。当然，他也理解大哥的决定。天下武宗少林寺的名头，混迹江湖的人，谁不忌惮三分？梁山远征军举精锐部队攻打少室山，也落得溃败的下场，若是真误杀少林高僧，与少林寺结下梁子，他们这山头又抵挡得了几个少林武僧？

待杨采苓、玄武二人被喽啰押送去了大牢，那二当家将手中的绿沉枪往地上砰地一摔，朗声道：“你我连梁山泊都不怕，还怕少林寺几个秃驴？”言语之间，显然对大当家放走和尚的行为，不满至极。

大当家见状，温言劝道：“兄弟莫要怪我，不是大哥不让你杀那和尚，娶那女子，只是两人眼下身份尚不明确，如果真如那和尚所说，他是少林寺的人，你我可动不得。咱们脱离宋江不久，回到山寨途中，也丢失了不少兄弟，如今根基未稳，不宜和其他江湖势力有纷争，落个两败俱伤的下场。”

这两人原是梁山泊的头领，二当家是小霸王·周通，大当家是打虎将·李忠。三山聚义打青州城时，以鲁智深马首是瞻。此役之后，随同花和尚一同加入梁山泊。因为听说鲁智深带领二龙山群雄脱离梁山泊，便起了异心，找了个机会，带着千把个原来的弟兄，从梁山一路回到桃花山，继续做他们的地头蛇，干着打家劫舍的活儿。

“罢了，罢了。待确认这和尚的身份后，再杀不迟。”

周通听李忠这么说，气也消了大半，捡起地上的绿沉枪，叹了一声。李忠走上前，拍了拍他的肩头，亦表示默许。

然而，周李二人对话之时完全没有察觉，在离他们数丈的丛林间，正有一双锐利如鹰的眼睛，在细细观察着他们。

所谓大牢，不过是用木栅围起来的一个笼子，看起来并不牢固。这牢笼长宽约一丈，十分窄小，笼中无凳，只能站着或席地而坐。牢门之前有两个喽啰守卫，不时还有巡逻队经过，想要逃出去不是一件容易的事。笼子里常年潮湿，布满了霉斑，不少如蜈蚣、蟑螂等虫子时不时钻进笼内，令人作呕。

杨采苓倚在牢门边上，呆呆望着远方，心想自己若是死在这里，唐霄会否感到内疚。玄武则盘腿打坐，口中诵着经文。门口两个喽啰听玄武念经，觉得心烦，怒叱了几句。谁知和尚并不理睬，兀自念个不停，喽啰们也没办法，只得往前挪步，离笼子再远一点。

傍晚时分，喽啰送来两个冷馒头，给他们做晚饭。玄武拿起一只，放到嘴里一咬，哎哟叫了一声。原来这馒头太干，硬如磐石，不知放了多久。不过寄人篱下，也没别的选择，只能将就着吃。玄武见杨采苓愁眉不展，便安慰道："冷馒头虽不好吃，却也聊胜于无。这帮贼人既然给我们吃东西，说明暂时不想杀我们。杨姑娘，你别太难过，留着性命，说不定还有机会逃出去呢！"

杨采苓点点头，心里却寻思："他们留我性命，也不过是贪图我的美色。若是身子让那厮玷污了，还不如死了的好。"

吃过晚饭，两人均郁郁寡欢，相对无言。

到了夜间，两人只得坐在地上，将身子靠在木栏杆上睡觉。远处的两个门卫喽啰也感到疲倦，见杨采苓和玄武睡了，料他们也没本事逃出去，于是靠在树上，闭目养神，过不多时便传来鼾声。

夜间的桃花山上一片寂静。

忽然，在牢笼边上的树丛里，响起了一阵沙沙声。一个人影静悄悄靠近牢笼，走到玄武这边。那人伸出手来，穿过牢笼木栅的空隙，轻轻推了一把玄武的肩膀。但和尚睡得太死，只是咂巴了几下嘴，又沉沉睡去。那人有些气恼，这次揪住玄武的耳朵，用力一扭！

玄武吃痛，哎哟叫出声来，随即嘴巴便被一只滑腻温软的手捂住了。

“轻点！难道你想让他们都醒来！”

耳边传来女子的声音，玄武忙转头看去。

黑暗之中，玄武借着月光才看清这女子的面容，大吃一惊道：“你……你怎么在这里！”

原来这捂住他嘴的女子，正是随着徐燎上二龙山的延庆公主。

杨采苓也被他们的声音吵醒了，她见了延庆公主，心中一喜，忙道：“徐燎他也来了吗？”他俩不知道延庆公主的真实身份，只道她是徐燎的旧部，名叫仇琼英。见她来这里，自然而然地认为是徐燎来救他们了。

谁知延庆公主摇了摇头，道：“徐燎？他没来啊，这里只有我一个人。”

杨采苓一颗心顿时沉了下去，疑道：“你是一个人来这里的？”

延庆公主点头道：“是啊，你们下山之后，我就一直跟着你们呢。不，确切地说我是跟着这个和尚！”说着，她伸出手又去拧玄武的耳朵。

玄武苦着脸道：“女施主，你跟踪小僧做什么？”

延庆公主道：“嘿嘿，他们都说你会变身，成为另外一个人。

我从没见过这样的人，所以想长长见识。况且那几日在二龙山上闷得慌，正好借此机会，下山走动走动。”

杨采苓见她说话时表现出一副烂漫的模样，不像是在说谎。但就因为好奇玄武的离魂症而跟踪，还是不太合常理，不禁心中奇怪，这皇城司中，竟也有这般天真的人物？她以普通人的思想去揣度延庆公主，自然觉得毫无道理。可延庆公主生在宫中，要风得风，要雨得雨，内心渴求的东西，哪里会是普通人所理解的？

玄武摇手道：“仇姑娘，你还是离小僧远一点的好，这离魂症可不是开玩笑的，若是发作起来，自己都没法控制自己，误伤了仇女侠就不好啦！”

延庆公主嗔道：“你这没良心的，本宫……本姑娘来救你，你还叽叽歪歪，不识抬举！”

杨采苓想起这一路上都有人热情招待，去哪儿都被人抢先结账的事，忙问道：“那我们这一路上，都是你打点的咯？”

延庆公主把手一挥，笑道：“不客气！”

从她口中得到证实后，杨采苓就更无法理解了，觉得这“仇琼英”简直匪夷所思。

原来延庆公主被徐燎掳走时，身上还带了一些值钱的饰品，锦囊里还存了不少金叶子。先前与栾廷玉、徐燎同行时，她曾提议卖了这些饰品，换点钱购置马匹，可栾廷玉说什么也不肯答应。这次下了二龙山，她便在市集将饰品兑成银子，花钱买通了许多人帮她打点玄武和杨采苓的行程。她生在帝王之家，钱财对其来说毫无意义，故而出手阔绰。

她一路都在暗处跟踪，直到在桃花山下的小镇，目睹杨采苓和玄武被掳上山，于是花钱雇了几个要钱不要命的樵夫，偷偷带她从山道小路抄至山寨后方，才得以与他俩见面。

杨采苓偷偷瞧了一眼远处正在熟睡的喽啰，压低声音对延庆公主说道：“眼下要救我们出去，恐怕也没那么容易。桃花山贼人众多，这牢门的钥匙，还在那几个喽啰身上。你过去偷，难保他们不会突然醒来。到时别说救我们，连你自己的性命也难保。”杨采苓见延庆公主的容貌更胜自己，又加了一句道：“死倒也罢了，你这样好看，若是被那二当家瞧上，留在山上做个贼夫人，那才是真的求生不得，求死不能呢！”

延庆公主听了大怒，冲口说道：“他敢！我让父……父亲诛他们九族！”

杨采苓心想这女孩说话怎么颠三倒四，诛九族是皇帝才有的权力，她一个平头百姓，父亲就算是大官，也诛不了谁的九族。不过眼下没有其他选择，只能信赖她。

玄武悲叹道：“这也不行，那也不行，我们怎么逃出去呢？早知如此，还不如待在戒律院的地牢里呢！”

“也不是全然没有办法。”

听杨采苓这么一说，玄武和延庆公主均眼前一亮。

延庆公主忙问道：“什么办法？”

杨采苓顿了顿，才道：“我需要几味药材，如果能拿到的话，按照我的方法去调制，然后带过来就行。不过这几味药十分难寻。”

延庆公主拍了拍胸口，自信满满地道：“不怕，包在我身上。世上没有本……本姑娘搞不到的药材！”

杨采苓微微颔首，便将几味药材的名字说了一遍，又将熬制的方法也讲了。延庆公主打起精神，认真默记下来，最后又背诵了几遍，直到没有错漏为止。他们相约第二天夜里将制好的药膏带来此处，延庆公主接了任务，欢天喜地地下山去了。

见她这么甘于冒险，杨采苓更搞不明白了。她哪会知道延庆公主帮助他们，六七分是为了给自己的冒险行径找个理由罢了。

延庆公主走后，杨采苓和玄武兴奋了一会儿，终究挡不住沉沉的睡意，没过多久便一一睡去。一夜无事。

话说延庆公主下了山，回到镇上的客栈，问店小二借来纸笔，将杨采苓告诉她的几味药材仔细默写下来。写完之后，确认无误，才躺到床上匆匆睡了几个时辰。醒转后，延庆公主略微洗漱了一下，就直奔小镇最大的药材铺买药。

药铺老板盯着药方子瞧了半天，皱着眉头道："实在抱歉，这几味药材太少见了，我这小店可没有。姑娘可以去淄川郡的大药铺问问。"

淄川郡离这座小镇太远，来回需要好几天，但她和杨采苓约好今晚便要将熬制好的药材送上山，时间上来不及。

延庆公主道："老板，你再替我想想办法呗？有得是银子。"

药铺老板为难道："在咱们这种小地方，像羊踯躅、洋金花这种药材，怎么可能会有呢？便是淄川郡也不一定呢！你让我想办法，可真是难为老朽了。"

想到无法完成杨采苓所托，恐会被他们小瞧，延庆公主一下子有些垂头丧气。

"不过……"

"不过什么？"延庆公主来了精神。

药铺老板神色尴尬地瞥了她一眼，嗫嚅道："唉，不过就算有，他们也不会给你的。"

延庆公主秀眉一轩，道：“给不给是他的事，与你无关。只要你告诉本宫，谁有这几味药材即可。”

“闻太尉府上，说不定有这几味药材，”药铺老板像是下了巨大决心般说道，“不过闻太尉家中金银甚多，用银子恐怕是解决不了的。”

“闻太尉？他是什么人？”

“说起来可就厉害了。这闻太尉原名闻焕章，在朝中为官数年，深得官家宠幸啊。不过前几个月在梁山泊吃了败仗，便辞官隐退，回到镇上颐养天年啦！”

延庆公主听见“官家”二字，感觉特别亲切。她心想这闻太尉若是个当官的，那也好办。可念及此处，她又苦恼起来。若是表明自己的身份，以帝姬之尊，拿几味药材自然不在话下，可要是这闻太尉偷偷告诉了父皇,那她延庆公主的“江湖冒险”也就于焉而终了。

药铺老板见延庆公主神色忧虑，以为她知难而退，便去整理铺子，不再理她。

这时，忽然从她身边走过两个男子，两人勾肩搭背，像是一对朋友。其中一人说道：“既然输了银子，就去问你夫人讨呀！总要回本的。”

另一男子苦着脸道：“她哪肯呢！”

那人又道：“不肯？你有手有脚，不会去偷？”

一听“偷”字，另一人便大摇其头，面色也变得极差。

说者无意，听者有心，那人这番话，犹如当头棒喝，给茫无头绪的延庆公主指出了一条明路。延庆公主心下寻思：“既然不能露面问他要，那我就偷偷去他家拿。普天之下，莫非王土，本宫去他们家，也就是去自己家，他的药材，也是我赵家的药材，如何拿不得？”她想到这里，觉得去闻府取药，简直天经地义！又想到自己在府内飞檐走壁，俨如传奇小说中的聂隐娘，不禁心向往之，更加期待。

下定决心，延庆公主便向闻府的方向走去，沿路去了铁匠铺，买了柄匕首插在腰间。又穿过几条街，来到一处极为僻静的地方。那边坐落着一栋宅子，抬头望去，只见牌匾上题着“闻府”二字。她左右张望了一下，发现这里闹中取静，四下无人，唯有鸟鸣声入耳。其实，若是想偷偷潜入府宅，夜里总好过白天，但再加上熬制，时间可能会来不及。不过，越是危险的境地，对她来说，就越有吸引力。

延庆公主走到闻府后院，翻墙而入，脚跟轻轻着地，没有发出响声。

她曾在宫内逼着不少大内侍卫教她练习武术，虽然拳脚功夫只学到了一点皮毛，但翻越一堵一丈高的围墙，也不算难事。

这闻府的园林不小，触目所及均是奇花美木，但在延庆公主眼中，却算不上什么。毕竟天下园林，又有多少能和她皇家的艮岳相比？延庆公主曲曲折折走了一通，找了不少房间，却不见药房。正自苦恼间，忽然听到脚步声，迎面走来一个婢女，手里端着一只冒着热气的碗，延庆公主忙伏低了身子，藏在一座假山后面。婢女从假山边走过时，有一股浓浓的药味飘来，延庆公主心道：“这人既然煎了药，必然知道药房的去处，不如跟住她。”

延庆公主猫着腰，蹑着足，悄悄跟在那婢女身后，又走了好一会儿，才来到一栋屋子前。屋门口有两个身披铠甲的士兵。他们身上的铠甲样式，延庆公主当然认得，这种重型钢铁扎甲由数千枚甲叶组成，称“步人甲”，乃是大宋禁军的武备。

士兵手里持着兵刃肃立，面无表情。那女婢走过去，向禁军士兵请了个万福，两人也认得她，便打开门放她进去。

禁军的人怎么会来这里？闻焕章既已隐退，何故又与朝廷的军队扯上关系？无数个问题在延庆公主脑中盘旋，将她的好奇心勾起。眼下从正门进肯定不行，延庆公主只能到屋后去探探。她悄悄跨过木栏，绕到屋子后方，从窗户的缝隙中往内窥视。

只见屋内有两个男子对坐，其中一个是须发皆白的老者，另一人则是个干瘦的青年。这青年双目凹陷，面颊狭长，一只手捂着嘴不住咳嗽，面色苍白至极，显然有很严重的肺病。

“闻太尉是我的恩人，如此小事，不必挂齿。”青年说完，拿起手边的瓷碗喝了一口，那碗药正是刚才婢女端进屋的。

“你这么说，老夫便放心了，”老者向青年投去了赞许的眼光，“天下闻名的禁军大将出马，何贼不除？”

说话的老者，应该就是药铺老板口中的闻焕章闻太尉。而他口中的那位禁军大将，应该就是当时与闻焕章携手攻打梁山泊的张俊。他的巨型战马刀，与他矮小的身材形成鲜明的对比。没有与他交过手的人，根本不能相信他的刀有多快，力量有多强。

张俊把手中的药一口饮尽，然后轻咳几声，道：“就定在后日子时三刻，咱们联合青州人马，趁着星夜，上桃花山扫荡梁山余孽！”

延庆公主听他们要联合青州兵马夜袭桃花山，心里也明白了七八分。闻焕章隐退之后，常驻这个小镇，谁知桃花山的人马因少林一役脱离梁山，也回来了。缺少了宋江的管束，周通和李忠又干起了老本行，时常打家劫舍，桃花山四周的村镇无不遭殃。此番闻太尉找来张俊，就是要他带领官兵，平了桃花山上的匪盗，还百姓一个安宁。她心道，如果官兵出手灭了这伙人，也算间接救了杨采苓和玄武。

闻焕章又道："若是夜里奇袭，必能一网打尽！这群盗寇桀黠，万万不能流露风声，否则让他们做好准备，再想剿灭可就难了。"

张俊冷然道："哼，到时候一把火，将山寨变成火海，梁山贼众一个都逃不掉！"

躲在窗外的延庆公主听得暗暗心惊，默忖这深夜如果真在桃花山纵火，喽啰们必会四下奔逃，哪里还会顾及被锁在木笼中的杨采苓和玄武？既是后日夜间火攻，必须今夜就把他们救出来。她与杨采苓和玄武并无瓜葛，甚至说不上友谊，但冥冥中对玄武有一种莫名的亲切感，而且她本性善良，也不愿见无辜的人被活活烧死。

总之，先把那几味草药找到，今晚就上桃花山救人。

计较已定，延庆公主便要悄悄离开这里，继续找寻草药。她缓缓移动脚步，生怕踩到枯枝发出声响，惊动了屋里二人。延庆公主悄悄绕回原路，偶尔也会发出一点声音，幸好闻张二人在屋里聊得火热，并没有注意屋外的动静，即便有，大概也被他们当成了守卫发出的声响，并没有在意。

延庆公主继续寻找药房，偌大的闻府，重重院落，如何能在短时间内找到？随着时间推移，她渐渐失去了耐心和警惕。正在她烦闷时，忽然有人在身后拍了拍她的肩膀。这一惊可非同小可，延庆公主浑身顿时僵住。

只听身后那人道："阿秀，你不在厨房帮忙，来这里作甚？"听这声音，也是个女子。

延庆公主转过头去看，竟是之前端药的婢女。那婢女见了延庆公主的脸，也是一怔，脱口问道："你是谁？"话音甫落，延庆公主便抽出腰间匕首，抵住了她的咽喉。

婢女吓得面色发白，缓了缓神，才结结巴巴道："你……你要干什么？”

“带我去取药，”延庆公主的匕首往前一送，匕首的刃锋擦破了婢女颈上的皮肤，竟滴出血来，“不然，我现在就杀了你。”

“什么药……求你不要杀我……求求你……”那婢女吓得语无伦次。

“治病的药。这镇上的药种类不多，好药可都在府上。你别给本宫装糊涂，快带我去药房！”

“女侠饶命……我……我这就带你去……”

婢女脖子上架着匕首，受制于人，哪里还有谈判的余地，只能不停点头。

延庆公主听她喊自己“女侠”，心花怒放，为了更真实一些，她还用力推了婢女一把，沉声喝道：“快！”延庆公主迅速将匕首收在袖子里，抵在婢女腰间，与婢女并肩而行。她在宫内也玩过这类游戏，可太监和宫女都忌惮她的身份，谁敢来真的？就算真被割伤了喉，也不敢还手，多半都是敷衍了事，顶多让她踢打一番，哪有现在这般刺激？而延庆公主想要的，正是这样的感觉。

婢女带着延庆公主急急往药房方向走去，撞见认识的家丁，就点个头，这闻府中人都互相认得，见婢女带着个陌生姑娘，也不怀疑，只道是老爷新请来的侍从。两人穿廊过亭，走了一阵，来到一间旧屋前。婢女推开屋门，一股浓烈的药气扑鼻而来。

延庆公主将婢女推进药房，轻手合上了门，问婢女道：“你识字吗？”听那婢女说认识，延庆公主满意地点了点头，报出那几味药材的名字，让婢女去找，自己则守在门口，以防她逃走。那婢女惊吓不轻，走路都有些蹒跚，不过还是一个个抽屉打开，替延庆公主寻找药材。

约莫过了一顿饭工夫，婢女终于找齐了所有的药材。她用纸裹了一大包，捆好绳子，颤着手递给延庆公主。

“坐下。”接过药材，延庆公主掂了掂手中药材的分量，命令道。

“求求女侠……你不要杀我……药都给你了……”

由于过度惊吓，婢女的声音变得沙哑，泪水止不住地往下流。

延庆公主禁不住嘻的一声笑起来，意识到失态，忙止住笑颜，板起面孔问道：“你方才喊我什么？”

“女……女侠……”

“再多喊几声，本宫便饶了你的性命！”

婢女一听，忙又喊了好几声，延庆公主止住道：“够啦！够啦！今天本女侠心情好，就先不杀你。不过呢，还是要将你绑起来。”说着让婢女转过身去，用麻绳将其手脚捆了个严严实实，怕她喊救命，又在其口中塞了块抹布。

解决婢女之后，延庆公主先将门打开一条缝隙，见屋外没人，才蹑手蹑脚走了出去。到得门外，她原路返回，想从刚才翻入的地方出去。谁知没走几步，又迎面撞见一个汉子。那汉子身高七尺，肩膀宽阔，背负一柄大刀，像是个护院。

他见延庆公主神色躲闪，便上前问道：“你是哪里的丫头？”

延庆公主一急，顿时忘了说辞，呆立在原地，不知该说什么。

护院见她不说话，疑心更重，又道：“我问你话，怎么不答？你再不说话，我就把谢总管找来，让他来认你！”

此时延庆公主脑中一片空白，心里只有一个想法，逃。

几乎是出自本能般，延庆公主抽出腰间匕首，猛地向护院掷去！那护院见匕首飞来，侧头躲过，再去看时，延庆公主已开始往回逃跑。他三步并作两步，迅速追上，去抓延庆公主肩头。延庆公主手中已无兵器，只能用拳头去打护院。那拳头敲打在护院头脸上，简直像在给他挠痒般，毫无效果。

护院出手箍住延庆公主的手腕，往上一翻，用最简单的擒拿手按住了她。

延庆公主关节被制，痛得哇哇大叫：“狗奴才！快放开！大胆狗奴才！竟然冒犯本宫，我回头要砍你的头，让父皇诛你九族！”身为宋徽宗的掌上明珠，她从小未曾受过这种屈辱，故而怒火攻心，开口就骂，浑然忘了自己必须隐藏身份。

这里的骚乱引起了护院们的注意，众人纷纷向他们聚拢，同时一阵马蹄声踏来，乃是禁军骑兵先至，过了片刻，身后一队步兵拥着闻焕章和张俊，缓步朝这里走来。

擒住延庆公主的护院见闻太尉到来，高声道：“太尉，这女子不肯表明身份，十分可疑！”

又有一个总管模样的老者匆匆跑来，指着延庆公主禀道：“红梅被绑在了药房，说是一个女子偷了药材，应该就是她！”

延庆公主见这么多人围拢在身边，也止住了骂声，向众人怒目而视。她虽蓬头垢面，搞了一身泥，却掩盖不住一股逼人的气魄。

如肺痨鬼般的张俊走近一看，见延庆公主肤光胜雪，相貌俏丽，顾盼之间，也是娇艳不可方物，不由起了色心，笑道：“你哪里来的小美人？”伸手就要去摸她的脸。

谁知刚伸出的手，却被闻焕章一把握住，低声道：“使不得！”

“怎么？这位难道是闻太尉的相好？”张俊有些恼怒，言语中颇有些不快。

闻焕章将张俊拉扯到一边，沉着脸道：“张将军，你武艺卓绝，纵横天下，可见了女子，怎么就这般不晓事！你瞧这女子，眉宇间像不像一个人？”

张俊回头又瞧了一眼延庆公主，细细端详了一番，只见延庆公主怒目自威，令他不可逼视。

这种感觉十分熟悉，只是张俊一时想不起来在哪里经历过。

闻焕章又道：“这女子的气焰之大，哪里像寻常人家的女孩？而且见了我们这么多人，却反而比我们还凶呢！张将军，你再细细瞧一下她的五官，还有生气时的表情，有没有想到谁？”

张俊回过神来，脸色愈来愈严峻，沉吟道：“确实……”

其实在张俊心中，女子的长相也就六七分相似，但是那种神态，实在是太像了！

此刻，他才明白自己险些铸成大错！

闻焕章朝他缓缓点头，道：“正是。老夫虽然老眼昏花，却也曾与帝姬有过一面之缘，决计错不了。她是官家的人，你碰不得。”

“那……那怎么办？她怎么会在你府上？”

张俊心中暗暗叫苦，若是帝姬回去告个御状，他将来的仕途可就难走了。

闻焕章也偷瞧了延庆公主一眼，疑惑道：“老夫也不知道。为今之计，只有继续把这场戏演下去。既然她自己没表明身份，那我们也顺水推舟，找个理由将她放了，就当什么事都没有发生。”

张俊应诺，走到一个士兵身边吩咐了几句，那士兵不住点头，然后跑开了。他扛起巨型斩马刀，牵着一匹马，漫步走到延庆公主面前，将马缰随意垂下，对护院道：“放开她。”护院领命，松开了手，谁知延庆公主起身便给了护院一个大耳刮子。

护院被打，怔了一怔，刚想开口大骂，却见延庆公主抓了个空隙，翻身上马，双腿一夹马肚，策马从他身边掠了过去。护院大惊，忙提着刀回身去追，背上却忽然传来一阵剧痛。原来正当他准备去追击延庆公主的时候，张俊忽然挥刀怒斩，劈中了他的背脊，登时将他的脊梁骨砍成两段。

“妈的，差点害了老子！”

张俊将带血的斩马刀扛回肩上，朝那护院的尸身啐了一口。他抬头向延庆公主望去，见她策马狂奔，逐渐消失在他们的视线中。

原来，他方才便对那位士兵传令，打开闻府大门，禁军不准拦截，违令者斩。那匹马也是张俊故意让给公主，助她逃跑的。延庆公主赵福金古灵精怪，十分顽皮，朝野上下皆有耳闻，宋徽宗都拿她没有办法。此时，张俊只盼她是一时贪玩，切勿误了他们的大事。

过不多时，那士兵便跑到闻焕章和张俊跟前，报告延庆公主已经走远。

闻焕章走近张俊，在他耳边低语：“这帝姬十有八九是偷跑出来的。不论如何，这件事必须禀报官家。眼下我们对帝姬不能动手，但若是官家亲自下的圣旨，要咱们带帝姬回京，那可就是两码事了。你我都知道，官家有多疼爱这宝贝女儿，若是毫发无损地带回去，官家可欢喜得紧呢！”

确实，如果剿灭桃花山贼众的同时，又能将帝姬带回京师，圣上一定有大大的赏赐！到时候他张俊升官发财，指日可待！

想到这里，张俊不禁发出了得意的笑声。

第六章 夺权

回到客栈后，延庆公主仍是心有余悸。

适才在闻府发生的一切，简直惊心动魄。生在深宫中的帝姬，很少有受伤的经历，最多也就是摔了一跤之类的小伤，更别说让人按在地上，体会双手关节被拗的剧痛。在那个瞬间，她差点就投降了，差点就喊出自己的名字。原来，冒险并没有她想象中这么欢跃。

幸好那家伙疏忽，牵来一匹马，不然今天定是要栽在他们手里。

心思单纯的延庆公主，哪里会想到这也不过是一个诡计？

她将取来的药材放置在桌上，又问店伙计讨来陶壶和炉子，在屋里煎药。因为是上房，屋内空间很大，而且她将两面窗户全都打开了，通风也良好。她记得杨采苓说的先后步骤，分别放入哪些药材，加多少水，焖多久，一一照做。这些对延庆公主来说都很新鲜，是以她并不觉得麻烦，反而十分投入，一副小孩子心性。

用文火煎了两个时辰后，那些药材已变成一坨坨如黑泥一般的黏稠物，气味刺鼻。凉了之后，延庆公主取来油纸，细细将药膏包起来。等到一切就绪，她望向窗外，天边已泛出橘色，眼看就要到傍晚了。

延庆公主将两大包药膏塞入布袋，背负在身上，准备离开。可当她准备推开房门的时候，她的手又缩了回来。她将耳朵贴在门上，静听了一会儿，一种不祥的预感涌上心头。

这一层，实在太安静了。

延庆公主虽天真烂漫，却也不傻，在用晚膳的时候这般寂静，如果不是这里的住客死绝了，那就是有人包下了整个楼面。能一掷千金包下整层上房的人，除了这镇子上最大户的闻太尉，还能有谁？

换言之，她被闻太尉的人跟踪了。

延庆公主这才恍然大悟，明白他们是故意放走自己，再派人盯着。虽然不知道闻太尉心里打着什么算盘，但一定不是好事，当务之急先要脱身。

她想了片刻，便推开门朝外面喊道："来人！"

过不多时，一个瘦长身材的店伙计跑来，笑嘻嘻道："姑娘有何吩咐？"

延庆公主对这店伙计上下打量了一番，当即露出厌恶的神色，挥了挥手道："瞧了你就讨厌，换个人来伺候我！"

那伙计知道延庆公主出手阔绰，就算心里不悦，也不敢表现在脸上，忙赔笑道："是、是，换个人来伺候姑娘。"说完便灰溜溜地走了。紧接着，又来了一个身材中等的店伙，延庆公主眼睛在他身上转了一圈儿，满意地道："进屋吧！"

那店伙莫名其妙跟进屋子，见延庆公主杏腮桃脸，百媚千娇，正笑吟吟地瞧着他，顿时局促起来，结结巴巴道："不知姑娘有什么吩咐？"

延庆公主指着那店伙的胸口，柔声道：“快把衣服脱了。”

店伙没想到这位美若天仙的姑娘，竟如此大胆，吓得不知所措，讷讷说道：“小……小人不敢……”

“我让你脱衣服，你有什么不敢？还怕我吃了你？”延庆公主迈前一步，从袖中取出一锭银子，放在桌上，“只要你肯照着本宫的意思做，这银子也给你，快脱！”

店伙见她并不像在开玩笑，霎时间意乱情迷。他心想自己上辈子是做了什么好事，今生得来这么好的福报，不仅有一位秀丽绝伦的姑娘投怀送抱，还有银子可以拿。吴有福啊吴有福，你爹爹没有给你起错名字，果然有福气。

延庆公主见他站在原地，一脸痴相，怒道：“你脱不脱！”

“脱，脱！小人现在就脱！”店伙蓦然醒觉，七手八脚就把自己脱了个精光。

延庆公主见他赤身裸体地站在自己跟前，羞得别过脸去。店伙见状，心里又想，这姑娘还真是表里不一！想到这里，更高兴了。谁知延庆公主骂道：“死奴才，留下衣服，给本宫滚到边上去。若是胆敢转过身偷看，挖了你的眼！”

店伙见她性格泼辣，吓得忙转身走到墙边立着，哪敢回头。约莫过了一盏茶工夫，延庆公主才道：“好啦，你把地上的衣服换上吧！”那店伙转过头来，只见延庆公主穿了他的衣服，反而将原本身上的女服丢在了他的跟前。

“姑娘，你这是……”

“咱们来玩个游戏，你呢，扮我，我呢，扮店小二，咱们身份互换一下。快把地上的衣服换上，然后睡到床上去。子时之前，不准下床。”

原来延庆公主只想和他交换一身衣服。刚才头一个来应的店伙计身材太高，身形与她相去太远，故而随手打发走，又换了一个。

“可是……”店伙瞥了一眼地上的女装，露出为难的神色。

“这银子可抵得上你好几年的工钱呢！怎么，不想要？”

“想……想要……”

“想要就好好听话。”

店伙计踌躇半天，还是乖乖穿上延庆公主的衣服，躺上了床。虽无美人相伴，但能挣这么多银子，也是值了。顶多被掌柜的骂几句，也不是什么大不了的事。上床之后，店伙计讪讪道：“姑娘，你可要说话算话，把银子给我。”

“这个当然，本宫说话一向算数。”延庆公主走到铜镜前，对着自己的脸庞打量了一番，然后微微一笑，显然对自己的新造型十分满意，“好啦，你便在这里好好睡上一觉。银子放在桌上，你待会儿自己取吧。”

她重新将药膏收好，走到门前，扯着嗓子喊道：“说了半天，你都听不明白，怎么当奴才的？去给我买两块栗糕来！”说完，她便吱嘎一声推开房门，弯着腰倒退出去。

那店伙计不知她葫芦里卖的什么药，也不愿意多想，只顾拿了银子，回到床上，心里美滋滋的。他想着明日里可以做东，请几个好友去镇上最好的馆子吃一顿。也许是太疲劳，他笑着笑着，便沉沉睡去。

延庆公主压低帽檐，快步走向马厩，一路上无人多瞧她一眼。到得马厩，她牵出从闻太尉府上带走的那匹，跃上马背，驱马出了小镇，向桃花山进发。不知跑了多久，那匹马驮着延庆公主上了山冈，为了避免惊动桃花山匪众，她只能将马匹拴在树上，步行靠近山寨。

她沿着山坡又走了三里路，忽听见身后有人声，忙躲到树丛里。

“今早兄弟就回来了，打听下来，说那和尚是个少林叛僧，寺里的和尚早就不把他当成自己人了。二当家听了，可高兴得紧呢！”一人说道。

“可不是，二当家什么都好，就是太过好色。前些年在梁山时，有众位头领把持着，还有所收敛，眼下回到桃花山，又变得无法无天了！”另一人叹了一声，言语之间，似乎对二当家周通的行径，不甚满意。

“你这话可不能乱说，若是被二当家知道了，可就惨啦！”

“我自有分寸！”

“话又说回来，二当家若是娶了这女子，可真是艳福不浅呢！”

“你这话若是让二当家听去，非抽了你的筋！”

“若是能和那小娘子亲近亲近，莫说只抽筋，扒了皮也无所谓，哈哈！”

他两人的言语极为粗鄙，听得延庆公主大为反感，心生厌恶。江湖中人说话，向来文辞鄙俚，没有顾忌，与宫里那些文绉绉的皇族和内侍相比，自然大异其趣。

“既然这和尚与少林无关，大当家准备如何处置？”

“自然是一刀杀了，以绝后患！留着也没用，浪费粮食。”

“杀了也好，让这秃驴重新投胎做人。人生在世，做个和尚有什么趣味。”

“不知到时谁来动手。”

“谁动手都一样，这和尚不会武功，杀起来也不麻烦。从笼里拖出来，咔嚓一刀，头就掉下来了，在地上滚三滚。”说罢，两人齐声大笑。

延庆公主听在耳中，内心情绪却极为复杂。

大宋立国之初，开国皇帝赵匡胤曾于殿中为继位者立碑为戒，不杀士大夫。有宋一代，几乎没有文臣是因为谏言而被杀头的。因此，全国死刑也极为少见，就算有也要反复核实，若是被告喊冤，也要翻异别勘，确保不枉死一人。反观民间这些流寇，对人命却毫无怜惜，一句杀了便杀了，好像在谈论一件极为平常的事。

父皇曾经对她说过，贼寇是大宋的内患，一日不除，百姓便一日无安宁。其时沉迷于唐传奇中的延庆公主自然听不进去，反而对江湖能人异士的生活向往至极，甚至宁愿抛弃公主之尊，化身为如车中女子、红线一般的女侠，行走江湖。而今亲耳听见这些人对人命的态度，不免心中有些落差。

延庆公主想着心事，浑浑噩噩又走了几里路。此时天色渐暗，遥遥望去，前方不远处闪着点点火把，说明她离囚禁杨采苓和玄武的地方已经很近了。她如法炮制，借助密林的掩护，慢慢靠近关押他们的木笼。只见杨采苓靠在笼门边上，神色木然，玄武则闭着双目，打坐禅定。离木笼约三四丈外，两个喽啰正在喝酒，不时哄笑。

“杨姑娘！杨姑娘！”延庆公主冲着他们，轻声喊道。

杨采苓转过头来，瞧见延庆公主，一直紧蹙的眉头终于舒展开来，忙问道：“药膏熬制好了没有？带来了么？”玄武也睁开眼来，见到延庆公主，露出了喜悦的神色。

延庆公主悄悄来到笼边，拆开油纸，递了过去。杨采苓将手臂从木栏杆的空隙中伸出，用食指蘸了蘸那黑色药膏，又放到鼻下嗅了嗅。

“没错，就是这个！仇姑娘，可多谢你啦！”杨采苓喜形于色。

“小事一桩，不足挂齿。”延庆公主满脸得色，微微一笑，说道，

“不过我还有个疑问。杨姑娘让我熬制的这种药膏，究竟有何用处？”

“这种药膏叫筋酥膏，最早是来自西域的番药，记于毒孟婆·余五娘的《毒经》之中。据说将膏体涂抹在枯木上点燃，其烟有麻痹的作用，中毒后浑身不能动弹，如果不服解药，三日之后就会呼吸衰竭而亡。”杨采苓解释道。

玄武惊道：“那如果焚烧筋酥膏，我们岂不是也会中毒？”

杨采苓从腰带中取出三颗药丸，对玄武和延庆公主道：“说来惭愧，当时我在二龙山时，已开始着手制作筋酥膏。熬制膏药之前，以防被毒气误伤，我先制作了四颗筋酥膏的解药。燃膏时，只需将这颗丹药含在口中，便无性命之忧，行动也不会受到影响。”

语毕，她便将一颗药丸放入口中，紧接着，其余二人也学着她的样子，将解药丸含在嘴里。

延庆公主从林中寻来一截干枯的松木枝，将筋酥膏均匀地涂抹在枝干上，接着用火折子将其点燃。顿时滚滚浓烟腾起，燃膏时产生的刺鼻气味逐渐向四面八方散去。

两个看守喽啰见牢笼处有火光，便提着兵器来看，刚闻到这气味，便双腿一软，摔倒在地。他们意识清醒，只是双脚软绵无力，不知已中了剧毒。延庆公主上前，从他们衣襟内取了铁钥匙，打开了笼锁。杨采苓二人从笼子里出来，大喜过望，对延庆公主千恩万谢。

“趁他们还没发现，我们赶紧下山吧！”

玄武游目往四下瞧去，内心深处还是有些不安。

延庆公主也点头道：“我知道有一条小道，下山比较快捷。”

他们两人七嘴八舌，杨采苓却没有表态，只立在原地不动，丝毫没有要离开的意思。

“杨姑娘，你可是要将解药，留与这二人？”玄武这才想到，若三人一走了之，这两个喽啰必死无疑，不禁有些羞赧。

“我手上并没有解药。”杨采苓摇了摇头，“而且，我也并不想走。”

延庆公主与玄武均没想到她竟会如此回答，不知所措起来。

“不想走，那你想怎样？难道还留在这桃花山，和这群贼寇在一起？”

这句话从玄武口中说出，有些故意讽刺的意味，他本期待杨采苓会反驳，甚至骂他几句。谁知他话音甫落，杨采苓竟点了点头。

“杨姑娘，你没开玩笑吧……”连一向爱胡闹的延庆公主都愣住了。

“逃下山去，明儿又会被捉回来。如此往复，何时是个头？”说这些话时，杨采苓双眸闪烁着异样的光芒，“他们这般欺侮于我，我要让这群盗寇付出代价。”

被关押的这两日，杨采苓的心境发生了极大的变化。自从离开二龙山，她每日郁郁寡欢，心里想的念的，都是唐霄。可是落花有意，流水无情，自己的心上人却眷恋着另外一位女子，这让心高气傲的杨采苓如何能够接受？每每想到此处，她都愤恨不已，宁愿一死了之。而后又被抓来桃花山囚禁，百般折辱更让杨采苓心中的怨气达到了顶峰。

——生死都可以不顾，我还怕什么？

“难……难不成你想杀光他们？”玄武见杨采苓一改往日温婉的表情，双目中流露出浓烈的杀意，心中怯意陡生。

“杀光他们，也难解我心头之恨，”说到此处，杨采苓转过脸来，冷冷瞧着玄武，一字字道，“我要让他们都乖乖听我的。”

“你想……夺权？”玄武猜出了她的用意，内心的怯意更浓了。

从梁山众人手中夺取山寨之主的位子，不啻虎口夺食！

“哇！这也太好玩了吧！咱们用这筋酥膏把他们全都迷倒，再一个个教训！”玄武刚想劝说，却听见身边的延庆公主也叫起好来。

“可是……”

“小师父，你就别这个那个啦！既然已经决定，我们就快快行动吧！”延庆公主挥舞着手中的燃木，激动之情溢于言表。

玄武见此，便知道无力回天。眼看这条小命好不容易捡回来，眼下又要搭上，整个人更显得无精打采。杨采苓又取来许多干枯的木枝，分别抹上筋酥膏，然后全部点燃。她自己握着几根，又分给玄武和延庆公主。

“我们快走吧！”杨采苓仰起头，望了一眼位于桃花山山顶的山寨。

——就是这里，在这里失去的东西，我一定要拿回来！

浓烟的缭绕下，杨采苓手里握着燃烧的树枝，大步向山寨走去。

周通打了个哈欠，用粗糙的手指揉了揉眼睛。

他用手支起身子，看着眼前那香艳的光景。在他那张不算小的床上，横陈着两个裸体女子，都是他从桃花山下村子里抢来的良家妇女。那些姑娘从恐惧到麻木，也不过短短一个月而已。奴役一个人的意志，并没有想象中那么困难。

毕竟每个人都会对死亡有所畏惧。

他想起身喝杯水，便推开两边的女人，试图从床铺上挤出一条缝来。

可是他推不动。

起初，周通以为只是自己的错觉，可下一刻他才意识到问题的严重性。极强的眩晕感令他犯恶心，浑身充盈的麻痹感让他支撑身体的双手都开始剧烈颤抖。这时候，他才明白自己可能中毒了。

“来……来人……”

他想喊得大声一些，却发现自己连这样也做不到。

——他妈的！

周通双手一软，整个人从床铺上摔倒在地，与此同时，他的卧房被人一脚踹开。赤焰发出的光芒刺入他的双眼，使他睁不开眼，火光照亮了整个房间，但周通看不清进屋的人是谁。

他们发现了床上的裸女，忽然有个男声大喊：“罪过，罪过。”

“你们是谁？”

周通才提出这个问题，蓦地面上一凉，有人正用一柄匕首的刃锋侧面，轻轻拍打着他的脸颊。

“怎么？这么快就不认得我了？”

杨采苓盛怒的面容在火光的映照下，展现在他的眼前。

在她的身后，还站着延庆公主跟玄武和尚。

“来人！救……救命！”周通尽力呼喊，可声音却传不了多远。

即便能够传到屋外也没用，山头数百个喽啰，皆在夜间被杨采苓点燃的筋酥膏迷得失去了行动能力。一夜之间，整个桃花山的匪盗全都变成了废人。

“你的手下都已经趴下了。现在他们是泥菩萨过江，自身难保。”杨采苓冷然说道。

周通无论如何都想不通，这个被他关押在牢笼中的弱女子，眼下竟像是变了一个人般，反客为主，将匕首架在他的脸上。

“你……你想做什么？你可别……别乱来！”

杨采苓瞧了一眼床上的女子，柳眉倒竖，将手中的匕首猛地扎入周通右侧大腿！那周通被扎得失声尖叫，但由于身上没有力气，连挣扎都显得无力。鲜血如喷泉般从创口涌出，在场除了杨采苓外，所有人都露出了惊愕的神色。

当然，最震撼的非周通本人莫属！

自从当年在桃花山落草以来，他经历过无数风雨，见识过无数残暴的盗贼头子，可却头一次这样害怕。害怕的对象，竟然还是个小姑娘。

难道这辈子就折在这女子手中了吗？

从大腿流出的鲜血染红了地上铺陈的石板，黏稠的血液在地上汇聚成圈，越扩越大。若不及时止血，周通就会因失血过多而死。然而他现在根本没有能力为自己止血，只能眼睁睁地看着鲜血向外喷射，直至体内血量干涸。

“女侠饶命……饶命啊……小人不是有意冒犯你……请你大人有大量……饶了小人……”周通眼中流露出了慌张，语无伦次起来。

杨采苓面无表情地瞧着他，冷冷道：“我一生最恨强抢民女的盗贼，今日你撞上我，算你倒霉！有什么冤屈，到地府去和阎王爷说吧！”

周通苍白着脸，吃力地说道：“女侠若是救我……我便将山寨之主的位子，让与女侠！”

杨采苓没有回答，反手将扎入周通大腿的匕首倏地拔出。由于速度太快，刃尖离开伤口后，还带出了一条血箭。周通吃痛大叫，疼得差点晕死过去。玄武慌忙上前，用牛筋绳绑住周通大腿根部，然后将金疮药的药粉撒在伤口处。只是那血量实在太大，敷在上面的药粉不时地被鲜血冲散，反复试了好几次才成功。

此时周通已经奄奄一息，双眼也耷拉着，有气无力地看着三人。

杨采苓给玄武使了个眼色，道：“把他带出去。”说完便转身离开卧房。

延庆公主触目所及都是鲜血，只觉心惊肉跳，慌忙随着杨采苓出了门。玄武替周通止住大出血后，将其背负在身上，紧跟着她们。

他们走到山寨前，一处方圆约一里的演武场。此时，演武场上哀鸿遍野，横七竖八倒满了人，皆是桃花山上的喽啰。他们被筋酥膏燃烧的毒烟熏得全身无法动弹，但意识极为清醒。演武场的点将台上，大当家李忠被人用麻绳绑在一根木架上，神色尴尬至极。杨采苓快步走上点将台，环视台下众人，并不说话。玄武将周通轻轻放置在台面上，延庆公主则立在杨采苓身侧，见这么多人被他们制服，心里颇有些得意。

点将台下的群贼知道杨采苓使了毒计，个个激动义愤，几个尚有些力气的，指着他们破口大骂，言辞不堪入耳。杨采苓并不理会，只是高举手中那柄带血的匕首，朗声道：“你们的头领已经被我们抓住了，现在我只需动一动手指，就能要了他的性命！”

“有种杀了我们！”

“放了头领，大家明刀明枪地干，偷袭算什么本事？”

“妖女，等解了毒，我第一个杀你！”

“还有那边的秃驴，别以为躲后面，我就看不见你！”

台下辱骂声一片，更有许多污言秽语，往杨采苓身上招呼。

杨采苓浑不在意，自从与唐霄决裂之后，她性情大变，内心变得极为坚毅。待骂声渐弱后，她朗声道：“你们所中的毒，名唤筋酥膏，若无解药，行动力也无法恢复，三日之后必亡。想要活命的，只要对我表示效忠，我便可在明日调制解药，给大家服用。若是怀有二心，那就在这个演武场上，慢慢腐烂吧！”

玄武侧过头去看杨采苓，只觉得她十分陌生。究竟哪里不对劲，又说不上来。

众贼一听，咒骂声果然停止，变成了七嘴八舌的讨论。有人说这女贼妖言惑众，有人说宁可信其有，不可信其无，众口纷纷，莫衷一是。

李忠在她身后讨饶道：“女侠，周老弟要强行娶你做他老婆，我一直不肯答应，你可不能杀我啊……我只是个江湖卖艺人，落草也是逼不得已，这山寨的大当家不如换你来做！”

那群喽啰听大当家向一个女贼告饶，灭自家威风也就罢了，更见他只顾自己讨命，却不为众位兄弟说上半句，霎时间便对这头领失了七八分信心。

杨采苓寻思，这两位当家都是做事悭吝，贪生怕死之徒，只是平日里狐假虎威，众喽啰并不知他们的为人。今天自己就试他一试，让桃花山众瞧清楚他们的真面目。当下又道：“放在你面前有两条路，第一，饶你性命，其余的人就得死。第二，死你一个，我就放了他们。你自己选吧！”

李忠先是微微一怔，他瞧了一眼周通，高声道：“我本要去渭州，却被你们请到这山上落草，当匪盗原非我本意，如今女侠给了我一次改过自新的机会，我李忠若还执迷不悟，枉自为人！周通兄弟，你待我不错，可是匪道终非正途，希望你来世能够醒悟……”

他方说了一半，延庆公主便听不下去，上前骂道：“这么多兄弟跟着你出生入死，你一句匪道终非正途便甩了他们？你……你算什么好汉！”

在她心中，原本对江湖极为向往，那里有道义，有忠诚，有不爱其躯、路见不平的好汉。可是这几日来的所见所闻，多少令她有些失望。不止延庆公主，台下众贼见李忠如此不义，亦将矛头指向了他，骂声不绝。

杨采苓大声道：“各位都听见了，不是我要你们死，是你们的大当家要你们死。大家休要怪我心狠。”

众贼听了惊骇万分，叫骂者有之，哭号者有之，瞬时乱作一团。忽然有人在人群中高呼道：“女侠，你若是能饶了众位弟兄的性命，大家便鞍前马后跟你跑，出生入死为你干，推你为桃花山之主！”此言一出，众贼接连称善。李忠见台下的喽啰们反水，也惊慌起来，把脸转向杨采苓哭诉，求她做主。

周通躺在地上，面如白纸，虽然身体极为虚弱，却也向李忠唾骂道：“只当我瞎了狗眼，请你上山，还把山寨之主的位子让与你，害了众位弟兄！”

李忠苦道：“蝼蚁尚且贪生，你又怎能怪我？”

周通啐了一口，转而对杨采苓道：“女侠你本领高绝，我周通有眼无珠，冲撞了你，只盼你能不计前嫌，饶了大家的性命。我们尊你为山寨之主，桃花山的兄弟，日后供你驱使！”

杨采苓冷笑道：“这话可是你自己说的。”

周通抢着道：“是、是，一言既出，驷马难追！”

台下见二当家带头投诚，知道杨采苓接任桃花山寨主之局已定，十之八九都表示愿意效忠杨采苓。见此情势，杨采苓便顺水推舟，高声道：“既然如此，我就暂任你们桃花山的头领，明日一早，我就调制解药，为大家解毒。至于李大当家如何处置，我还没想好，且先留他一条性命。没有我的命令，谁都不能碰他一根汗毛。”

众贼哄然称是，心想总算捡回了一条性命，都松了一口气。

翌日清晨，杨采苓根据余五娘遗下的《毒经》所记，调配了解药，让玄武分发下去。众喽啰喝了之后，只半个时辰，便手脚自如起来。李忠喝了解药，被喽啰们关进木笼之中，等待发落。至于周通，由于失血过多,即便喝了解药,一时半会儿也不能复原,只能卧床歇息。

那些被掳来的民女，杨采苓则下令通通放了，夺来的财物，多数也让喽啰们送下山去，物归原主。喽啰们开始不太愿意，但见女寨主这般坚决，不留讨论的余地，尽管心里颇有微词，却也不敢明着对抗，只能照办。

玄武担忧这群贼寇吃了解药，便要来杀他们，终是放不下心。喂完解药，玄武就来到杨采苓的暂住之地，将顾虑与她说了。

“这一点我早就想到了。”杨采苓一边煎着气味浓烈的药汤，一边说道，“我在筋酥膏的解药中，又混入了一种不明毒药，无色无味，但在二十日之内不服解药，也会暴毙而亡。他们若是杀了我，等于害了他们自己。”

“你……你又在解药里下了毒？”玄武没想到她竟会做出这样的事。

杨采苓轻描淡写地说道:“我们身在敌营，做事不能不小心一点。今后他们完全臣服于我们，再给解药也不迟。”说完，她又瞧了一眼玄武，见他面色不太好看，知道在怨自己狠毒，故而又补充了一句道:“解药我会给他们的，现在是非常时期，下毒只是多个保障而已。”

玄武点了点头，不知该说什么好。杨采苓在二龙山炼毒之后，他总觉得她的心性都起了变化，直到与唐霄争吵决裂，更是性情大变。眼下，玄武只希望这是自己的错觉，毕竟杨采苓在他心里，有着和别人不一样的意义。无论是那个武艺卓绝的玄武，还是他这个懦弱怕事的玄武，在这一点上，都是相通的。

他刚想再说些话，忽然有人推门而入，正是延庆公主。

“仇姑娘，你怎么这样惊慌？发生什么事了？”杨采苓注意到了她异常的神色。

“差点误了大事！瞧我这记性！”延庆公主用手敲了敲自己的脑袋，道，“那日我去闻焕章的府里偷药，听他正和一位禁军将领商讨剿灭桃花山的事！”

两人听了，果然大惊失色。若是禁军大将领着官兵上山，桃花山这帮乌合之众如何能敌？

“有没有说何时攻上来？”杨采苓忙问道。

“明天夜里，子时三刻，而且是偷袭。”延庆公主想都没想，直接回答。

“偷袭？”杨采苓放下手中的药勺，站起身来，在屋内来回踱步，“如果是明日夜间，那还有时间撤离。可保不准这座山已被朝廷的官兵监视了。”

她想了片刻，喊了喽啰去把李忠带来。

李忠踏进屋内，纳头便拜，口中道：“大当家有何吩咐？”

未等杨采苓开口，玄武便将朝廷军要剿灭桃花山匪众的事情说了一遍。李忠听了，也是惊慌不已，一时没了分寸。

杨采苓朗声道：“先派几位兄弟去巡山，确保无官兵监视，我们再行撤离。挑几个对地形熟悉的去制定撤离路线，记住，一定要兵分四路下山，一来可以对朝廷军制造迷雾，让他们不明虚实，二来就算一支队伍被截，也不至于全军覆没。我们现在没有与他们正面对抗的实力，但他们也惧我们几分，不然不会选择夜里偷袭，所以应该不会追击，只要就近安排一个安置点即可。对了，万万不能扰民，桃花山今后也务要劫富济贫，只能杀贪官，不可再为难百姓！”

李忠恭恭敬敬地行了个礼，暗忖道："没想到这女子倒有些胆识，临危不惧，还能想得如此周全。" 想到此处，心里便多了几分佩服。他出了门，当即传令出去，挑了几个最为熟悉地形的喽啰。众贼听朝廷要派兵剿匪，无不骇然，四散忙碌起来。

直至酉牌时分，山上数百位兄弟井然有序地从不同路线退下山去，在离桃花山三十里的一个荒村中暂时屯驻。此外，杨采苓又安排了几个腿脚灵活的喽啰留在山头刺探。

果不其然，子时三刻一到，几队人马便潜行入得山寨，亮出兵刃攻了进去，谁知留给他们的竟是一座空城。带头的禁军大将张俊扛着一柄巨型斩马刀，那张原本就惨白的脸上流露出懊丧的表情。众官兵在山头搜寻了一阵，却找不到半个贼寇，只得悻悻而归。

探事的喽啰忙赶回荒村，众人听说朝廷军已然退兵，登时欢声雷动，纷纷称赞杨采苓料事如神，解了桃花山覆灭之陷。原本内心对她不服的人，也开始有所改观，觉得这女子虽然年轻，但做事雷厉风行，端得是个女中豪杰。甚至有人觉得杨采苓之才能，远高于之前两位当家，往后桃花山之势力或许能够压过二龙山，与梁山泊比肩，亦未可知矣！

在荒村过了五六日，在此期间，杨采苓曾多次派出喽啰去桃花山探事，确认官兵不会卷土重来，她才传令众人回山。到了山寨，发现不少楼宇已被官兵毁去，焦木碎瓦散了一地，杨采苓便传下号令，带桃花山众人伐木砍树，重筑房舍。不过十余日，山寨就已恢复成了原来的样子。

杨采苓助桃花山躲过此劫后，山寨上下面貌焕然一新。不仅不再以抢劫周边的百姓为生，有时还会下山义助穷苦人家，渡过难关。时日一久，大家都对桃花山的新主有所耳闻，皆称她心怀侠义，名声越传越大，有不少村庄的族长还会领着乡亲送一些蔬果粮食来谢她。至于桃花山内部的人，对她已是完全臣服，就连李忠和周通也甘为她的马前卒，任其差遣。

这个结果，延庆公主和玄武都没有想到。

当初只为了脱身求自保，谁知杨采苓竟反客为主，做了土匪头子，这事简直像说书人口中编撰的一般，真是又奇又怪！

时光匆匆易逝，自杨采苓当上山寨之主，已是两月有余。

这一日，忽然有个奇怪的男子，孤身上了桃花山，使得守山门的喽啰十分警惕。在他到山门之前，就已有喽啰向杨采苓报了此人的行踪，并且形容了他的样子。根据守卫描述，此人六尺身材，二十四五岁年纪，额头上缚着白手帕，身上穿着一领青纱上盖，手中提着一根木棍。杨采苓一听，便知道此人是谁，嘱咐喽啰们不得阻挡，让他入寨。

聚义厅的大殿上，杨采苓身披一席玄色貂袍，坐卧在一张铺陈着兽皮的琉璃榻上。她的神色与两个月之前，又有了些许变化，顾盼间竟多了几分妖冶之色。这究竟是炼毒之故，还是心境遽变，就不得而知了。

琉璃榻的两侧，立着李忠与周通两位当家，腰中系着宽刃。大殿两边，则站满了数十个喽啰，各持兵刃，却不见延庆公主和玄武二人。

这殿内人数虽多，却悄然一片，十分安静。

“大当家，二龙山施恩求见。”矮胖的喽啰跑进殿内，大声向杨采苓禀道。

“让他进来。”杨采苓懒洋洋地道。

话音刚落，**金眼彪·施恩**就自行推开木门，大步跨过门槛，走到聚义厅大殿中央。他抬起头，视线扫过李忠和周通的脸，最后落在了杨采苓的身上。

“杨姑娘，好久不见啊！”他用几乎厅内所有人都能听见的大嗓门喊了一句，“自你离开二龙山之后，大家可想你得紧！”

“施大哥，小妹也想念你！”杨采苓辗然一笑。

“之前听人说起桃花山有了新的头领，我怎么也想不到会是杨姑娘。唉！在我这两位兄弟面前，杨姑娘乃是巾帼不让须眉，佩服，佩服！”施恩说话间，眼睛去看李忠和周通，言语中颇有些轻侮之色。李忠和周通二人被他瞧得不自在，纷纷移开目光，朝他身后望去。

杨采苓仍是笑着说道：“施大哥这番上山，恐怕不只是来恭喜小妹的吧？是不是鲁提辖有什么吩咐？”

“这事本来是想与李忠兄弟商议的，眼下瞧来，恐怕得麻烦杨姑娘拿主意了！”施恩也是脸上堆满笑意，说话却带着刺，浑不把李周二人放在眼里。

“有什么小女子能帮上忙的，施大哥尽管说。”

“那我可就开门见山啦！不知杨姑娘是否听说少华山众位英雄聚义的事。史进兄弟带着一众少华山英雄，也已脱离了宋江的掌控。如此一来，梁山泊的实力必然大损。但以宋江的性格，复仇是迟早的事。咱们何不趁此机会，将二龙山、桃花山、少华山联合在一起，三山联盟共同抵御梁山泊呢？”

施恩说完，双眼紧盯杨采苓，希望在她脸上捕捉到一点信息。这短短几个月，他也明显感觉到了杨采苓的变化。这女子脑中作何打算，他完全无法猜透。

“三山联盟？”杨采苓收起笑容，淡淡道，“似乎是个不错的提议。”

“杨姑娘是同意了？”

“百利而无一害的事，我为何要拒绝？”

“那真是太好了！回头我将这个消息告诉鲁……”

“不过……”杨采苓未等施恩说完，忽然抢口说道，“小女子还有个问题，想要请教一下施大哥。”

施恩微微一呆，随即道：“我知无不言。”

“晏贞姑是不是还在你们山上？”

“她……她还在……多亏了杨姑娘留下的方子，我们才救得她一命。可惜方子对身子有些影响，不过能救回一条命，那已是不幸中的大幸了。”

杨采苓一提出这个问题，施恩便知道大事不妙。毕竟她和唐霄为了晏贞姑闹翻的事，二龙山上下都已经传遍了。不过既然她问了，也不好隐瞒，只得如实回答。

“唐公子还在贴心照料她，是也不是？”

“是……”

“真是一对璧人。”杨采苓冷笑一声。

“同门之谊而已。唐霄兄弟义薄云天，见朋友有难，都两肋插刀，何况是同门师兄妹呢？在讲义气这方面，我对他也很是佩服！”施恩怕她因此恼怒，忙打了个圆场。

其实他说这话，并非完全违心。杨采苓走后，唐霄对晏贞姑虽可以用无微不至来形容，却也待之以礼，完全没有越雷池半步。这些二龙山上上下下都看在眼里，大家都知道，唐霄的确是个君子，与晏贞姑亦只是同门之谊。

可是这些话听在杨采苓耳中，句句都像是在讽刺。

“结盟的事，可以谈。不过我有一个要求，”杨采苓站起身来，俯视施恩，“你回去告诉鲁智深，要么就把晏贞姑杀了，要么就把唐霄杀了，否则，我与二龙山不仅不会成为盟友，哪日兵刃相见，也不是完全不可能的！”

施恩听她这么一说，一时间骇异万分，他万万没想到杨采苓竟会说出这样的话。让鲁智深杀了唐霄或晏贞姑？这怎么可能？

“杨姑娘，这……”

“施大哥，希望你能把我的话带到。送客！”

杨采苓甚至没有给施恩把话说完的时间，便转过身，退入厅后。李忠与周通瞧了瞧施恩，也随着杨采苓离开了聚义厅。头领离开后，喽啰也开始撤退，几十人井然有序地走出大门，徒留一脸惊愕的施恩站在原地。

回到会客厅，玄武正坐在长椅上喝着茶。见杨采苓进屋，玄武便起身上前责问道：“杨姑娘，你为什么会说这种话？”

杨采苓自顾自坐下，端起茶碗喝茶，不理玄武。

“你明明说的是气话，可……可施恩会当真啊！他若是回去这么禀报，让唐霄知道了，他心里定会不是滋味……”

“他心里只有师妹，哪里还会顾及我的感受。”杨采苓白了玄武一眼。

“你……你简直不可理喻！”一向温文的玄武竟然发起脾气，摔门离开，这让杨采苓也颇有些意外，觉得和尚今天莫名其妙。他对山上事务从来毫不关心，今天却为这点小事发火，不知道脑子里在想什么。

她哪里会知道，玄武气的，正是她对待唐霄的态度。其实如果杨采苓答应联盟，才说明她内心真正地放下了唐霄，以大局为重。可杨采苓竟为一个唐霄，宁可得罪三山中势力最强的二龙山，可见唐霄在她心中的地位，还是很重。

离开山寨的玄武发足往山下跑去，他知道自己是个出家人，不该对杨采苓抱有任何幻想，可是这些日子的相处，却让他越陷越深。

他狂奔了几步，右足被一块突起的石头绊了一下，砰的一声砸在了一棵大树的粗干上，额头登时血流如注。他抱着头弯下腰来，忽然感到一阵眩晕袭来。

——糟糕！他要出来了！

树林中，忽然发出了一阵沙沙声。

玄武抱着头，想大声喊叫，却发现嗓子发不出任何声音。这几个月来，他的离魂症都没有发作，他甚至以为自己已经痊愈了。没想到那家伙竟然还“寄宿”在自己的身体里，没有离开。脑中不停盘旋的声音，就是最好的证明。

——傻子，你被跟踪了也不知道？

——我……我不是傻子……

他用尽全身力气想和另一个自己对抗，却发现处处落于下风。他再次张开嘴巴，用尽力气大喊，却发出了另一个声音，那并不是喊叫的声音，而是冷笑。

“嘿嘿，竟敢跟踪佛爷我？胆子倒是不小。”玄武的面色从慌张变为平静，嘴角甚至露出一丝狞笑，“杂毛，还不快现身？”

第七章 天书阁

玄武周身毛孔完全张开，让自己的身体进入一种极为敏锐的状态。他的耳郭微震，将注意力全部集中在听觉上，用以捕捉身边最细微的声响。

林中又传来一阵因枯叶树枝摩擦而发出的沙沙声，玄武眼目收紧，已知道那人的具体方位，立刻钻入树丛向他追去！他刚跑几步，忽地迎面飞来三支袖箭，玄武忙侧过头，那三支袖箭擦着脸颊而过，在他脸上刮出了一串血点。

——他妈的！竟敢在太岁头上动土！

愤怒的玄武脚下加劲，奋力追击。可奇怪的事发生了，前方那踩踏枯叶与泥土的声音渐渐弱了下去，感觉上竟是越追越远。尽管玄武不愿意承认，但从对方如雨点般密集的步频来看，显而易见，对方的轻功远在他之上！

再这样跑下去，过不了多久，玄武就会连对方的脚步声也听不见了。

于是，他立刻弯腰捡起泥地上的一颗石子，手臂猛地一挥，将石子投掷出去！他这一掷，凭的近乎是直觉，靠着耳朵聆听到的脚步踩踏声，估计出那人的位置。

石子挟破风之音穿过密林，直射逃跑之人的后背！可就在将要命中之前，那人影瞬间晃动了一下，堪堪避过。不过这一记偷袭，也减缓了那人奔跑的步伐，玄武见状，又拾起不少石子，向那人影射去！

那人背对玄武，躲开袭击靠的也是灵活的步伐以及多年来的经验，可身后密集的攻击让他的脚步不禁凌乱起来。也正是借了这个契机，一颗石子说巧不巧，倏地击中那人右腿后侧的委中穴。委中穴位于腘窝正中，极为柔软。那人中了石子之后，身形失去平衡，眼看就要摔倒在地。不过他的反应速度也极快，单手一撑，右腿猛蹬了几下，舒展肌肉，接着继续狂奔起来，不过速度比之前要缓了不少。

中招之后，那人跑起步来也有点一瘸一拐，而玄武在投掷石子的同时也正步步逼近。直到两人相距不过一丈，那人知道避无可避，才转过身，高速向玄武直袭而来。这时，玄武才看清那人的脸。

玄武惊呆了，因为那根本不是一张常人应该拥有的脸孔。

那是一张面目狰狞的傩面具。

普天之下，喜戴傩面具，并拥有如此轻功的人，除了神行院的院长**神行太保·戴宗**，没有第二个人选！

“我道是谁，原来是梁山的杂毛啊！”

玄武见他向自己抢攻，便停下脚步，沉腰坐马，静待袭来的戴宗。

奔踏而来的戴宗蓦地高高跃起，一记急速摆腿，向玄武门面飞踹过去。玄武双手握拳，左内右外，由怀内向上猛击，正是少林拳中的双挑拳！

拳脚相撞，双方均感到一股震荡，玄武马步立得扎实，只是身形一晃，随即站稳，戴宗人在半空，无处借力，只得一个后空翻，卸去力道。

未等戴宗站定，玄武就奔上前追击，同时由腰部向体前发力，一招撞碑手直轰戴宗胸膛。戴宗见他攻来，右脚向后蹬地，身体重心前移至左脚，右腿屈膝提起，待玄武一拳攻入的同时右腿膝关节内扣，脚跟奇袭玄武侧脸。

玄武见状，不得不收拳侧身，躲过这记侧勾踢。

谁知戴宗后招绵绵，身体蓦地旋转，右腿向右后旋摆鞭踢！

——要比腿法？也行！

玄武急退一大步，戴宗的摆腿从他鼻尖扫过，便在此时，玄武猛出左脚，踹击戴宗的神阙穴。那戴宗回旋踢不中，正诧异间，忽然腰腹一阵剧痛，才知中了玄武的重击。

戴宗忍痛咬牙，身子往下一沉，右腿发力扫击玄武的膝关节。右脚脚掌高速擦过泥地，扬起一阵旋风般的尘土。这招倘若得手，玄武非跌扑在地不可！

“你这是找死！”玄武露出玩世不恭的笑容，旋即以右脚外缘，踏击戴宗右腿关节！这招名曰“少林狮子踩”，乃是少林腿法中专攻膝关节的下踩性腿击法，极为猛烈，因其动作的迅猛，气势之激烈而获“狮子踩”之名。

戴宗来不及收腿，耳边忽然响起一阵清脆的断骨声！这时他才发现，右腿关节已被玄武生生踩断，随之而来的是前所未有的剧痛！

“啊！啊！啊！”

惨烈的喊叫声接连从他口中爆出，整个人也在地上翻滚起来。

瞧见地上痛苦不堪的戴宗，玄武内心疑云大起。这个在梁山上排行第二十位的头领，竟然如此不济，才三招就被他给废了？

玄武走上前去，一把揪住戴宗的衣襟，怒喝道：“你来这里做什么？”

戴宗摇晃着脑袋，傩面具下传来粗粝的喘气声，显然在强忍着疼痛。

“你要是不说话，也行，佛爷我就把你另一条腿也废了！让你瘸子也做不得，下半辈子只能躺在床上，任人鱼肉。”玄武直视戴宗那张毫无表情的傩面具，眼神中充满了挑衅。

可是没有回音。

不，确切地说，连反应也没有了。隔着傩面具的喘息声，也渐渐弱了下去，直至无声。

玄武心头泛起一种不好的预感。他忙伸手揭开那木质的傩面具，随手丢在地上。戴宗被他剥开面具，露出一张面阔唇方的脸来。只见他双目眼球突出，面色发黑，嘴角流淌着黏涎，散发出一股腥臭。他完全没想到戴宗竟会服下毒药，自寻死路。

“他妈的！”玄武低低骂了一声。

原来被玄武废了一条腿之后，这家伙就已决定自戕。

玄武取来一根树枝，撬开他的嘴巴，那腥臭扑面而来。只见戴宗口中有一颗破了皮的赤色蜡丸，想来这颗蜡丸一直被他含在口中，一旦被缚，便即刻咬破，使蜡丸中的毒液流出。

他把树枝丢在一边，找了一块干净的岩石坐下。

既然神行院的人已盯上了桃花山，那宋江在短时间内必有动作。就目前脱离梁山势力的三山来说，桃花山的实力可以说是最弱的，而且头领杨采苓才上位不久，军心不稳。如果他是宋江，也会拿桃花山开刀，以向另外两个叛军势力示威。

他若一走了之，岂不是将杨采苓置于危险的境地？

原本打算下山的玄武颇有些苦恼起来。

“可笑！她死她活，关我屁事？她既心心念念那位唐大少，就让他来救她吧！”玄武立地起身，准备离开。可他刚迈出一步，便又止住了。

桃花山一片焦土的画面浮现在他的脑海。

他伫立在原地许久，最后嗟叹一声。

——算我败给她了！

玄武返身走回戴宗尸身边上，抓起他一条腿，拖着尸体往桃花山顶的城寨走去。

他想，梁山泊盯上桃花山的事，还是让杨采苓知道一下比较好。

山风微拂，碧绿的树海中泛起一阵涟漪。

伴随着那连成一片的树叶沙沙声，从树林中走出一个人影。那人站在适才戴宗自戕地方，脸上没有任何表情。

没有表情，并不是因为他没有情绪上的波动，而是因为他也戴着一张面具。

一张与戴宗毫无二致的傩面具。

过不多时，从四面的林中又缓步走出四个人来。他们个个戴着傩面具，服装身形几乎与戴宗如出一辙，若不仔细分辨，还以为是同一个人的分身。这画面极为诡异，若非亲眼所见，简直叫人难以置信。

先到那人开口道：“柳土獐已死，我们得赶快回去报告花主事。翼火蛇，回梁山泊通报的事，可就交给你了。”

有一人应道："是。"

那人继续道："我与星日马、奎木狼留在这里，继续观察桃花山的动静。鬼金羊，你去少林寺打探一下，瞧瞧这少林和尚什么来头！"

其余三人齐声道："是。"

这人口中的"柳土獐""翼火蛇"等代号，皆出自二十八宿的名称。分配完任务后，这五人迅速散开，以极快的身形，各自隐入山林之中。

原来，这戴宗并非一个人的名字，而是二十八人的集体名字。你是戴宗，我也是戴宗。这二十八人俱是宋江精挑细选，腿力极佳，且受过严格的校习训练，才得以出山的顶尖驿隶。因怕被人认出，故而常年戴着傩面具，掩人耳目。为保此机密，戴面上山者，二十八人中也只得一人而已。

这些神行太保平日里四散在各地，有调动各州探事郎的权力。探事郎见傩面具者，均以为是戴院长本尊，可以说这个面具就是神行院的一张令牌。若是莲台寺有紧急情报，各地的神行太保便以接力的形式，用最快的速度将密函送至梁山泊。不过，这个秘密，也只有少数几位头领知道。

被称作"翼火蛇"的神行太保领命后，快跑下山，在山脚一棵树边找到了拴在此处的坐骑。骑上马后，便抖起缰绳，策马向梁山泊方向驰骋而去。这翼火蛇跑完五里山路，竟大气不喘，体力与速度均已登峰造极，无愧"神行太保"的称谓。

从桃花山前往梁山泊少说也要五六日脚程，翼火蛇日夜兼程，不一日便来到梁山泊边，岸边的喽啰见戴院长回山，便撑着小舟前来迎接。过了水泊，上了金沙滩，翼火蛇便展开轻功，一路往莲台寺跑去。大约行了一顿饭的工夫，翼火蛇就来到了寺庙门口。

莲台寺位于梁山雪山峰南麓，四野古柏参天，寺前青石托地，甚是古雅。

尽管这是一座佛寺，却毫无寺庙应有的庄严感。白衣秀才王伦入主梁山之后，寺内大部分的出家人常受其扰，眼下都已离开了这里，另寻别处修行了。而这座莲台古寺，却也因此成了水泊梁山最神秘的地方。

翼火蛇踏进佛寺，径直往里走去。不时地有身着黑袍的人从他身边走过，见到傩面具，大家都习惯性地朝他点头致意，也说不上有多么尊敬。好在翼火蛇也不以为意，此番赶回梁山，他的主要任务便是到这莲台寺，向主事花荣汇报这几日在桃花山的所见所闻。

大殿内只站着一个相貌清秀的女子，正在案前整理书卷。听见翼火蛇步入殿堂的脚步声，那女子回过头来，向他行了个万福，口中道："戴院长回来啦。"

说话的女子正是花荣的妹妹花氏。

当年宋江为赚青州指挥司统制**霹雳火·秦明**入伙，遣人假扮秦明去往青州城杀了许多百姓，离间其与慕容知府，导致秦明妻小一家人口全部被杀。为平复秦明怒火，宋江便做主让花荣的妹子花小姐嫁与秦明为妻，令他甘心归顺。

花氏自小聪明伶俐，做事也十分精细，深得宋江赏识。因秦明身为龙骑营主将，时常驻守营寨，花氏便常常到这莲台寺来，助兄长料理一些公事。

"花主事在何处？我找他有事商量。"

"大哥他正在忠义堂和宋江哥哥议事，戴院长如果有急事，不妨去那里找他。"

"我在这里等他便是。"

翼火蛇知道这些日子梁山遭逢巨变，因为招安的事，不少头领纷纷宣布脱离梁山泊，令梁山实力大大减弱。为了寻找对策，忠义堂内高层头领间的机密会议一定极多。宋江哥哥再怎么仁厚，也一定对此事极为介怀，否则也不会下令神行院盯紧三山。

花氏抱起案几上的书卷道：“我要将这些资料送去天书阁，就不陪戴院长说话了。”

梁山泊的天书阁藏书颇丰，有数万卷藏书，都是宋江命探事郎从各地带来的书籍。其中包括兵法韬略、兵械锻造、技击秘籍、医书药典、八卦相数、天文地理、五行堪舆、奇门遁甲、诸国文字等各种书卷，可谓包罗万象，无一不备。

翼火蛇见她拿着书卷，略显吃力，便道：“你把这个给我吧。”

“怎么好意思劳烦戴院长。”花氏忙摇头拒绝。

“眼下我左右无事，帮你送点东西也没什么。而且我脚程快，一眨眼工夫就送到了天书阁。你一个女娃走过去，不知要多久呢。”翼火蛇说罢，便上前伸手去接。

花氏见他诚恳，歉然道：“那可就麻烦戴院长啦！”

“不麻烦。”

接过书卷后，翼火蛇就出了莲台寺，往天书阁方向走去。下了雪山峰，又往西行了几里路，才到得天书阁。远远望去，见其琉璃瓦顶，飞檐斗栱，外观恢弘壮丽。

山门处站着两个守门的喽啰。他们见是戴院长，立刻收起兵刃，放行通过。翼火蛇又穿过两扇大门，才到天书阁门前。

天书阁的整体格局由山门、阁楼、西厢房、一耳房组成两进院落。阁前廊下石碑二幢，东为“天书阁赋”，系宋江撰文，**圣手书生·萧让**书写；西为“天书阁重置书籍记”，记载着阁内书籍庋藏的情况。翼火蛇走过去，见碑前站着一个身披绒绣皂袍的中年道士。

“哟，这不是戴院长嘛，您回来啦！”

中年道士回过头来，忙向翼火蛇行了个稽首，神色颇感意外。

“樊兄，你好。我是来替莲台寺送书的。”

翼火蛇双手捧着文书，无法回礼，只是微微鞠躬。

这中年道士正是前芒砀山寨主**混世魔王·樊瑞**。因原来管理天书阁的朱武随史进离开梁山，宋江便让他与李衮、项充三人接手了天书阁事务。

“交给我好了。”樊瑞接过书卷，又道，“不如去阁内饮一杯热茶吧？正巧燕主事也在，你们许久没见，相信有很多话要说。”

“如此便打扰了。”翼火蛇谢道。

樊瑞引着翼火蛇进了阁楼。一层极为宽敞，数百个书架齐齐排列着，有三四个仆役正在扫除灰尘。两人从楼梯上了二层，亦是堆满了书卷墨宝，十数个书生正认真誊抄文章，三层则是叠了许多雕版，偶有几个工匠正在用刀篆刻。毕竟天书阁中不少藏书已被岁月腐蚀，需要有专人来修复，或者重新印刷。

两人拾级而上，到达四层，亦是天书阁的顶层。这阁顶彻上明造，极为宽敞，四面皆为方棂格扇窗，通风采光俱佳，书架上也堆满了各类典籍，分类明细。屋子中央有一张圆桌，坐着三人，像是正在商讨什么。

“燕青哥哥，你瞧谁来了？”樊瑞一上楼，便高声喊道。

坐在中央的青年抬起头来，见了翼火蛇，表情有些呆滞，正是燕青本人。燕青左边那位尖嘴猴腮的瘦子是**飞天大圣·李衮**，右边的矮胖壮汉则是**八臂哪吒·项充**。他俩见了翼火蛇，拱手道：“属下见过戴院长。”燕青见状，也跟着他们道：“戴院长，你好。”

翼火蛇微微颔首，算是回礼。

他走到圆桌边上，瞧桌上有数十本书籍摊开，便笑道：“燕青兄弟最近很用功啊，不去忠义堂和其他头领开会，偷偷躲在这天书阁看书。”

“戴院长过奖了，随便读点闲书而已。”

燕青说话时，眼神躲闪，神色颇不自然，也不像从前那般油腔滑调，翼火蛇感到有些奇怪，不过并不在意。

翼火蛇扫了一眼樊瑞三人，道：“我与燕主事有些话要说，你们先下去吧。”三人应诺，依次下了楼，阁顶只留下他们二人。

燕青磕磕绊绊地道：“支开他们，难道是戴院长有什么重要的事？”

翼火蛇正色道：“确是如此。其实我来天书阁之前，去了一趟莲台寺，本想找花主事商量此事，没想到他正在忠义堂和宋江哥哥商讨事宜。”

“究竟是什么事？”燕青好奇道。

翼火蛇心想，既然花荣暂时不在，与燕青说也是一样的，于是神秘兮兮地道：“有一个好消息和一个坏消息，你想先听哪个？”

“坏消息是什么？”

“桃花山易主了。”

说这句话的时候，翼火蛇故意压低了声音。

“易主？”燕青疑道。

“正是。原本由李忠、周通二人为山寨之主，谁知半路杀出个小姑娘，将他二人的寨主之位给夺了。不过这小姑娘也还挺有本事，不仅助桃花山躲过了朝廷军的剿灭，还招兵买马，势力越来越大，再这样放任下去，迟早有一天可与二龙山抗衡。除此之外，二龙山和少华山已经结盟，特遣施恩去游说桃花山，希望三山聚义，联盟对抗我梁山泊。”

“真有此事？”燕青顿了一顿，又问，“那小姑娘是何人？”

“燕主事恐怕不认得，这姑娘名叫杨采苓。”

听见“杨采苓”三个字，燕青不由身子一震，脸上现出极其惊讶的表情。

“你认识她？”翼火蛇疑道。

“不，我不认识，”燕青忙摇手否认，故意道，“这姑娘应该是个狠角色吧？”

“样子娇滴滴的，不过办起事来，确实雷厉风行。比李忠、周通两个废物，不知强了多少倍。”翼火蛇言语中十分鄙夷李周二人。

“对了，好消息是什么？”

“杨采苓拒绝了二龙山的联盟要求，”翼火蛇隔着傩面具发出一阵苦笑，“要知道，三山若是联盟，将拥有足以对抗梁山的实力。可身为桃花山的寨主，杨采苓竟放弃了这个机会，实在令人百思不得其解。不过既然如此，于我们来说，却是好事一桩。我必须尽快将此事通知诸位头领。”

“你想建议宋江哥哥发兵奇袭桃花山？”

“兵贵神速。若是那杨采苓后悔起来，联合了三山，到时候这块骨头可就难啃啦！”

“可是桃花山上的诸位弟兄，也曾是我们梁山泊的人，如此一来，岂不是大违道义，恐怕要被天下好汉不齿吧？”

“我们和这群叛徒有什么道义可讲？”翼火蛇的口气十分坚决，“当日在梁山盟誓，协助宋江哥哥共举大义，转眼便背弃盟约，背叛梁山泊，一个个回到原处，自立为王，难道梁山泊是他们想来就来，想走就走之地？”

翼火蛇越说越气，忍不住一掌拍打在圆桌上，发出一阵巨响。楼下忽然一阵急密的靴声，李衮和项充两人沿着楼梯，跑将上来，往他们坐着的位置探头张望。

“怎么？还怕我伤了你们的头目？”翼火蛇心中只觉好笑。

“下去，无论发出什么声音，都不准上来，”燕青朝他们摆了摆手，又道，“等等，你们两个叫人去沏壶茶来，给戴院长解渴。”说完，又轻咳三声。

“是。”两人齐声答应，然后步下楼梯。

“戴院长这次来，除了在莲台寺遇见花小姐，还见过谁？”

“拿了书卷，我就直奔天书阁而来，路上也不曾见到一人。”翼火蛇如实答道。

燕青点了点头，又随口扯了几句无关紧要的话。过不多时，一个喽啰端来茶壶，分别将两个茶杯斟满，递给两位头领。燕青拿起茶杯就喝，显然渴了很久。翼火蛇也学着他的样子，张嘴喝了一小口，再将茶碗放回圆桌。

忽然之间，一股剧痛袭来，痛得翼火蛇弯下了腰。

“对不起了，戴院长，今日我可不能让你走出这天书阁。”

燕青这番话，令翼火蛇惊惧交集，他忽然往桌上的茶碗瞧去，又把目光对准了燕青，怒道：“你……你下毒……”

原来，趁翼火蛇不注意，燕青将小指甲中的黄粉，轻轻弹入了他的茶碗。由于燕青不断地向他提问，才导致翼火蛇放松了警惕。

他做梦也想不到，燕青何以要害他？

那翼火蛇在地上翻滚几下，喉咙里发出咝咝声，极为恐怖。

突然之间，他一个翻身向燕青滚将过去，右腿猛扫燕青下盘。

燕青被他踢倒在地，还来不及反应，便被翼火蛇压在身下，双手紧锁喉咙。

“想……想要杀……杀我……可没那么……容易……”

也许因为毒药的关系，傩面具下的声线已变得十分奇怪，一会儿尖一会儿粗，一会儿高一会儿低，完全不像同一个人在说话。

双手越箍越紧，燕青双手不停地拍打翼火蛇，却无法伤他分毫，忽地觉得天昏地暗，脑袋嗡嗡作响。

如果再不挣脱开来，片刻间他便会殒命于此。

也不知是不是上天佑护，翼火蛇的头部忽然无规则地抽动起来，接着浑身一阵颤动，整个人直直往右侧倒了下去。

燕青翻过身来，俯身趴在地上，整张脸已憋得青紫。

他不停喘息，约莫过了半炷香时分，才缓缓从地上撑起。他瞧着地上翼火蛇的尸身，忽然两行泪流淌下来，口中结结巴巴道：“实在……实在对不住……你与我虽无冤无仇，不过你说要去告密，让宋江灭了桃花山，这我可不能答应。”

傩面具上的一对凶目兀自瞪着，燕青越瞧越惊，索性别过脸不去看。他扭着头爬至翼火蛇身边，掀开他的傩面具。面具下是一张扭曲的脸，十分年轻，燕青瞧了，暗暗叹息。他把翼火蛇身上的衣物脱下，自己换上，最后戴上傩面具，再将尸体轻轻推入书架底下。一切完成后，燕青走到楼梯口，清了清嗓子，往下喊道：“既然如此，那我就不送了，戴院长走好！麻烦戴院长给带个话，今夜我准备读完这几卷书，让楼下的人别上来打扰我。”说完，肩上背了个包裹，便蹬蹬蹬下了楼。

天书阁的一众喽啰见戴宗一言不发，径直往阁外走去，还以为两人言语不和，闹了别扭，也没有放在心上。

燕青出了天书阁，往西南方向走了三里路，来到一处僻静之地。他游目四望，确定周围无人监视后，才脱下衣服和面具，就地埋了，再从包裹中取出衣服穿上。他褪去衣衫时，浑身皮肤如雪练般，并无花绣。

换完衣裳后，燕青自言自语道："这群家伙以为戴宗走了，待到夜间，我再想办法将这厮的尸体运出来埋了。唉，张闲啊张闲，你一个店小二，放着东京好好的日子不过，何必蹚这浑水？"想到今后的难处，他不禁深深叹了一口气。

原来，这人并非梁山泊头领燕青，而是东京城的小二哥张闲。

那日他被关胜误以为燕青，挟持上山，因为与燕青相貌极为相似，梁山上下均错认他为燕青，并尊为杏花村的主事，统领天书阁和神兵府。而真正的燕青，此时却被少林寺关押在戒律院的地牢中。

起初，张闲非常不适应，说话也好，行为也好，均十分古怪异常，完全与燕青平日里的举止相背。燕青多才多艺，吹弹唱舞、各路乡谈、诸行百艺，无有不精，而张闲却什么也不会，一问三不知；燕青武艺高强，善用弩箭，精通相扑，反观张闲，手无缚鸡之力，见到刀枪都会瑟瑟发抖。两者差别巨大，理应令人生疑。但在梁山众人看来，少林寺一战令燕青身受重伤，才导致他神志不清，举止反常。他有时做错事，说错话，大家也就哈哈一笑带过。就连说话的声音不同，大家也都以为是他感染了风寒，没有放在心上。

也是张闲运气好，卧床期间，照顾他生活起居的婢女小霞，刚被宋江买上山不久。宋江见她眉清目秀，知道燕青性格轻浮，喜欢美女，便做个顺水人情，赠给了燕青。小霞与燕青也未曾谋面，是以在替他擦拭身体时，并没有注意到他身上有无花绣。否则的话，恐怕早就被人识破身份，打入狴犴房了。

这两个月来，梁山诸位头领也常来探望。可是甫一交谈，听张闲说一些牛头不对马嘴的话，便只能苦笑着摇头。如此仪表天然磊落的公子哥，竟变成这么一个痴痴呆呆、什么都不会的闲汉，过去的兄弟们见了，心中着实悲凉。

但是有一人除外。

那个自称“铁牛”的李逵，几乎每天都来探望张闲。

这李逵长得面目狰狞，赤眼怒发，张闲见了他如何不怕？一开始连话都不敢和他说，但时日一久，也知道这个莽汉没有恶意——至少对燕青没有恶意，渐渐放下心来。幸好这李逵也是糊里糊涂，在他听来，张闲说话颠三倒四，也没瞧出什么问题。只是心里奇怪，平日里爱和他玩相扑的小乙哥，怎么忽然变得不爱武术了？这里面的道理，李逵当然想不明白。

除了李逵外，另一个人也会来探望他，只是每一次都是在屋子外望上一眼便走。

那人常年披着绣有麒麟图案的丝绸白袍，面目俊朗，不下于燕青，只是瞧得出年岁略长于他。除了张闲，梁山上上下下都认识这个中年男子。喽啰告诉张闲，他曾是燕青的主子，因为武艺绝伦，天下第一，就连武松、鲁智深等绝顶人物，都不是他的对手。他被宋江设计请上山来，坐了第二把交椅，正是人称玉麒麟的卢俊义。

只可惜自小患有喉疾，不能正常说话，只能用纸笔表达想法。

当然，李逵也好，卢俊义也罢，对于张闲来说，都不会有任何感觉。他一门心思只想离开梁山，快些回到京师，继续过他平民百姓的日子。实在不济，也宁愿去寻栾大哥，给他鞍前马后当个小厮，听候他的差遣。

他也不是没有动过心，只是这梁山泊地形复杂，守卫森严，每一道关卡都有重兵把守，想要从里面溜出去，谈何容易？每到夜里，张闲只得望着这八百里水泊嗟叹。日复一日的煎熬，让张闲倍感痛苦，若是下半生都被困在这梁山，又该如何是好？

有一日，喽啰们请张闲去神兵府与天书阁巡查，虽然知道他尚未恢复记忆，但反正主事来视察，也就是走个过场。神兵府是梁山泊锻造兵械之地，铁水热气腾腾，风箱杂乱吵闹，张闲去了没一会儿就想快些离开。后来，他又在一行人的带领下，来到了天书阁。

在巡视天书阁的时候，忽然一卷书的书名令他微微一怔。那卷书，正是唐霄父亲唐非君所著的《唐门考工记》！

这个发现让张闲非常兴奋。他曾听唐霄提过，梁山泊攻打兵诛城，最终夺走了这卷记有兵器锻造的秘籍，只可惜其中终极武器一章，暗藏机密，只有唐家的人才能解开。宋江为了让唐霄亲自解开此书密码，不惜做了一场好戏，诬陷他入狱，再假意劫狱，哄他上山入伙。幸好被栾廷玉撞破，救出了唐霄。

“我能不能住在天书阁？”

大家对张闲提出的要求，显然有些吃惊。不过他既是天书阁的主事，这里的一切自然听命于他。于是，张闲便名正言顺地在天书阁住下。在这里，任何地方张闲都畅通无阻，任何书籍也都可随意阅览。只有顶阁的密室是个例外，据说里面藏着九天玄女娘娘赐给宋江的天书。

张闲虽是个跑堂的伙计，却也识字，这多亏幼时父亲让他读过几年私塾。

住在天书阁的第一天晚上，张闲便将《唐门考工记》捧在手里，通读了一夜。他原本出于好奇，只想瞧瞧这锻造秘籍中有些什么惊人的东西。可唐非君的书却让他失望了，除了枯燥的术语，就是不明所以的机关结构图，他一点都看不懂。不过不懂归不懂，他毕竟有一双“龙虎瞳”，记忆力非比寻常，是以在无意之中，竟将整本《唐门考工记》一字不差地背了下来，图像也牢牢记在脑中。

既然如此，只要自己逃离梁山泊，找到唐霄，将脑中所记一股脑写出来，岂不就等于将这本《唐门考工记》物归原主了？他进而又想，这满阁的书卷秘籍，均是梁山众人四处征伐抢夺而来，他若是把所有的书籍内容都记下，他日重新誊抄成册后再物归原主，岂不美哉？

想到这一层，张闲喜不自胜，终于找到了自己困在梁山的意义。

接下来的日子里，张闲推掉所有事情，只专心背书。随着时间流逝，张闲背诵的书籍越来越多，无论是兵法谋略还是武功秘籍，一字一句都印在他的脑海之中。在此之前，张闲从未试过这样大规模的背诵，可事实证明，这件事做起来比他想象中容易得多。而且他阅读速度极快，一目十行，过目不忘，没过多少日子，这天书阁的藏书已被他背诵得七七八八，书籍里的内容，亦全都融在了他的血液里。

张闲按照古书中的药方子，偷偷调制了一些毒粉。他将毒粉放在身边，也是为防不测。至于秘籍里的武功，招式他虽已背熟，但丝毫没有习武的念头。

这样枯燥重复的日子，直到翼火蛇来到天书阁，才被打破。

张闲回过神来，发现自己在外面逗留太久了，必须立刻赶回天书阁，不然就有被识破的危险。他深处敌营，若不万事小心，极容易露出破绽。

他快步往天书阁的方向走去，希望趁着山门守卫换岗的当口，溜进阁内。

每日做着重复的事情，让张闲掌握了天书阁各处守卫的轮岗时间。他一边瞧着天色一边闪转腾挪，借着障碍物的阻挡，顺利混入阁中。此时已是酉时，日渐西沉，在天书阁公办的人员也都渐渐打道回府，包括樊瑞、李衮和项充三人，只留几个守卫站岗。

待人都走后，张闲搓了搓手，矮下身子，打算将床底的尸首拖出来。

可当他把头往床底探去的时候，却被眼前的一切惊呆了！

床底空空如也。

张闲心头登时一片冰冷，暗叫："糟糕！难道被樊瑞他们发现了？"

但转念一想，又觉得不太可能，若是真被发现，天书阁又怎会只留这么几个守卫，而且梁山上下，也不像要搜山抓他的样子。

那又是怎么回事呢？

在守卫森严的天书阁里，要将一具死尸盗走，简直难如登天！

除了神仙，他实在想不到谁能办到！

——莫非是诈尸？

想到这点，张闲不禁缩紧了脖子。这时，窗外一阵阴风吹进阁顶，圆桌的油灯中，烛火开始剧烈地摇晃，忽明忽暗，整栋天书阁忽然弥漫着一种阴森感。

张闲汗毛倒竖，内心十分害怕。再怎么说，他也只是个普通人，偶有英勇事迹，也是被逼迫下才做出来的。让他再选择一次，未必会这样勇敢。更何况是鬼这样无形无体的东西，在他心中，简直比人恐怖一百倍！

——还是先下楼再说……

寂静的夜里，在张闲的踩踏下，木质的阶梯发出吱吱嘎嘎的声响，比白日里响上十倍。每踩一下，张闲都要深吸一口凉气。直到踏到二层的地板，张闲的心才稍微定了定。就在他准备转身的时候，忽然有个女人在他耳边，轻轻叹了一声。

这一叹，可把张闲吓得胆裂魂飞，一颗心脏险些要从胸口跳将出来！

第八章 加亮先生

张闲乍一回头，女鬼没见着，却见到一个明眸皓齿的女子，正是婢女小霞。

确定是人非鬼，可张闲并没有完全放下心来。首先，这一惊非同小可，张闲心脏兀自猛跳不停，震荡着胸膛。其次，天书阁中藏尸，又杀了天罡军团的头领，若是被这小婢女瞧见，偷偷向宋江告了密，接下去的事情可大大的难办。

正惊疑不定，小霞立刻跪下向张闲磕头赔罪，口中道："奴婢吓到了主子，请主子责罚。"

张闲瞧她小脸吓得红扑扑的，也不忍心责怪她，便道："起来吧，我还以为是什么人，原来是你。对了，这么晚你不去睡觉，在这里做什么？"

小霞回道："奴婢想主子这么晚还不歇息，怕伤了身子，是以上楼来瞧瞧。谁知阁顶竟找不到主子，才四处晃悠。"

张闲自从被掳上梁山，一直提着脑袋过日子，处处小心谨慎，对别人的话，也是先怀疑三分。可小霞这一番话语出诚恳，并无可疑之处。而且这些日子相处下来，张闲觉得这小丫头性格温婉，与之前仙音阁那些女刺客迥然相异，留在身边照顾自己，极是受用，当下也就不再多想，挥挥手让她先去睡觉。

等小霞走了之后，张闲又在天书阁上下找了一圈，除了顶阁只有宋江、吴用二人才能出入的密室，其余地方都找遍了，仍是不见翼火蛇的尸体。来来回回折腾了两个时辰，张闲也精疲力竭，便回到阁顶的藏经室里，躺在一张罗汉椅上，头枕着蒲团，渐渐入梦。

也不知睡了多久，一阵急密的靴声将张闲从沉睡中踏醒。他睁开眼睛，瞧见樊瑞气喘吁吁地站在罗汉椅前，低声道："军师哥哥找你。"

"现在吗？"张闲问道。

"对，军师说有要事相商。"

听樊瑞这么一说，张闲睡意全无，立刻起身披上外衣。他知道，樊瑞口中的"军师"即是梁山的机密军师吴用。他自上山以来，与这位传说中的智多星未曾谋面，只听闻此人神机妙算，计策无双。

这样机敏的人，自己在他面前，能否装得下去呢？张闲听到要去见他，心里着实没底。

他一路上低着头跟在樊瑞身后，脑中一片混沌。昨夜他匿藏的尸体无故消失，已让他心里很不安稳，今日一早吴用又要召见他，不知会不会和昨日毒杀戴宗的事件有关。他越想越怕，不由自主地放缓了脚步，两三里的路程，硬是让他走了有半个时辰。

到得本部城寨，樊瑞先让门口的喽啰通报一声，过了半晌，那喽啰才走出来，让他们两个进去。这是张闲上梁山以来，头一回进到本部，他举目望去，只见数十间寨屋星罗棋布，四周多是砦堡，中间那栋城楼极高，便是忠义堂的所在。城楼边上插着一面杏黄戎旗，上面绣了“替天行道”四个大字，迎风猎猎作响。

张闲紧跟着樊瑞的脚步，拾级而上，走了两层楼，来到一间极为宽敞的大屋。屋子的中央，一个头戴抹眉头巾的中年文士，正专心致志地读着手上的书籍。这男子生得眉清目秀，面白须长，正是梁山泊的军师吴用。

两人步入屋内，樊瑞躬身道：“吴用哥哥，燕主事来了。”张闲也学着樊瑞的样子，向吴用躬身作揖。

吴用双眼盯着书页，恍若不闻。

张闲只得硬着头皮道：“属下燕青，参见军师哥哥。”

“小乙啊，你来了，好得很。”吴用把视线从书页上移开，看着张闲，微微一笑，“我正有事情要问你呢。”说完，他又瞧了一眼樊瑞。樊瑞知趣，转身退出屋子，合上了大门。

樊瑞走后，张闲又道：“军师哥哥有什么事，尽管问。”心里却寻思：“要是他问了我不知道的事，该如何搪塞？”心下颇有些忐忑。

吴用道：“之前派遣你下山，去联合孙列共破少林寺。没想到却让你受了伤，是做哥哥的没有筹谋完备。你回山之后，我又被事务缠身，没能去天书阁看你，实在对不住。”

张闲知道他说的这些都是场面话，没有当回事，口中道：“除了脑子还有点不清不楚，记不起事，其他并无大碍，请哥哥宽心。”

他说自己脑子不清不楚，为的是给自己说错话留一条后路。这些日子他在梁山上冒充燕青，与人交谈多了，或多或少总结出了一些蒙混过关的法子，但凡遇到需要回忆的地方，就说头疼，大家也就不再逼问，这招百试不爽。

“这可不是小事，总记不得事也不成，需得治一治。”吴用表现出极为担忧的样子。

“我想过些日子就好了。记不起事情，主要是……”张闲一时找不到说辞，心念一动，道，“主要是头部被那些个和尚打中了。”

“明日安神医就从建康府回山寨了，他一到，我便让他去天书阁看看你。你说你头部被打中，伤势看来不轻，让安神医给你瞧瞧，可别落下病根。”

吴用口中的安神医，正是人称“当世华佗”的**神医・安道全**。此人医术极为高明，内外科都很擅长，像张闲这样没病装病的，可瞒不过他的眼睛。

张闲推脱道:“多谢军师哥哥好意，不过安神医一路上舟车劳顿，小乙实在不好意思再麻烦他老人家。既然身体上没什么病痛，过去一些杂事记不起来，那也就罢了。”

“不妨，你怎么说也是我梁山泊天罡军团的大将，怎么可以随随便便？宋江哥哥最爱惜人才，这你也是知道的。眼下咱们梁山泊人才凋零，正值用人之际，小乙你这样的将才，更得重视起来。”

“对了，我从少室山回来之后，听铁牛说走了许多头领，这是怎么回事？”张闲不想继续聊治头疼的事，于是东拉西扯起来。

“铁牛告诉你的？”吴用捋着胡须问道。

“是的。不过军师哥哥千万不要怪罪他，都是我闷得慌，才央求铁牛说点事情给我听。”

“不怪罪，与你说了，也没什么。当时我下令天书阁的侍从不要和你提起，主要还是怕你大病初愈，再受刺激就不好了。”吴用说到此处，顿了一顿，一双电眼直视张闲，继而又道，“你可知道，这些个头领，何故要离开梁山？”

张闲还不知道鲁智深等头领与梁山泊反目，皆是因为宋江与朝廷勾搭，被杨志识破。他还以为是在少室山上有晁盖的消息，众人疑心是宋江下的毒手。但他也不能直说，只得摇了摇头，假意问道："为什么呢？"

吴用冷然道："有人在少林寺冒充晁天王，离间梁山泊的好汉。宋江哥哥提兵攻打少林寺，也是不容许别人侮辱晁天王。"

张闲知道他在胡说，却也不方便拆穿，口中不住称是。

吴用又道："我与晁天王早在东溪村便相识，情谊深厚。若他真是被人害死，我怎会不知？况且那日下葬天王时，众位兄弟都在场，少林寺怎么又多出一个晁盖来？这样的假货，小乙，你说该不该杀？"

"该杀！该杀！"张闲点头。

"据说那人自戕而死，是他的福气。不然落到我们梁山泊手中，非抽他的筋，扒他的皮，拿他的五脏六腑来做醒酒汤不可！"

"是！是！"张闲嘴上这么说，心里却感到十分恶心。

拿人心肝来做醒酒汤，对于张闲来说不能接受，但对于梁山众人来说，实在是见怪不怪。当年宋江活捉通判黄文炳，就拿他的心肝做了醒酒汤。

吴用又接着道："所以当我听说鲁智深他们离开梁山，自立门户的时候，内心十分难受。宋江哥哥也是好几日吃不下饭，睡不着觉。"

张闲心想："狗屁自立门户，人家原来就在二龙山落草，是被你们这群盗匪赚来的。"口中道："他们一时受奸人蒙骗，时间久了，自然会知道真相。哥哥不必挂心。"

吴用点了点头道："话是如此，可是军令如山，梁山泊哪里是随便什么人想来就能来，想走就能走的。”说到此处，又将视线投向张闲，问道：“小乙，你说是不是？”

张闲见他神色古怪，话里有话，不敢用目光去接，低着头道：“军师哥哥，说得在理。”

他深知宋江行事，表面一套，背后一套，谅他也不会如此宽宏大量，放走鲁智深等人。不过目前已有三大势力脱离宋江掌控，若是三山聚义，声势也颇为浩大，到时梁山泊想一举击破，恐怕也没那么容易。再者，梁山泊真与三山势力对抗，好汉内讧起来，不论是胜是败，两边都没有胜利者。到时朝廷坐收渔翁之利，一举剿灭他们，定会追悔莫及。

所以，张闲并不认为宋江有追击三山的实力。

吴用见张闲凝神思索，脸上阴晴不定，知道他在想着这事，心中的疑虑又加重了一分。

“对了，上次送去天书阁的丫头，还好用吧？”

“小霞吗？很好，很好。”张闲回过神来，忙点头道。

“宋江哥哥知道你喜欢美女，所以特意留给你的。这女子可花了不少银两呢。”

“那我可要当面谢谢哥哥了。”

“哥哥这些日子不在山寨，待他回来再见面吧，”吴用轻摇羽扇，笑着说道，“忠心办事，哥哥自然赏罚分明。”

“属下一定忠心办事，不负哥哥所望。”

听说宋江不在梁山，张闲心底泛起一种不祥的预感。但他自己也说不清为什么。

吴用又与他天南地北聊了半个时辰，才道：“你病还没痊愈，早点回去歇着吧。”

“那军师哥哥保重，我先回去了。”当下张闲朝吴用行礼，辞了出去。

吴用沉默地坐着，目送他离去。

待张闲走后，又过了一会儿，吴用才转过头，冷冷说道：“燕青今日的行为举止十分怪异，倒像是换了一个人似的。”

“军师是在怀疑燕青？”

他话音刚落，右侧的屏风后就走出一个壮汉来。这人身长七尺，紫面环须，双腿异常粗壮，一看就是轻功好手。

“兄弟之间，怎么会怀疑呢？”吴用冷笑一声，“不过是多关心他一点罢了。雷都头，在关心燕青这件事上，可要多劳你费心啦！”

原来此人便是原郓城县的巡捕步兵都头，人称**插翅虎·雷横**的雷都头。他轻功高绝，能跳过两三丈宽的山涧，故得此诨号。当差时候，专管擒拿贼盗，仗着一身好功夫，拿了不少罪犯。因当年私放晁盖、宋江，最终到梁山泊落草。

“军师放心，我来盯他。若有什么暗昧，决计逃不过我这对招子。我倒要看看燕青这厮，葫芦里卖的是什么药！”

雷横扬起头，露出他那双狭长的鹰眼，中气十足地说道。

离开城寨的时候，张闲背后已是冷汗淋漓。这种感觉非常不妙，吴用言语中似乎已对他有所怀疑。如此一来，平日里定会加倍关注于他，若说错一句话，就有性命之忧。眼下张闲唯有想办法快点离开梁山，溜之大吉。

不说这重兵把守，如笼城一般的山寨，就是那荡荡八百里水泊，他如何过得去？

“小乙哥，你怎么在这里？”

张闲正愁眉不展，思索对策，忽然听见有人在背后叫他。他转过身去，瞧见一张黑炭般的大脸，正是李逵。

"铁牛？"张闲向他身后张望了一下，只见他一人，"适才军师哥哥找我说话，胡乱聊了几句，正要回天书阁呢。"

"军师哥哥找你？那定是有任务派遣给你啦！"

李逵说的话不无道理。吴用平素公务繁重，极少会找人谈心，多半是有事需要嘱托。

"也没任务，只是说等安神医回山，来看一下我的病。"

"那是再好也没有啦！你这失忆的病，一定要让神医好好治治！"李逵喜形于色，说话时手舞足蹈，"等你恢复之后，俺们再溜下梁山泊，好好玩一遭！"

听他这么一说，张闲心想："如此看来，燕青和这家伙没少下山。这李逵一定知道离开梁山的法子。倒可以让他带我离开此地，届时再找个借口，甩了这黑炭脸！"他心中计较已定，口中却叹道："铁牛，我和你溜下山去游玩，确实高兴。可要是被宋江哥哥知道了，那我们就遭殃啦！"

"不碍事，顶多给公明哥哥一顿骂。俺铁牛这颗脑袋，在肩膀上可稳着呢！"李逵摆了摆手，面有得色。他虽生性残暴，却也有天真烂漫的一面，哪里会想到，这"燕青"其实在故意激他。至于眼前的人并非他的"小乙哥"，而是东京城的店小二，这一层更是想不到了。

"是吗？"张闲装出一副将信将疑的模样。

"那当然！小乙哥，咱哥俩从前可是经常下山的，可惜你都忘了。"李逵说到此处，不禁流露出惋惜的神色。

张闲怂恿道："铁牛，说不定你带我下山，很多事情我就能记起来了呢！”

李逵一听，大声叫好，道：“这个法子妙！俺就说陪你下山逛逛，这样一来，咱们便可光明正大地下山。我这就和军师哥哥说去。”说完便转身向忠义堂的方向走去。

他刚踏出两步，被张闲一把拽住，低声道：“不行！”

“为何不行？”

“这件事若是通报军师哥哥，你我都休想下山玩去！”

张闲明白，若是吴用听了，必起疑心。到时可不是软禁那么简单，打入大牢再审也不是不可能的。这燕青浑身花绣，江湖闻名。到时衣服一扒，自己身上没有一处花绣，身份必然败露。

“俺们把想法说给军师哥哥听，他又不是不晓事的人，对你恢复有好处，为何不准？若是不准，我铁牛第一个骂他！你且听着！”李逵说着又要离开。

“不行！千万不行！”张闲拦在他身前，“军师若是批准我们下山，可就不好玩了！”

“为何不好玩？”李逵满肚子的疑惑，全都写在了黑脸之上。

“因为……因为……因为若是军师批准，必会派遣任务给我们。领了任务，便会有时限，到时候玩得也不自在，小曲儿没时间听，戏也看不成，多没意思。铁牛，你仔细想想，是不是这个道理？”那话原是张闲随口胡说，眼下却不得不继续讲下去。

“有理！不愧是小乙哥，脑子就是比俺铁牛转得快！嘿嘿，那好，咱们俩偷偷溜下山，谁也不告诉！”李逵搓着一双粗糙的巨手，神情十分兴奋。他原本就是个鲁莽的人，考虑事情从不周全，想到什么便去做什么，也不想想后果。也正是因为他这样的品性，才会三言两句就上了张闲的当。

“一言为定，择日不如撞日，就今天怎么样？还是你铁牛胆子小，是个缩头乌龟王八蛋，怕被军师哥哥责骂，那也罢，换个日子也成啊！”张闲这番话，又是在激李逵。

“放你娘的屁！俺怕什么？就今晚！谁不下山，谁就是缩头乌龟王八蛋！”

张闲与燕青，皆是市井之徒，说话粗鄙，文雅人士听了，恐怕要大摇其头。但李逵浑不在意，听在耳中甚是亲切。两人相约，子时于黑风亭相聚，谁若是不来，便是缩头乌龟王八蛋。说完之后，张闲怕他性格大条，忘了此事，又与李逵三击掌盟誓。

别了李逵，张闲接着往天书阁的方向走去。一路上他哼着小曲儿，这是他上山以来最快乐的一天。被掳之后，他没有一日不想离开这里，但见山寨周围的侍卫众多，刀戟森森，又把自己给吓了回去。此番有黑旋风护驾，他对梁山的地形了若指掌，强过自己百倍，而且又有经验，成功概率很大。

他心中已想好了脱身的方法，等到饭馆用餐时，推说要去买点心，便可抛下李逵独自溜走。只不过逃离梁山泊之后，是去寻找栾大哥，继续过刀口舐血的日子，还是回到东京城，接着做个店伙计，两个选择摆在他面前，颇有些拿不定主意。

去找栾大哥，固然是英雄好汉，但是落草并非他张闲的本性。并非瞧不起山贼，而是他见血就晕，如何干得了杀人越货的勾当？但回了京城，岂不是弃栾大哥他们于不顾？这样想来也是大大的不讲义气。

他一边纠结，一边走着，在离天书阁数丈的时候，忽然传来一阵喧阗之声。张闲抬眼望去，只见天书阁门口被一群身穿黑色劲装的武者团团围住。张闲生怕这群人已经找到了戴宗的尸体，心里不禁害怕起来。

“燕主事来了！燕主事来了！”

天书阁门口的喽啰显然已瞧见了张闲，大声对着他喊。

逃也逃不走，张闲只得硬着头皮朝他们走去。他走近一瞧，只见七八个黑色劲装的喽啰堵在天书阁门口，似要闯入，却被天书阁的守卫拦住，两方人马正僵持不下。

这些黑衣人的装扮，张闲从未见过，也不知隶属于哪位头领手下。他来梁山泊虽已两月有余，大部分时间足不出户，只在阁内读书，真正两耳不闻窗外事。是以梁山泊的头领，十有八九他都不认得。

他走到门口，只见黑衣人前方站着一个五十岁左右的胖汉，面目凶恶，正盯着他看。

张闲见胖汉背负双剑，刚想开口讨饶，却见天书阁的喽啰趋步上前，急道：“燕主事，他们要硬闯咱们天书阁，我不让，他们就要来硬的。”

“燕青，你这天书阁，裴某今日无论如何都要搜上一搜！让还是不让，你自己看着办吧！”胖汉说话声音极大，口气十分强硬。

张闲将守门喽啰拖到一边，低声问道：“这人是谁？”

喽啰道：“他是审判所的主事**铁面孔目·裴宣**，负责梁山上下的定功赏罚。他们不讲道理，一来就要搜天书阁，我说等主事您回来，他们也不答应。论官职，他还比您低一等呢。只不过归戢军处管，不归咱们杏花村。”

张闲点点头，走到裴宣跟前，深深一揖道：“下属多有得罪，请裴主事见谅则个。”

裴宣见燕青如此客气，倒是没有想到，微微一怔。

张闲低低笑了一声，道：“不知裴主事需要我们天书阁什么书籍，我遣人给你送去便是，何须带这么多人来？”虽然表面镇定如常，但他内心已极度恐惧，就怕这裴宣是奉宋江的命令，来搜寻戴宗的尸体。

“燕主事，请你打开大门，让我们进去搜一下。如果没有，那裴某立刻就走，还会向你道歉。”裴宣尽管还是板着脸，可说话的态度却比之前好得多了。

“想进去搜，不是不可以，你们要找什么，总得让我知道吧？”张闲双手一摊，显得极其无辜，“不然我怎么向手下的兄弟们交代？这天书阁里藏着九天玄女娘娘赐予宋江哥哥的天书，哪里是随便什么人想来就能来，想走就能走的？”他一时头脑发热，为了让自己更有气势，不知不觉将上午吴用所说的话，搬了出来。

裴宣大怒，伸手指着张闲身后的喽啰道：“裴某跟他说了许多遍了，燕主事，烦劳你自己问你的手下！”

喽啰也是双手一摊，苦着脸道：“裴大人说刚才有人硬闯狴犴房，杀了几个兄弟，又逃了出来。他们一路追击到此，硬是说杀人者躲到了天书阁里。可我们几个在此把守，却连杀人者的影子都没见着。燕主事，我们也不能光凭他们一面之词，就放进去吧？万一阁顶的天书被盗，我们有几个脑袋都不够总兵都头领砍啊！”

张闲暗忖，竟有人潜上梁山，闯了狴犴房？这也太奇怪了。如果真有这杀人者，让他们进去搜一下，也未尝不可。但就怕这只是一套说辞，进去只是为了搜尸。而且戴宗的尸体在哪儿，连他自己都不知道，万一搜到一半，尸体忽然出现，那可怎么办？

但张闲转念一想，如果现在找到尸体，那与我又有何干？大伙儿眼睁睁看着他离开，失踪两天，忽然被杀死在天书阁中，我也是无可奈何。念及此处，心中豁然开朗。要是找到戴宗的尸体，我就给他来个打死不认，又能如何？

他瞧了一眼裴宣，只见裴宣怒沉着脸，不发一言，却是一副势在必行的模样，恐怕是不会退让，便道："裴大人，搜查可以，切莫弄乱了藏书。不然我也是要去宋江哥哥那里告状的。"

没想到张闲竟松了口，这让裴宣有些惊讶，面色稍缓，口中道："燕主事放心，裴某只找人，不找书！"

喽啰见状，纷纷侧过身子，给他们让出一条通道。

裴宣挥了挥手，随即抽出背后双剑，引着身后七八个黑衣人，鱼贯而入。他们从张闲身边经过时，张闲瞧见几个黑衣人的刀刃上沾有鲜血，看来这闯监狱的家伙，在混战中也负了伤。待他们都进阁后，张闲也跟着他们走了进去。

天书阁内的书生和工匠见这么多人带着兵刃进阁，脸上都有些惧怕，张闲只得出言安抚大家。裴宣进了阁内，指挥手下细细盘诘。一群黑衣人上上下下搜了个遍，除了顶层收藏天书的密室外，其余地方都查了不止一次，不见杀人者身影。

裴宣喊道："贼人右臂有伤，你们见到可疑之人，都卷起手臂来看。"他想明明见那人从这个方位逃逸，断无可能凭空消失，只怕已混入天书阁内部，于是下此命令。可怜了那些个书生工匠，个个卷起袖子给裴宣看，但没一个有伤。

"人都在这里了吗？"裴宣问了一遍。

"裴大人，都在此处了。还有一位伺候燕主事的婢女未查。"说着，那喽啰指了指立在角落的婢女小霞。小霞见裴宣瞧她，吓得面色忽青忽白，身子靠在了墙上。

"这个丫头就不必了吧？"张闲挡在小霞面前，阴沉着脸道。

裴宣上下打量了一番，心想这瘦弱的女子，怎么瞧也不像会武艺的人，若是硬要搜她的身，怕冲撞了燕青，不如卖他个人情，便下令道：“燕主事的婢女，又怎么会是贼人？真是糊涂！那贼人恐怕不在天书阁，我们继续追击。”又对张闲道：“打扰了。”宋朝民间风气趋向保守，男女之防甚严，普通良家女子，绝不会把手臂展露在一群男人眼前。更有甚者，宁愿淹死也不让陌生男子来救，就是为了避免肌肤之亲。

张闲拱了拱手，道：“裴大人走好。”

送走裴宣后，张闲回到顶层书房，整个人瘫在圈椅上。

——这两天，奇怪的事情怎么这么多？

他实在想不明白。

先是戴宗拜访天书阁，要将三山内讧的事情报给莲台寺，为了保全三山，张闲壮着胆子在茶里下药，毒死了他。谁知匿藏的尸体忽然消失，不知去向，吓得张闲不轻。早上又被吴用召去，阴阳怪气地说了一番话，促使他立刻决定逃离这里。

其实，张闲在这里的日子并不难过。好吃好住不说，还有美女伺候，过着饭来张口、衣来伸手的日子，比在东京城当个店伙计，不知道快乐多少倍。但终究是提着脑袋过活，哪天被人察觉是个替身，哪天脑袋就要落地，这可不是开玩笑的。

——总之，今天晚上必须走，离开这是非之地！

至于是去投奔栾廷玉，还是回东京城找卢掌柜，先得了自由身再说。

想到马上就能离开梁山，张闲心情大好，闭着眼睛哼起曲儿来：“红藕香残玉簟秋。轻解罗裳，独上兰舟。云中谁寄锦书来，雁字回时，月满西楼。花自飘零水自流。一种相思，两处闲愁。此情无计可消除，才下眉头，却上心头。”

这首《一剪梅·红藕香残玉簟秋》是李清照的词，尽表相思之情，张闲偶尔在青楼边上，也听歌姬唱过，便不由自主哼唱起来。

李清照自称易安居士，当时的文人特别推崇她的词，其作《漱玉集》刊行后，一时洛阳纸贵，人人争读。张闲有幸在京城的大相国寺附近，见过她和她的丈夫赵明诚一起购书。那时李清照三十来岁，容貌秀丽，只是太过消瘦，故时人称她为“李三瘦”。记得那时卢掌柜十分激动，原本要去买腊脯，差点都给忘了。

曲毕之后，张闲忽然想起李师师来，不知她此时此地在何处，伤势如何。他心道：“自从登封县一别，再也无缘得见，这么多日子过去了，恐怕她也记不得我这店小二了。唉，张闲啊张闲，你什么身份，她可是天上的仙子，你一个小瘪三，癞蛤蟆想吃天鹅肉。她对你好，不过是可怜你罢了！”

想到此处，张闲不禁感慨人与人之间的交情，真如彩云一般聚散无常，心头甚是惆怅。

便在此时，忽然门外有人轻咳一声，张闲这才缓过神来，道：“请进。”

门被人从外推开，露出一张秀丽的面庞，正是婢女小霞。

“有什么事吗？”张闲别过脸去，生怕被她瞧见脸上的泪痕。

“主子忙了一整天，粒米未进，奴婢熬了碗七宝五味粥，来给主子喝。”

张闲见她手里果然端着一碗米粥，忙起身接过，放置在一张案几上，口中谢道：“小霞，真是有劳你了。”

“主子这么说，可折杀奴婢了。适才若不是主子护着奴婢，大庭广众之下，让奴婢露出身子，这……”讲到此处，小霞脸晕红潮，有些不好意思。

“这也没什么，你不必记在心上。这些日子你照顾得很好，我……我谢谢你。”

张闲知道今晚有去无回，与这婢女虽相处时间不短，却也有些不舍。

小霞幽幽说道:“奴婢伺候主子，天经地义的事，也是我的福分。”

张闲心道：“什么主子不主子，这丫头可真把我当成梁山泊的英雄燕青了，若知道我只是个跑堂的小厮，干的是比她还下贱的活儿，非啐我一口不可！”

小霞见张闲面上一阵红一阵白，以为自己说错了话，忙道：“是不是奴婢说错什么，惹主子不高兴了？”

张闲蓦然醒觉，笑道：“没有，没有。”他用勺子盛了一口粥，往嘴里送去，顿时一股米香满溢口腔，口中不住赞叹。这粥煮得香气四溢，加之张闲一日未进食物，不消一会儿，便将这一大碗粥喝了个干干净净。

见他胃口大开，小霞则笑吟吟地站在一旁，伺候他吃饭。

喝完七宝粥，张闲一抹嘴，道：“这是我吃过最好吃的七宝粥，要不是肚子饱了，我还可以喝它个七八碗。”

小霞笑道：“主子要是爱吃，奴婢每天煮给你吃。”说着又端来一杯热茶，给张闲漱口。

他接过茶杯，一口饮尽，只觉肚子里一阵温暖，甚是惬心。吃饱喝足，小霞将碗勺收拾干净，出了房间，屋子里还留着她身上蔷薇水的气味。

之前几次，张闲还以为是她弄的熏香，后来发现两种香气完全不同。

张闲想起在天书阁中读过一本有关香水的书籍，其中提到这种经十数日不散的蔷薇水，乃是进口自大食国。五代时，番使以此效贡中原皇帝，此后罕有至者，即便有，价格也贵得离谱。虽然中原地区也有人制作蔷薇水，但多伪杂，香味绝对不会留存这么长时间。

——这小霞这丫头，哪里来的银子，去买这么贵重的蔷薇水？

这念头在张闲脑中一闪而过，也没接着细想。他觉得肚子微胀，想起身走两步，双手撑住案几起立时，忽地双腿一软，又坐回椅上。他觉得奇怪，又使了几次劲，浑身竟一点力气也用不出来，睡意却是越来越浓。

“不行……晚上还有事……可不能……不能……”

他挣扎着说话，想让自己头脑清醒一些，却觉得脑袋越来越沉。

最后整个人如坠入深渊一般，失去了知觉。

张闲躺在圈椅上，浑浑噩噩地睡了许久，醒来后往窗外望去，天色已然漆黑。他想起与李逵相约子时去黑风亭，急忙站起身来，去拿外衣披上。奇怪的是，这一觉睡得他浑身皮肤发烫，头也疼得厉害，不知什么缘故。不过他也没空去理会，眼下最重要的是与李逵集合，趁着夜色逃出梁山。

他取了几本尚未背完的武功秘籍，塞进包裹中背在身后，匆忙下了楼。走到门口，见了喽啰便问道：“现在是什么时辰？”

喽啰乍见张闲，以为头领来查岗，打起十二分精神，高声答道：“亥时三刻！”

张闲听他说话如此大声，心中一突，忙道：“轻一点！”

喽啰瞬间压低声音，细若蚊吟地又说了一遍：“亥时三刻。”

——幸好还有时间！

“好好在这里守着，我去办点事，有人来找我，就说我已经睡了，明早再说。”张闲吩咐了两句，背起包裹就往黑风亭的方向跑去。

那喽啰见张闲跑开，生怕他听不见，又高声道:“谨遵主事钧令！”

张闲边跑边扭过头，双眼瞪他，低声骂道：“轻一点！”

喽啰立刻收声，望着张闲逐渐远去的背影，用仅自己听得见的音量道：“谨遵主事钧令。”

大约跑了两里路，张闲终于到了黑风亭，算了一下时间，也差不了多少。可他四下望去，只见杂草莽莽，寂静无声，却不见李逵的人影。

——难道他忘了？

张闲回想起李逵与他三击掌的模样，绝不像是开玩笑的样子。像李逵这种憨傻大汉，虽然办起事来颠三倒四，马马虎虎，但把信义看得极为重要，绝不会失信于人。

正迟疑间，忽然听见有人走近，张闲定眼一看，认出是李逵。

张闲迎上前去，满脸堆着笑意，却见李逵面有难色，情知不妙，心中便悬起了一块石头。不过伸头一刀，缩头一刀，就算是坏的结果，也总要知道。

“铁牛，你怎么这么晚才来？”张闲深深吸了口气，沉声问道，“是不是出了什么状况？”

“小乙哥，今夜咱们出不了这梁山泊了。”

说这话时，李逵的脸上，现出了极为沮丧的表情。

第九章 矮脚虎

听见李逵说的话，张闲愣了片刻，心中霎时转过数个念头，最坏的便是自己的行踪已被吴用识破，离不了梁山了。

李逵见他怔怔地不说话，还以为他在为不能下山游玩而沮丧，便道："小乙哥，是俺太粗心，连那船底下破了个洞，下不得水都没察觉。"

"破了个洞？"张闲又是一怔。

"是啊！"李逵用手拍了拍自己的后脑勺，颓丧地道，"这洞口虽小，可俺却不懂修补之术。只有过几日，去神兵府找几个工匠修理一下了。"

张闲此时心下稍定，眼珠一转，道："不如你带我去瞧瞧，或许我们有办法自行修补呢。"

"小乙哥，俺可从未听说你会修船哪！"

"我会什么，难不成都和你说？你只管带路就行。"

"好，就听你的。"

架不住张闲的催促，李逵只得领着他下山，往泊岸走去。

行不多时，便来到礁岩重叠的岸边。李逵矮身钻入岸上的灌木丛，从中拖出一叶扁舟。他力大如牛，拖动这木舟只需单手，瞧得张闲目瞪口呆。那舟身的木材因长时间被水浸泡，已然泛黑，舟底处用铜板钉住的地方都锈成了绿色。木舟右下侧的位置，正如李逵所言，破了个洞。这样贸然下水，行到湖泊中央，必会下沉。

“你瞧，就这鸟样了！”李逵双手一摊，无可奈何地道。

张闲蹲下身子，细细瞧了一遍，脑中忽然浮现出朝廷御用造船师叶春所著的《艨艟记》中，有详细描写如何修补船身的章节。他闭起眼睛，当下便开始背诵文中内容，背完之后，又用白话把其中文言向李逵解释了一遍。原以他张闲的水平，又怎会识得文言文？不过是博览藏书，熟能生巧罢了。若非特别晦涩的文章，大致也可以看懂七八成。

李逵听罢，呆了一呆，拍手道：“小乙哥，真有你的！俺以前只道你会些吹拉弹唱的雕虫小技，没想到连造船都会，真是了不起！”

张闲心想，真宗皇帝说，安居不用架高楼，书中自有黄金屋，诚不欺我！嘴上说道：“好啦，别拍我马屁。咱们抓紧时间，最好趁着天黑补完这舟，然后溜之大吉！”

两人分头行动，李逵将铁板与旧木拆开，这项工作极为费力，非他莫属。张闲则去到神兵府，取了几样需要的工具和木材。他身为杏花村的主事，掌管梁山泊内务与制造，天书阁与神兵府自然在他的管辖之内，所以进出自如，守卫不敢阻拦。

材料备齐后，他二人便开始着手旧舟修缮，忙到丑时三刻，才算大功告成。

张闲抬头望了一眼天色，道:“快到寅时了，天一亮再想逃出去，那可就难了！”

李逵哪有什么主意，全听张闲的安排。两人一人一边将小舟拖下水泊，然后一跃而上，棹桨前行。

到得岸边，天边已现出了鱼肚白，两人加快脚步，直往寿张县而去。

不一日，两人来到县城，找了一所客店住下。

张闲喊来店小二，给了十贯铜钱，吩咐道：“劳烦替我安排一些饭菜，剩下的费用拿去买茶喝。”他也是店伙出身，知道打点时，需要多给一些铜钱，这样店小二才会认真办事，安排食宿不会马虎。

过不多久，店小二将饭菜端来，几样精致小菜，颇具风味，又打了一壶客店自酿酒。

李逵起身一看这花花绿绿的菜肴，咧开嘴骂道：“兀那撮鸟，给了你银子，却拿这点菜来敷衍俺们！这是喂人吃，还是喂鸟吃？”说罢便要上前打小二，幸而张闲眼疾手快，拦在他俩中间。原来这黑厮在山上大口吃肉、大口喝酒惯了，小酒小菜不够填他牙缝，见菜量如此小，忍不住发怒。

张闲怕生事端，笑着对店小二道：“我这位兄弟说话太直，请小二哥原谅则个。方便的话，再切三斤牛肉，临走时再会酬谢。”说着又往小二手中塞了五贯铜钱。

店小二被李逵骂得有点蒙，心中也有些恼怒，但见张闲又塞了钱，心态也就平衡了一些，点了点头便出门了。

张闲转过头去骂李逵：“你这样骂，还要打人，他若是报官怎么办？哥哥们知道你这般胡闹，下次决计不让你下山了！”

李逵消了气，也知道自己差点闯祸，哀求道：“小乙哥息怒，铁牛下次不敢了。”

张闲又责备了他几句，这时店小二把切好的牛肉送了进来，好大一盆。李逵见了肉，眉开眼笑，直接用手去抓了吃。小二见他血盆大口，吃相难看，吓得赶紧合门逃了出去。

赶了一夜的路，两人滴水未进，腹内亦饥饿难耐，一桌子菜顷刻间吃得一干二净。

菜过五味，张闲放下筷子，心里寻思：“这李逵盯得我这么紧，怎么找借口脱身呢？”

李逵吃完饭菜，又拿过酒壶，对着嘴把酒喝得一滴未剩。

“铁牛，你吃饱了没？”张闲忽然问道。

李逵拍了拍肚子，咂巴了一下嘴道：“还差一些。”

他食量如牛，三斤牛肉自然不在话下。而张闲要的，也就是这个答案，于是便借题发挥道：“我去街上逛逛，看到好吃的，给你买一些吧。”

“俺和你一起去！不然一个人待在屋子里，可要憋死俺了！”

“不行！你必须待在屋里。”张闲一口回绝。

“你上得街去，我上不得，是何道理？”

是何道理，张闲一时也没个说辞，只是心里想：“你若跟我一起上街，我怎么逃？”心念急转，慌忙中道：“惩罚！”

“又没做错事，为何罚俺？”李逵不服道。

“你……你刚才冲撞店家，这不叫错事？况且我也不是不让你上街，只是这次必须给你点颜色瞧瞧。否则的话，你又大喊大闹，引来官府怎么办？”

“俺上街不说话，成不成？”李逵见他如此坚决，焦躁起来。

张闲摇了摇头。但他见李逵愁容满面，悒悒不乐的样子，心中也有些亏欠，心想：“这黑汉子虽是个恶匪，对我倒是客客气气，否则一拳头打将过来，我小张闲焉有命在？”念了他的好处，张闲便温言道：“这次我只是买几样吃食，很快就回来。昨夜没睡，你肯定累了，先歇息着。明日一早，咱们便上街玩儿去。”

李逵倒也不是不晓事，见张闲都如此说了，便道:“都依你便了。”

张闲又宽慰了李逵几句，让他安心在客店等他，说自己用不了多久就回来，一定带许多好吃的给他。李逵听见有东西吃，心情转好，又笑起来。张闲心道：“黑旋风杀人不眨眼，却如此听我的话，回到京师说给卢掌柜听，他一定不信。”当下哼着小调，推门而出。

刚开始，张闲还是用极缓慢的步伐走路，一跨出客店，他便撒腿就跑。

——千万不能再让梁山泊的人给逮住了！

他深知这是唯一的机会，如果失败，吴用必会察觉到他的异常。届时再想冒充燕青，以求偷生，可就难上加难了。

过了两条街，张闲气喘吁吁，不得不停下脚步。四周人来人往，甚是热闹，他想这李逵一时半会儿也追不到他，心下稍稍放松。他准备离开寿张县，向东北方向走，回东京城去。走了几步，心想身上除了一些银子，什么都没带，此去东京，迢迢数百里，须买点干粮和水带在身边才行。于是回过头，来到一家饼铺子，买了一些环饼，又要了一个空葫芦，请店家灌满了水，挂在身上。

齐全后，他便准备上路，便在此时，听见身后传来一阵叫骂声。

他转过头看去，不禁看呆了眼。

这日子他走南闯北，也见过不少奇事，却没见过世上有如此诡谲之事！

只见一高一矮两个男人，正一前一后扛着一副用上等木材打造的棺材，走在街心。两边的百姓无不避开，有的用长袖捂住口鼻，有的指着他们怒骂，有的则干脆直接逃走。面对这一切，两人浑不在意。走在前方的男子，生得五短身材，双目放着凶光；他身后的男子则高高瘦瘦，长得白净俊俏。

张闲吃着刚买来的环饼，瞧着他们的背影，摇了摇头。

天下间怪人着实不少，真应了那句话：林子大了，什么鸟都有。

他刚想移开视线，忽然瞧见那矮个男子腰间，插着两把刀。这两把刀，张闲极为眼熟，稍稍回忆片刻，便记了起来。此乃扈三娘的贴身兵刃——日月双刀！

他对自己的记忆力十分自信，绝不会看错。

可是，扈三娘的兵刃，何以会到这矮子的身上？

张闲放心不下，将环饼塞回布袋，踮脚跟在这两个怪人身后。

他们向南穿过一条大街，转入一条小巷，然后又走了一段，敲响了一间客店的门。张闲一看，气得差些当场呕出血来，这客店便是他刚才溜出来的地方！

在客店门口放下棺木后，矮子便跨过门槛，进了客店，留高瘦男子在门口候着。

张闲侧身躲在一间茶坊里，偷瞧他们两个。

没过多久，那矮子从客店里将掌柜的揪出店外，放倒在地，破口骂道："你这老头，为何不做我生意？信不信我一刀杀了你？"

掌柜的是个白发苍苍的老儿，哪里见过这般无赖，哭丧着脸道："这位壮士，我们店里只住活人，不住死人啊！你若是要下葬，去到县郊化人场，来我客店作甚？"

矮子见这老头兀自喋喋不休，怒上心头，喝道："叫你知道矮脚虎爷爷的厉害！"一拳直中老头门面，打得他当场吐出两颗门牙。

两个店小二冲出来，手中提着木棍，刚要动手，被矮子身后那高瘦男子三拳两脚，也打翻在地。

掌柜的见这两人凶恶，心生惧意，妥协道："住吧！你们要住就住吧！别打人啦！"又转头对趴在地上的小二道："去给两……三位客人安排一处僻静的房间，切勿打扰其他客人。"

那小二抬起头，脸颊肿得老高，用双手捂着，对那两人道："客官里面请。"

——光天化日，就这样欺负良民，王法何在？

张闲看在眼里，心里甚是恼怒。他苦于不会武艺，上去主持公道也是被打一顿，便生生咽下这口恶气。

两人抬着棺木，随着店小二步入大厅。不少住客见状，纷纷要求退房，店伙只得照办。掌柜的坐在街上，一脸无可奈何，望店兴叹。

是否该回店里去瞧瞧，张闲心里着实拿不定主意。

张闲心想："他妈的，这矮子拳头好生厉害，我对付不了，只能让李逵来对付。可是叫上李逵，我今天可就走不了啦。唉，罢了！溜不走便溜不走，过几日再找借口甩了这李逵。还是要查一下这两个家伙，为什么会有扈三娘的佩刀，还带了个棺材。"

想到棺材，张闲心里不禁一突，随即便打消了这个念头。

——以扈三娘的武功，这两个杂毛加起来，也不是她的对手。

他在路边随手买了几个果子，用纸袋包着回到客店大厅。方才有几个住客退房，店小二正自愁眉苦脸，张闲凑上前去，取了个果子递过去，说道："遇上这样的客人，真是倒了大霉。来来来，消消气。别和这种家伙一般计较。"

听了张闲的话，店小二内心很是受用。他接过果子，感恩道："若都像尊驾这般的客人，我们做下人的自然欢喜。像他们这样粗鲁的，只望他们回去头顶上生疮，脚底下流脓！”

“可不是！这般横行霸道，总有一天让官府拿去杀头！”

“杀头可便宜他们了，五马分尸才解恨！”

“对，一定要这么办！”

张闲与那店小二你一句我一句地骂了片刻，直到张闲感觉他对自己的戒心渐渐消除，才道：“对了，这两人住了哪间房？明天他们走了，可要请个老和尚来做做法事，去一下不干净的东西。死人待过的房间，阴气可重得很呢。”

店小二一拍脑袋，道：“对，还是客官想得周到。过会儿我就去和掌柜的说去，这天字五号房，一定要请高人来做法事才行。”

既已得到了想要的情报，张闲也懒得和店小二继续闲聊，说了几句无关紧要的话就走开了。他蹑手蹑脚地绕到天字五号房外，凑眼向内张望。

只见屋内并排着两张大床，他们抬来的棺木安置在两张床的中央。矮个子盘腿坐在一张椅子上，高瘦男子则在他面前来回踱步，脸色十分苍白。

高瘦男子走了几步，忽地停下来道：“王英兄弟，回来一路上，你确定没人跟踪我们？”

张闲心道：“原来这矮子就是强占扈三娘为妻的**矮脚虎·王英**！生成这般丑模样，别说扈三娘，怡红院最丑的秋婷姑娘，恐怕也不愿嫁他！”又想：“李逵和王英是一伙的，可千万不能让他们碰面！”

“郑天寿，你怕什么？”王英极不耐烦地道，“便是跟来了，又能怎样？咱们明日就回梁山了，他们有种，嘿嘿，就和咱们一块儿上山。”这高瘦男子便是当年与王英一同在清风山落草的**白面郎君·郑天寿**，不过张闲从未听过他的名头，自然也不认识。

“可栾廷玉这厮不是一般人，有人说他……说他……”

郑天寿忽然神色有些奇怪，那句话，他不知该不该说出口。

“说什么？”王英追问道。

“说他死不了，就算杀了，也还会复活……”郑天寿右手在左眼处一划，“脑袋上被李逵那家伙狠狠劈了一斧头，竟然还能活下来，普通人确实做不到。”

“说不定……只是那家伙运气好罢了。天下怎么会有杀不死的人？”

王英本想说这一斧定是没斫中要害，但是以李逵在梁山的地位，他可没资格评判。何况李逵的武力，在梁山上，没几个人有资格质疑。

“那我们也不能掉以轻心。说不定今晚他们就会来抢人，我们要做好随时迎敌的准备。”郑天寿叹了口气，因为担忧，脸色显得更加苍白了。

“好啦，就依你。差点忘了开棺透气，我娘子在这棺材里面，可要憋坏了。”面对郑天寿的提议，王英很是怠慢。他从椅子上跳下，掀开略微沉重的棺木盖子。

掀开棺材盖，张闲瞧见棺内躺着一个女子，再定眼一看，不由倒吸一口凉气。

棺材里躺着的，应该就是扈三娘！

两个大男人抓着一个女人，一路上难免被人怀疑，弄不好还会惹来官府的查问。如果换成棺材，普通百姓大多会避之不及，觉得触霉头，官差大人恐怕也没什么兴致来盘问一具发臭的死尸。于是两人打扮成农夫模样，假装带着客死的妻子回老家埋葬，一路上果然畅通无阻。到得寿张县，离梁山泊近在咫尺，王英与郑天寿的胆子也渐渐大起来，因而换回了自己的衣服，寻了家客店住下。

扈三娘口眼都被粗布捆住，见不得物，发不得声，手足也受牛筋绳捆绑，丝毫动弹不得。棺木一开，亮光照射进去，扈三娘明显感受到了光线，身体开始剧烈摇晃。

王英扯去捆绑在扈三娘眼上的粗布，笑吟吟地道：“我说娘子啊，你若不逃走，夫君我怎会出此下策，用这法子把你请回呢？明日咱们就回梁山，到时再还你自由。眼下还请你多多包涵，再忍受一日。”

扈三娘怒视王英，口中呜呜呜不绝，但听不清在说什么，多是些辱骂王英的话。

“嘿嘿，你一定是在骂我卑鄙小人，偷偷在你的饭菜里下了蒙汗药，将你麻翻吧？娘子莫怪，若不是这样，以我王矮虎和郑兄弟的武艺，哪里能让你乖乖就擒？要怪，就怪你独身下了二龙山。好好在山上待着，有鲁智深他们保护，我又怎敢上山捉你？”

王英说着，面上大有得意之色。

原来鲁智深私放扈三娘之后，王英便有意下山寻妻，只是因梁山攻打少林的事给耽搁了。少林战役结束后，他得知扈三娘随鲁智深上了二龙山，就和郑天寿二人下山，来到二龙山山脚下的城镇暂住，伺机而动。待了一个月，果然探得扈三娘独身一人下山办事，两人便偷偷潜入饭馆，控制住店家，将蒙汗药下在了饭菜之中。

扈三娘虽武艺高强，可江湖经验尚浅，更何况在二龙山附近，戒心也就没那么强烈。她吃了几口饭菜，觉得味道偏苦，刚想喊店家理论，就觉得天旋地转。她站起身来，没走几步，便跌倒在地，手脚完全使不出力气，这时才意识到自己被下了药。王英见她手足无力，宽心现身道明一切。扈三娘见了这矮子，怒不可遏，正要上前杀他，但她一运劲，药性发作得更快，当下便昏死过去。

“怎么样？还是不服气么？这次抓你上山，夜里就要了你的身子。嘿嘿，娘子可别怪我不讲情面，都是你逼我的。”王英说罢，仰天大笑。

张闲瞧在眼里，心急如焚，暗忖:“须想个法子，把扈三娘救出来。可我手无缚鸡之力，怎么打得过这两个？这……这可如何是好？”他只恨自己没将调配的毒药带下山来，不然倒可故技重施，用毒死翼火蛇的方法，将这两个倒霉鬼毒死。

正思索间，张闲的身子蓦地往后一仰，肩膀被人抓住。他大吃一惊，回头望去，就看见了李逵那张大脸。

“小乙哥，你偷瞧什么好玩的事，让俺也瞧瞧？”

李逵说着便要凑眼上去，被张闲一把拦住，急道：“不可以！”他知道，要是李逵见了王英、郑天寿，必来相认，到时再要救扈三娘可就麻烦了。

“你瞧得，俺瞧不得，是何道理？”

“因为……因为人家小两口亲热，有什么好瞧的？”张闲当下不细思索，急不择言，随口扯了个谎。

谁知张闲歪打正着，李逵生性厌恶女人，一听是男女之事，果然兴趣大减，皱眉道:“那俺可没兴趣。小乙哥，你怎么这般没羞没臊，瞧人家夫妻做那档子事？走啦走啦！”

张闲无可奈何，只能被李逵拖走，心里却还惦记着扈三娘的安危。不过此时他也想不出什么办法，只能先按下再说。

他被李逵拖着出去逛街，胡乱走了一遭，又买了许多奇奇怪怪的玩意儿。这李逵年纪不小，兴趣爱好却似孩童一般，好奇心甚重，有什么好吃的，好玩的，都不愿放过。两人花了一个时辰，将寿张县的集市逛了个遍。

回客店后，李逵还提议去东京城玩，吓得张闲不敢搭话。

自从上元节那次大闹东京之后，李逵就没去过东京。宋江更是下了禁足令，没有批准，李逵不得私下梁山。此番李逵来寿张县已是违规，更别说去京师了。

因此，李逵又求了几次，说自己想去东京玩玩，张闲拗他不过，只说视情况而定，没有明言拒绝。李逵见他松口，便欢天喜地吃饭去了。

他们在山下已待了一天，明天若不回去，恐怕会被吴用发现。入得深夜，两人闲聊了几句，便准备就寝。

李逵躺下片刻，就响起了鼾声，而张闲却久久不能入睡。

他并非睡不着觉，而是不能睡。实际上，他已两天没有休息，疲倦得很。只不过眼下有件头等要紧的事，他拿不定主意。

以他的本领，去救扈三娘，无疑是以卵击石。王英也好，郑天寿也好，随便哪个要杀他，都和碾死一只蚂蚁一样。不如趁着夜色，先行离开寿张县，去二龙山向群雄汇报，救回扈三娘的把握可比他单独行动大得多。

摆在张闲面前的，有两条路。

第一条是今夜溜走，从此脱离梁山魔爪，回到东京，继续做他的小二哥，九成胜算。另一条是硬着头皮去救人，结果未知，只有两三成胜算，失败便会小命归天。

张闲在床上翻了个身，心想："我这般心安理得地不去救三娘，无非就是贪生怕死。可是我打他们不过，去救三娘，也是白白送命。他妈的，我又算老几，充什么英雄好汉？一个客栈店小二，狗一般的人，怕死又如何？天下多少英雄好汉都怕死，就不准我怕死？"转念又想："栾大哥堂堂豪杰，不但没有瞧不起你，还拿你当兄弟，三娘待你也很好，畜生都知道报恩，你一个男子汉，见了朋友被抓，灰头土脸逃走，简直猪狗不如！好好好，我小张闲这条命豁出去，也要把三娘给救出来！若不幸被这两个杂毛杀了，也算为朋友两肋插刀而死，活得狗熊不如死得英雄，十八年后再去云来客栈做小厮也不迟！”

张闲拿定主意后，又等了半个时辰。

约莫亥时左右，伴随李逵如雷般的鼾声，张闲翻身起床，蹑足出了客房。他在黑暗中摸索了许久，才找到天字五号房。他附耳在门上一听，屋内没有动静，便壮了胆子，从腰袋中抽出下午在集市上买的匕首，将刃身从门缝中插进去，推开几寸，再从门缝中伸手将门闩托住，不至于掉落在地上，发出响声。

他这一手极为熟练，从前在东京云来客栈做店小二时，常常有客人喝得不省人事，将房间吐得臭气熏天。他要进屋清理，但是客房的房门又是从内闩住的。每每遇上这种情况，他就用此招打开门闩，入内清扫整理，万试万灵。

推开门后，他又轻轻将门合上。屋内有些暗，幸好那两人没将窗户关上，月光隐隐照进来，尚能瞧清内部的大致方位。他扫视一圈，目光落在两张床中央的棺材上。

王英和郑天寿两人正躺在床上酣睡，不时发出的鼾声，却比李逵轻得多了。

张闲为保不发出响声惊动他们，便四肢着地，向棺材爬去。十多尺的距离，对他来说，好似几千里那么遥远。好不容易爬到棺材前，他还要抬起这棺材盖，对他来说更是吃力。他怕抬起响声太大，只好缓慢又有节奏地将棺材盖推开一条缝隙，直到露出了扈三娘的面容。推开后张闲方才发现，这棺木底座有若干小孔。想来应该是王英他们怕扈三娘闷死，凿了用来透气。

月光映照下，扈三娘脸上的泪痕犹在，乍见张闲，眼目中尽是惊疑的神色。

张闲压低声音，在她耳边道："三娘，我来救你了。你不要害怕，我是张闲，不是燕青。我解开你的双手，咱们悄悄地走。"

听他这么一说，扈三娘心下不再怀疑，双眼中迸发出热切的神色，不住地点头。

张闲推开棺材木板，抽出匕首，将困缚住她的牛筋绳一一割断，又解开她口中的粗布。扈三娘从棺材中钻出，手脚虽被绑住多时，略有些麻木，身手却还算轻盈。

站起身后，扈三娘对张闲颔首表示谢意，又从王英、郑天寿二人的行李中取出日月双刀，提在手中，面色有些古怪。张闲催促她快走，扈三娘没有理会，反而朝王英的床边走去。

她遥想起当年在祝家庄，两军阵前这个男人对自己百般羞辱的言语。霎时间多年积累的恨意涌上心头，完全压制不住，胸中的愤怒如同即将喷发的火山。

看着王英的脸，扈三娘眼中尽是怒火。

张闲知道她起了杀意，刚想去劝，却没来得及。

扈三娘柳眉倒竖，反手握刀，倏地向王英咽喉猛戳下去！刀刃在暗夜里，如一道青色光芒闪过，紧接着，鲜血如泉水般从王英喉间涌出！

她出手实在太过迅捷，王英蓦地瞪大双眼，喉咙口咕噜咕噜发出几声怪音，双手在半空中一通乱抓，最后颓然落在身侧，霎时便已气绝。

"你……你们做什么！"郑天寿听见声响，立刻惊醒过来，可他万万没想到，自己刚睁开眼便目睹了王英被杀的一幕。

扈三娘抽出嵌在王英喉间的刀刃，人影一晃，一记横劈向郑天寿攻去！

郑天寿右手往后一探，却摸了个空，突然想起睡前忘了将兵刃放在身边，只得伸出左臂去挡扈三娘这记猛烈的横斩！

下一刻，郑天寿的左前臂高高飞起，已被扈三娘斩断！她并未停住身形，衣袖微摆，便又是一个自上而下的斩击，向郑天寿的头顶劈下！郑天寿头顶和面门忽然传来一阵火辣的感觉，像是被沸水从头泼到脚。他还没来得及反击，整张脸就被扈三娘的刀分成了两半。扈三娘还双刀入鞘，而郑天寿则双目带着惊愕，已然死去。

张闲惊得张大了嘴，他知道扈三娘武艺高强，却没想到强到这种地步。

其实若真刀真枪地干，王英与郑天寿两人联手，扈三娘未必是他们的对手。此次能在瞬息之间夺取他们的性命，靠的是偷袭。而郑天寿虽然惊醒，却手无寸铁。若是他有鲁智深、武松这样的武艺，或许在慌忙之间，空手也能与扈三娘搏斗。可他手中即便有兵器，单打独斗也不是扈三娘的对手,更何况手无寸铁,自然只能束手待死。

大仇得报，扈三娘也松了口气，回头对张闲道："张闲兄弟，多谢你来救我。对了，自从少室山一别，你去了哪里？师父和徐燎他们都以为你回了云来客栈。"

那日关胜从仙音阁众位女刺客手中带走张闲，而栾廷玉一众却并不知情，以为他回了东京城，也情有可原。当下张闲便把事情的前因后果，简略地说了一遍。

扈三娘道："原来如此，他们是把你当成燕青了。不过你们俩长得实在太像，如果不是我与燕青不熟，恐怕当时也会认错。"

她被掳上山后，对王英宁死不从，对宋江也爱理不理，故而与山上众位头领的交集极少。梁山大聚义时，也仅是遥遥瞧过几眼燕青，对他没什么深刻的印象。

“不过幸好认错，不然我早就一命呜呼了。”张闲想起过往几个月的经历，不禁感叹道，“现在也好，我们俩立刻离开这里，梁山贼寇也抓不到我们了。”

“嗯，明天一早店伙发现尸体，必会报官。我们现在快走。”扈三娘又找出红棉套索，拿了些银子，“对了，你是怎么从山上逃下来的？”

当年被抢上山后，扈三娘用了许多办法，都未能逃出梁山。且不说刺配军团的重重防卫，单说这八百里水泊，没有船只也休想安然渡过。

“这个简单，我骗李逵那黑厮，说带他下山游玩。你知道他这人，一听之下，便自告奋勇，说从前和燕青藏匿了木舟，时常趁看守不严时，渡水泊下山。”

张闲刚说完这句话，心中忽然一紧，暗暗叫苦道：“好不容易可以走了，你这傻子却告诉她杀父仇人还在客店。这不是找事嘛！”恨不得立刻抽自己几个耳刮子。

果不其然，扈三娘听见李逵的名字，便阴沉着脸问道：“他在哪间房？”

“三娘，我们先走吧？君子报仇，十年不……”

“李逵！”扈三娘脸上如罩严霜，恨恨地道，“他在哪间房？”

“地……地字一号……”

“张闲兄弟，你自己收拾一下，快点离开此地，不须等我。杀父之仇，不共戴天，我今日若不能手刃这个恶贼，枉自为人！”扈三娘抽出日月双刀，从张闲身边走过，推门而出。张闲抬起双手，左右开弓，抽了自己两个耳刮子，赶紧跟在她的身后。

扈三娘来到地字一号屋外，隔着木门都能听见屋内鼾声大作，犹如雷鸣。

房门未闩，她用刀柄轻轻顶开一条缝隙，侧身而入。

李逵的武艺如何，她再清楚不过。单打独斗，两个扈三娘也未必是黑旋风的对手。李逵当年将扈家庄一门老小屠杀殆尽。是以她对此人的痛恨，远远超出王英。只要能杀李逵，她也顾不得江湖道义，只盼这次偷袭，能够成功将这个杀人不眨眼的魔头就地击杀。

走到李逵床前，扈三娘抬起手，用刀尖掀开幔帐，见到他紧闭着双目，微张着嘴。

——父亲，不孝女今日为你报仇！

扈三娘右手反握刀柄，刃尖对准了李逵的咽喉。

由于太过慌张，张闲只敢躲在门外，把眼凑在门缝处偷看。李逵鼾声没有变化，十分平稳，说明他睡意正浓，暂时不会醒来。

扈三娘轻轻吐了一口气，双目猛然收紧，手中的刀刃如闪电般，直刺而下！

可等待她的并不是四溅的鲜血。

李逵蓦地睁开大眼，头颈微微一侧，刀尖扎入枕头，刺了个空。与此同时，扈三娘腹部一阵剧痛袭来，整个人被李逵一脚踹飞，远远摔在离床十尺的地上。

刺杀行动，功亏一篑！

张闲大惊，即刻就想冲进屋内，营救扈三娘，可腿脚却迈不开一步。人在危难时刻，会出现各种反应，有的无法动弹，有的极为兴奋，也有的受到惊吓，会立刻昏迷不醒。各种症状，因人而异。张闲这一夜惊吓过度，出现这种情况，也情有可原。

扈三娘摔倒在地后，仅凭直觉，顺势向边上一滚。她原来所在位置的地面，立刻被一把森然巨斧劈出一道裂痕。坚固的青石板在这利斧下，宛如豆腐一般脆弱。

“俺还以为是谁，原来是扈太公那老头的女儿啊！”李逵咧开血盆大嘴，狞笑起来，“当日我把你家上下的人头全都砍了，却还不过瘾。今日你倒自己送上门来受死，哈哈，王英兄弟可别怪俺铁牛不讲情义！”

“那家伙已经被我杀了。你，就是下一个。”扈三娘双刀在身前交叉，立了个门户。她腹部被李逵这一脚踢得十分结实，此时传来阵阵火辣的感觉，极为难受。

“那矮子被你杀了？那可太好了！这下俺杀了你，也不怕被宋江哥哥责怪了！”

听见王英的死讯，李逵并没有表现出难过的样子。他双手握着两把巨大的斧子，看上去就像是从地狱来到人间的恶鬼。

“少废话！接招！”

扈三娘右腿跨步踏出，右手长刀抡出一道弧线，向李逵腰间劈了过去！

李逵似乎并没有把这次进攻放在眼里，他翻转左腕，用斧子的刃锋轻松格挡下来。扈三娘乘双刃交击的反弹之力，旋转身姿，左手一刀紧紧跟上，回斩李逵头侧。体壮如牛的李逵此刻却极为灵活，头向下一低，刀锋擦着后脑而过。

但扈三娘还有后招，左脚飞起猛然踹向李逵胯部！

这记“撩阴腿”十分毒辣，为习武之人所不耻，但在面对比自己强大数倍的敌人面前，为了胜利，扈三娘已无所顾忌。

正要中胯，李逵忽地拔步急退，使得扈三娘这脚撩空。

——这家伙竟如此灵敏！

“哈哈，该换俺来进攻啦！”

李逵迈步上前，粗壮的右手臂大幅度挥舞，斧锋挟飓风般的声音，袭向扈三娘！扈三娘急忙沉下身子，马步坐得更低，左右日月双刀以“二”字平行，接挡巨斧斩击！

寂静的夜里迸出一阵清脆的金属声，扈三娘往后连退三步，才稳住身形。

在怪力的震荡下，她双臂与手指均已发麻。

“再来！”

李逵口中爆出一声怒吼，右臂又是刚才那般，朴实无华地抡向扈三娘。

这一劈势大力沉，比之第一击更为凶猛！

扈三娘咬紧牙关，娇叱一声，先是后跨一步蓄劲，再旋转腰胯借力，最后双臂同时发动，日月双刀平行向李逵巨斧迎去！

下一瞬间，又是一阵裂人心魄的金属交击鸣音！

扈三娘忽然感觉双臂传来一股巨力，日月双刀的刀柄骤然脱指飞去，掉在离她数尺的地上。她的双掌虎口也同时崩裂，鲜血长流。

恶魔般的黑旋风，堂堂三斧，就打得扈三娘毫无还手之力！

如果是在战场上相遇，扈三娘未必会如此轻易败给李逵。不过在这逼仄的环境下，又遭李逵挑衅，致使扈三娘头脑一昏，竟和他以力量相搏，自然一败涂地。

失去兵刃的扈三娘，已无还手之力，双手垂在两边。虎口的伤口处，鲜血顺着十根尖纤的玉指，滴落在地上。

斧锋架在扈三娘白皙的颈部，只要李逵稍一用力，就能割断她的气管。

“竟敢偷袭你黑爷爷，怎么样？今天算是死得其所了吧！”

李逵咧嘴大笑，一切已尽在他的掌握中。

可是他却忽略了一个人。

正当他蓄势待发，准备将扈三娘的项上人头劈砍下来时，门外忽然响起了那人的喊声。

“弱柳扶风！”

第十章 刺杀

弱柳扶风。

正危急间，这四个字忽地钻进扈三娘耳中，使她茅塞顿开。她来不及思考，整个人不自觉地向右侧倾倒。李逵见她发动身形，右手握着巨斧的斧柄，横砍而出！

斧锋贴着她的左侧颈项，险险擦过，带出一丛鲜血！

扈三娘右手手掌张开，撑住地面，将左腿的胫股绷成一条直线，借用腰间扭转之力，如鞭子般猛烈抽向李逵右颈！砰的一声，李逵侧脸被扈三娘这记鞭腿击中，耳朵嗡的一下，眼前的事物都模糊了。

一招得手后，扈三娘并不恋战，身子向后滚出数尺，顺手抄起日月双刀，然后跪定。

她额上满是汗珠，刚才连接李逵两记猛斩，使得她胸口略有窒塞感，呼吸困难。

“这招厉害，是俺疏忽了。下一次可就没这么好运了。”

李逵转转脖子，发出咔咔的骨骼音，朝着扈三娘咧嘴一笑。

只有扈三娘知道，适才门外的声音，并非胡乱喊出来的。“弱柳扶风”乃《扈家拳谱》腿法之一，以高抬腿鞭击对方脸颊，是一记极为厉害的杀招。之前她双手丢失兵器，受制于李逵，脑袋顿时一片空白，若非有人提醒，竟也想不起自家拳法里有这么一个拆招的法子。可是，门外出言指点的那个人，究竟是谁呢?

来不及细想，李逵大步踏来，大力挥斧，向扈三娘猛斩!

扈三娘无计可施，当下就想将双刀架以十字相抗。

“不要和他拼力气，用‘缠磨头’卸力！”

耳边再次传来指点的声音，扈三娘没空细想，双刀交叉迎上巨斧，双臂发力，一触及斧刃，双刀登时绞旋。李逵直觉右手发出的力道被引到一旁，巨斧锋芒失去了准头，重重砸在扈三娘身侧的地板上，碎石四飞!

“双龙朝天势，反击！”

卸下李逵巨力之后，那声音继续提示。扈三娘此刻凝神专注，双刀倏然抽出，挟抽刀与腰胯扭转的力量，使出一记“双龙朝天势”，双刀向上撩击，以迅捷如电的速度，在李逵裸露的胸膛上赫然划出两道血口!

李逵吃痛大怒，左手斧横斩扈三娘。

“扫堂刀攻他下盘！”

扈三娘身形一低，堪堪避过，右手握住刀柄的尾端，猛挥向李逵双腿脚踝!

李逵见状，高壮的身躯猛然跃起，人在半空中无所适从，扈三娘举刀向上撩击，李逵勉力用斧面抵挡，情状极为狼狈。

仅仅三招，扈三娘便在门后那人的指点之下，反败为胜!

“犹意左右用如一，双手精熟如鼓枹。眼前双臂相缠绕，成团雪片初圆月。手眼清快脚身轻，出峡流泉风撼火……”

那人的声音又在扈三娘耳边响起，她双刀交汇，伴着歌诀，聚作一团杀气，直扑李逵。

李逵虽刚猛无俦，却被这刀法压得处处掣肘，明明有反击的余地，被门后那人随口一句，即刻化解；明明斧锋就要砍中，又来一句提点，扈三娘便身子一晃，欺将过去，回刀反击。两人激战正酣，一片铮铮声响，四周石木俱被李逵一双巨斧劈砍得四下激飞！

此时李逵浑身上下已有不下数十处刀伤，而扈三娘则在那人的提点下，双刀齐展，刀刀指向要害，越战越勇。

李逵久战不生，越来越急，正待蓄力双斧同时抢攻，便听门后又出来一句：“身前手后隐刀势，侧身右进，断脉！制敌！”

扈三娘在那人言语指引下，身形转了半圈，单刀顺势划出一道漂亮的弧线，如一道青色光芒，将李逵右手腕内侧的腕脉生生划破！

李逵右手吃痛，悲叫一声，巨斧轰然坠落，在青石板地上砸出一道浅坑。在剧痛的侵袭下，他的双膝也随之跪倒在地，腕脉处鲜血喷射而出。

扈三娘提起左手单刀，架在李逵的脖子上。她做梦都没想到，自己竟然会战胜李逵，这个无论力量还是武技都远远高于自己的天罡头领。

这都要感谢那位躲在门后，出言指点的“高人”。可是，扈三娘想不到的是，那位所谓的“高人”，竟然就是云来客栈的小二哥张闲。为了不让李逵听出他的声音，张闲故意一直哑着嗓子。

原来张闲躲在门后观战，见扈三娘就要被李逵击杀，情急之下，在天书阁中所阅览的武功秘籍一一浮现在他的脑海中，无比清晰。加之他拥有“龙虎瞳”，只要定眼观瞧，视线捕捉任何动态，都会表现得十分缓慢。这把刀怎么劈砍，那把剑如何穿刺，任何细节都逃不过他的眼睛。故而他能够在须臾间判断该用书上的什么招式来化解。

天书阁中所藏的武功秘籍，比之少林藏经阁，只多不少。宋江这些年来各处搜罗武经，原本是打算授予麾下猛将，提升武力所用，谁知竟便宜了张闲。在梁山的数月中，张闲不仅博览天下武经，就是兵法韬略、武备锻造、医书药典、八卦相数等各种知识，也尽数记在心中。

可以说，此时的张闲，就是一个会行走的“天书阁”。

不过纸上得来终觉浅，虽读了许多武学理论和分析技击攻守的篇章，自己却无躬行，依旧是手无缚鸡之力。知道怎么做，和自己去做，又是两码事了。

“你要杀便杀，休想让俺铁牛讨饶。”李逵挺起胸膛，面无惧色。

“为什么……”

听扈三娘没头没脑地说了这句话，李逵愣了片刻，问道:“什么？”

“为什么要杀我们那么多人？”

“扈成那厮指着我一顿辱骂，不杀你们全家，难泄我心头之恨！”

“就是这种原因？”

“杀人而已，还需要什么原因？你要动手便快动手，否则，等小乙哥回来，你这些手段可不是他的对手。”

“难道人命在你眼中，就如此低贱，不值一提吗？”

“哼！俺不懂什么大道理，有的人死了便死了，有什么可惜的。俺只知道，人命和人命不一样，宋江哥哥的命，比俺贵重千万倍！俺死了不打紧，宋江哥哥将来要做皇帝，他的命可贵重多了！”

“你……你……”

扈三娘想到扈家庄上下被眼前这人灭口，怒气攻心，将单刀高举过顶，朝李逵的头顶斩将下去！

——去死吧！去向扈家庄的老小赎罪吧！

长刀刚准备斩落，忽然嗖的一声，一支长长的羽箭破窗而入，贯穿了扈三娘的前臂。

手臂猝然中箭，扈三娘右手五指松开，单刀掉落在地。与此同时，她急速往后退去，刚才所站立的地上，突然又钉了三支羽箭！

三支羽箭，挡在了她与李逵之间。

扈三娘强忍手臂痛楚，左手握紧单刀，怒道：“花荣，你也来了吗？像缩头乌龟般躲在暗处，算什么英雄好汉？”

“三娘，刀箭无眼，我劝你还是乖乖和我回山上比较好，”花荣的声音不知从何处传出，在屋内回荡，“王英兄弟要将你送回梁山，莲台寺早就收到了情报，暗刍馆的探事郎也已在寿张县就位。只是没想到你胆子竟如此之大，敢违抗宋江哥哥的命令！”

“我若是拒绝呢？”

“那我可就要对你不起了。”刚说完这句话，又是一支羽箭从屋顶破瓦而出，射在扈三娘的右腿上，箭矢入肉一寸。她低哼一声，跪倒在地。

黑暗的环境中，还可以百发百中，整个梁山除了花荣，没有第二个人。

她提着刀，双眼环伺四周。可即便如此，她也无法预估下一支箭会从何处射入房间。

若是在户外，能够预先看见羽箭的轨迹，便可采取躲避的措施。可是她身处逼仄的室内，敌暗我明，移动亦大是不便，躲开暗箭的机会就变得很小。

张闲躲在门外，内心十分焦急。他生怕扈三娘就这样被活活射死，头脑一热，便想冲进屋内救她。他刚踏出一步，背后忽然有人紧紧抓住了他的手腕，低声在他耳边说道："燕青兄弟，先别声张，待她失去战斗力时，你我再进屋生擒这娘们！"

这一惊可非同小可，张闲怎么都没想到，自己背后竟还有一人！

他转过头去，瞧见一个黑须白面的汉子，身高约莫六尺五，肩膀极宽，浑身裹着金黄色铠甲，手里提着一杆黄金钩镰枪。不用介绍，瞧这身行头便知道此人是梁山上，坐第十八张交椅的**金枪手·徐宁!**

张闲磕磕绊绊地说道："徐……徐宁兄弟，你怎么在这里……"

徐宁笑道："军师早就算到王英兄弟摆不平这娘们儿，没想到还被她给杀了。"

"我和李……铁牛溜下山，来这寿张县，军师哥哥也知道了？"

张闲没想到，吴用为了迎接王英，竟会出动两员天罡大将。单单是为了一个扈三娘，用得着这样吗？其中必有隐情。

徐宁答道："废话，你以为梁山解水卫是吃素的吗？不过军师看在你大病初愈的分上，也就睁一只眼，闭一只眼了。"

张闲想起吴用瞧他的眼神，不由得背脊微微发凉。他不知这次被捉回梁山后，以何面目来面对吴用。和吴用说话的时候，张闲甚至有一种感觉——吴军师早就识破了张闲的身份，只是在玩一场猫捉老鼠的游戏。

扈三娘的惨呼将张闲从沉思中拖回现实。

她身上被三支羽箭重创，已失去了移动能力。而且所受的伤，皆是穿骨贯胸，如果不进行治疗，很可能会因失血过多而进入昏迷的状态。到时能否醒得过来，就难说了。

“她已经失去战斗的能力，你快让花……花主事不要再放箭了！”

“宋江哥哥可没说要留活口。”

徐宁这么说，不知情况真是如此，还是在故意试探张闲。

“留个活口，总比杀了好。万一她知道叛徒的机密呢？或许对我们有帮助。”

“燕青兄弟，看来你很焦急啊？难不成，你对王英兄弟的妻子，怀有那个……”

“胡说八道！”

“莫生气，我也只是开个玩笑。朋友妻不可戏，咱们梁山好汉，又怎么会做出这么猪狗不如的事呢？”徐宁笑吟吟地瞧着张闲，瞧得张闲心里发毛。

又是一声惨呼！

张闲也顾不得徐宁，冲入屋内，张开双臂，挡在扈三娘身前，大声喝道：“够了，不要再射了！这人必须活着带回梁山，否则宋江哥哥怪罪下来，你我都脱不了干系！”

“燕主事，你可算来啦！”

张闲的龙虎瞳透过破窗的缝隙，在黑暗中遥遥瞧见对面楼顶上，站立着一个手持长弓的男子。说话的声音，正是从对面传来。

——如此远的距离，还能射得这么准？

此刻花荣若是要取他张闲小命，只需张弓搭箭，嗖的一下，长箭便能贯穿他的心脏。

冷汗已湿透了张闲背后的衣裳。

张闲第一次感到，性命握在别人手中的感觉，是如此糟糕。

花荣站在对楼的瓦顶上，哈哈大笑。

他身上那银盔银甲在月光下闪闪发亮，令人为之目眩。

张闲不去理会，抽出匕首，将扈三娘身上的长箭头尾切除，再用粗布绑紧了伤口。入肉的箭矢与箭杆需要手术去除，可这里并不是理想的环境，必须回到梁山，让安道全来替她取出这些东西。否则一经感染，神仙也回天乏术。

李逵也受伤不轻，腕部流了许多血，导致他的神志已有些恍惚。徐宁蹲下身子，撕了床单，去包扎李逵的腕伤。

“这娘们的武功为何突飞猛进，竟击败了铁牛？”

徐宁检查了李逵身上的刀伤，一脸疑惑。

张闲焦眉愁眼，生怕徐宁怀疑到自己身上，抢口道：“铁牛这几日精神不太好，总是睡不醒，我想可能是太累了吧！”

徐宁不置可否地“嗯”了一声，把视线投向扈三娘，沉吟道：“先把她带回去，听候军师发落。这次可不能再让她逃走了，要死，也得让这娘们死在梁山泊！”

天尚未明，花徐二人便带着张闲、李逵，押着扈三娘向梁山泊进发。不一日，便来到一处水口，只见对过芦苇泊里，三五个小喽啰摇着一支快船过来，径到水亭下。五人上了船，小喽啰把船摇开，奔金沙滩去。到得岸边，五人上了岸，那几个小喽啰自把船摇到小港里去了。这时天边旭日东升，映照得四野一片明亮。

张闲看向岸上，见两边都是合抱粗的大树，半山里一座断金亭子。再转将过来，又见一座大关。关前摆着枪刀剑戟，弓弩戈矛，四边都是檑木炮石。头一回上山时，他正在昏迷中，对这一切毫无印象，此时再看，只觉这山寨森然可怖，一片肃杀之气。

五人进得关来，两边夹道旁竖着队伍旗号，又过了两座关隘，才到寨门口。张闲看见四面高山，三关雄壮，将寨门团团围住。中间一片平地，约有三五百丈。正门靠着山口，两边都是耳房。关上站着的守将，体格魁梧，相貌端正，手里握着一柄七尺丧门剑。张闲认识他，乃是曾经青州慕容知府麾下的兵马都监，**镇三山·黄信**。

喽啰上前通报，黄信向花荣点头致意，马上命人开关放人。

刚入得关内，急急迎上来一人，白白胖胖，面上带着笑意，向前声喏，又对他们道："军师有令，请花荣、徐宁两位头领入忠义堂商议要事，燕青、李逵两位头领舟车劳顿，暂且回去歇息。另外，扈三娘就由在下领去安神医处治疗，再由狴犴房收押，而后听从宋江哥哥发落。"花徐张李四人领命。

张闲被一个喽啰引着，往天书阁走去，内心的不安越发强烈。

吴用不让李逵去忠义堂议事，也就罢了，毕竟有伤在身。可是为什么召见花荣、徐宁，却不见他呢？他越想越心虚，连这个引路的喽啰瞧他的表情，都觉得不对劲。

回到天书阁，张闲遥遥瞧见小霞站在石碑处，神情甚是焦虑。她一看见张闲，便小跑上前，握住张闲的双手，泪眼婆娑地道："主子，你怎么逃下山去，也不和我说一声。害奴婢担心得紧！你……你可不能再这样了……"

见她难过的神情，张闲心中一暖。这刀戟丛生的梁山泊中，竟还有人真心关怀自己，不由得大为感动，对小霞道："我答应你，以后想要下山，第一个就告诉你。"

小霞见他讲得真切，不由得脸上一红，害羞地垂下了眼。

"我去准备饭菜！"

看着小霞离去的背影，张闲会心一笑，但随之而来的便是深深的忧虑。

——事情若是败露，不知会不会牵连她……

他叹了口气，心想既然解水卫知道他与李逵偷偷下山的事，那小舟走水路的法子，恐怕下次就不能再用了，得另想办法。

“主事，请问您去哪里？好不容易回天书阁，应当休息才是。”

他刚想转身朝外走，却被一个守卫喽啰拦下询问。

张闲心中烦闷，被他这么一问，一股无名火乍起，怒喝道：“我去哪里，与你何干！”

“不是，属下只是……”

“滚开！”

“是，是……”那喽啰退到一边，不敢再多言。

他平日里性情谦和，对天书阁的喽啰也客客气气。只是这次逃走的计划功亏一篑，心情极差，又碰上扈三娘被擒，自己也没营救的办法，所有的怒气积蓄起来，正被这无名小卒撞上。

张闲走了几步，又回头望去，忽然觉得有些奇怪。

——从前我出门走走，他们从不过问，何以今天要多此一问？

他再看时，已发现不对劲。天书阁的守卫比平时多了三倍不止，其中许多都是生面孔，他从未见过。可见，这些人原本并非燕青的手下，而是吴用新调来的。他越走越远，心里的疑虑也越滚越大，从前一里路才有一个站哨，如今百步一岗，十步一哨，哨兵面上均有刺字，皆是黥徒军的将士。

所谓黥徒军，便是那些从牢城中越狱，无处可去，上山落草的亡命之徒。这些人打起仗来虽无纪律可言，却个个不畏惧死亡，战斗力极强，深得宋江喜爱。因此，他们来负责梁山泊的守卫工作，大大提升了山寨的防御能力。

又走了两里路，张闲被哨兵拦下，说是奉军师之命，今日泊岸封锁，任何人不得靠近。他本想回到金沙滩，再探一下解水卫的虚实，好制定下一步计划，可没想到还是棋差一招。

如此看来，水泊岸边也都安置了重兵把守。

他越想越害怕，感觉脖子上的脑袋，随时都会被人砍下来。

既然过不去，张闲只得原路返回。

到处都是“此路不通”，成百上千的黥徒军把守在各个关卡，不给他任何逃走的空间。此时，深深的绝望感笼罩着他。

张闲魂不守舍地回到天书阁，吩咐手下要休息，就连小霞准备的饭菜也没胃口吃。他独自上楼，回到卧室就寝。

张闲下山多时，身心俱乏，之前全凭一口气撑着，眼下身体疲惫至极。困意让他无力再去思考对策，只想好好睡一觉。

他躺到柔软的床铺上，侧着身子，屈起双腿，沉沉睡去。

睡梦中，他似乎回到了东京，继续做着跑堂的小二。卢掌柜依旧是那副模样，一直骂骂咧咧，嫌他手脚不利索，怠慢了客人。忽然，有一队人马冲入，是皇城司的亲事官。

他们一进客栈就抓住张闲的手，说要拉去砍头，张闲惊呼起来，一抬头，见得那亲事官的脸竟是自己。不，那不是自己，是被关押在戒律院的燕青。

燕青对着他笑，他想呼救，却喊不出声音，想挣扎，也使不出劲。

“你若是我，我又是谁？”

他还来不及回答，燕青手中的刀，已然用力劈了下来！

“救命！”

张闲惊呼一声，睁开眼来，发现自己还躺在床上。原来刚才所见的一切，乃是南柯一梦。他坐在床上，贴身衣物均被冷汗浸透，心道：“最近老是做这种噩梦，不知什么原因。”

正胡思乱想之际，他忽然觉得，身后有一双眼睛正注视着自己。

张闲转头望去，一点银光自黑暗中闪出，直袭他的面门！

张闲大吃一惊，侧头避开，不过动作始终慢了半拍，左侧脸颊被长剑剑刃割破，点点鲜血溅射而出。吃痛之后，他慌忙滚下床来，那柄长剑又在棉被上斩了个空。张闲连滚带爬，想从门口逃出，却被那人从背后狠狠一踹，整个人颠仆在地，摔肿了右额。

“你是什么人！你……你想要做什么！”

张闲坐倒在门边，四肢并用往后移去。那刺客身穿黑色胡服，头部只露出一对眼睛，完全瞧不清长相。

黑衣人冷笑道：“我倒要问问，你是什么人！何以在此冒充燕青！”长剑在黑暗中再次绽起银光，急袭张闲。

张闲随手抓起地上的铜香炉，狠狠地向黑衣人掷去。黑衣人的剑刺到一半，瞧见飞来的香炉，马上将挺刺变成横劈，把香炉挡开。香炉盖子被长剑打飞，香灰扬散开来，屋内顿时尘灰弥漫。黑衣人被香灰迷了眼睛，泪水长流。他伸手揉了几下，再看时，屋子内哪还有张闲的影子？他低低骂了一句，提剑追出房门。

将铜香炉抛掷过去后，张闲赶紧夺门而逃，直奔天书阁楼下。他刚想大喊救命，却发现原本阁外的重重守卫，此时竟不知所踪。

“冒牌货，哪里逃！”

黑衣人脚步极快，两三步便追上张闲，一剑向他背心刺去。此时黑衣人手上使出了全力，决意要将张闲刺个对穿，当场结果了他。

剑尖离张闲背心尚有三寸的时候，黑衣人却听到一股急激的破风之音，从他身后袭来。

黑衣人忙转身举剑格挡，谁知一触之下，竟是意想不到的沉重。长剑从中崩裂，对方的锋刃瞬间劈断了他的肩胛骨，直入肺叶深处，黑衣人登时毙亡。这恐怖的力量，几乎将他整个人活活劈成了两半。站在他面前的，是一条壮硕如山的身影。

月光洒落在李逵身上，使他那张犹如地狱恶鬼般的黑脸，分外阴森可怖。

“铁……铁牛……你怎么会在这里？”张闲被惊吓得就地跪倒，“这……这家伙是什么人？为什么要来追杀我？”

李逵从黑衣人身上拔出巨斧，那尸体即刻崩倒在地。

“才到寿张县便遇到这事，回了梁山，俺觉得不尽兴。夜里醒来，还是想和小乙哥再偷偷下山去玩。谁知刚到天书阁，便见到这人要害小乙哥。至于他是什么人，为什么要害你，铁牛可就不知道了。”

李逵说得坦诚，张闲看他不像说谎，于是自己壮了壮胆，去翻那黑衣人的贴身衣物。他扯开头套，发现这人面生，完全不认得，又解开他的衣服腰带，在背部发现一行刺青，纹了三个字：黑风亭。

张闲当下心道：“黑风亭不就是梁山泊的刺客组织吗？这人必定是受了谁的指使，前来杀我。还有，天书阁门口的守卫，今夜也不知所踪，能有权力随时调走我手下的喽啰，必定是忠义堂的头领。”他抬头瞧了一眼茫然无措的李逵，又想：“他应该与事无关，否则干吗救我？是了，李逵是个直性子，有什么说什么，吴用就算有什么想法，也不会和他交代。派黑风亭刺客试探我的事，他一定不知。”

李逵见张闲脸上阴晴不定，便问道：“小乙哥，有眉目了吗？”

张闲赶紧遮住那行刺青，假装叹道：“应该是梁山泊以外的人，偷偷潜入此地。如果我没有猜错，为的恐怕是天书阁里的各类经典。”

“原来是为了偷书，真是无趣！”李逵伸出又黑又粗的食指，挠了挠右眉。

“可不是嘛，咱们梁山什么地方，他还敢来造次！我一出手便可要了他的小命。其实铁牛你不来，我也可以将他打死。带他来天书阁外，是为了不毁坏阁内所藏的书卷，这是诱敌之法。”张闲顺着他的话说道。

“这个自然，小乙哥的武功，俺可是领教过。铁牛自愧不如！”

“不过，这件事千万不能让军师知道。”

“为什么？瞒着事情不说，若被军师查到，可是要重罚的！”李逵不明所以。

“你想，若是让军师知道有人夜间潜入天书阁，那一定会在山寨四周加强防备，特别是天书阁这里。到时候，你我再想溜出去玩，可就难如登天啦！到时候，别说东京城，恐怕连寿张县咱们都去不了！反正这人也被我们杀了，事情既已平息，不如找个地方埋了他，神不知鬼不觉！过个几日，咱们再下山去东京城玩，你说如何？”

“小乙哥说得对，铁牛糊涂了！就依你说的办！”

李逵听见能去东京，高兴得忘乎所以，什么刺客不刺客，早抛至九霄云外去了。

两人合力在天书阁四五里外的树林中，挖了一个深坑，将尸身抛入其中，再用土填上。张闲边挖边想：“上次埋了戴宗的衣衫，这次又埋了黑风亭的刺客，我在这梁山上，活像一只旱獭。还不知要埋多少个人才够。”整个埋尸过程，只花费了一个时辰，便草草竣事。

成事之后，张闲随口打发了李逵，说今日下山时间已晚，择日再议。又劝了几句，李逵才依依不舍地离开。忙了半天，张闲累得哈欠连天，于是赶紧回到屋内，准备睡回笼觉。屋内地上全是香灰，床上的被褥已被黑衣人斩破，棉絮都掉了出来。可张闲浑不在意，翻身上床，抱起一床破被，迷迷糊糊又睡了过去。

他也想明白了。是生是死，本不是自己能够掌控的，与其战战兢兢，不如潇潇洒洒地活着。小命既握在吴用手中，还不如好好睡上一觉呢。

此时更深夜静，月光穿过树叶，影影绰绰地射在少林寺禅舍的红墙上。

禅舍内，青灯闪烁，一个肤色黝黑的和尚正凝神静气，盘膝打坐。这和尚的样子十分古怪，头顶密密麻麻文了许多怪字，弯弯曲曲，如蝌蚪一般。他手结定印，置于脐下，从五指关节厚厚的硬茧可以看出，此人是个外家拳的高手。

禅定了两个时辰之后，一阵急密的脚步声打破宁静的黑夜。那足音极为凌乱，看来来者不止一人。声音越来越近，直到禅舍门口，没头脑地撞进来一个和尚，跪倒在地。他身后还紧跟着三四个和尚，脸上写满了惶恐。

“玄泓师兄，大事不好了！”

跪倒在地的和尚泣不成声，玄泓认识他，法号玄宁，是看守戒律院地牢的武僧。

“为何如此慌张？起来说话，”玄泓伸手摸了摸那颗写满天城文的光头，打了个哈欠道，“是不是又损坏什么物件了？几次三番这样，方丈要是怪罪下来，我可不会再求情了。”

“不……不是……”玄宁紧张得话都说不清了。

玄泓感到有些不对劲，因为站在玄宁身后的少林弟子们，一个个神情低落，并没有从前那种幸灾乐祸的表情。

“究竟发生了什么事？快说！”

“有人……有人逃走了！”玄宁止住泪水，哽咽着说，“就刚才我去轮班，见到守卫的师兄弟躺在地上，一个牢房被打开了。”

“道正师叔祖知道了吗？”

玄泓口中的“道正”是戒律院的首座，因年事已高，一般戒律院的诸多事宜，都已交给庆字辈的僧人打理。

“派人去说了。”

“快带我去地牢！”玄泓站起身来，抄起一根齐眉棍，大步跨出禅舍，他见玄宁还跪在地上抽抽噎噎，便厉声喝道，“快啊！”

玄泓带领着一行武僧快步走向戒律院，此时他内心极乱，与梁山联军一役后，少林寺元气大损，寺内各处方兴未艾，就出了这档子事。短短一年之内，连续出逃两人，乃是戒律院地牢亘古未有之事。影响声誉倒是小事，恶僧出逃，为祸天下，这才是他最担心的。

他们穿过戒律院大殿，入了地牢，果然见到地上横躺了四个当值的武僧。

玄泓趋步上前，解开武僧的僧袍，发现他们身上多处关节断裂，青紫色的瘀斑亦有不少。有一个叫玄真的和尚，头骨都被摔裂了。

——这家伙是个摔跤的好手！

少林拳不怕近战，以硬碰硬也是长项，这几个玄字辈青年武僧的武力虽说不上顶级，却也是戒律院精挑细选出来的。如今四位武僧合力，却斗不过一人，那对方的水准得高出他们多少，玄泓不敢想象。

——若是我亲自与他放对，胜算又有几许？

以他少林寺玄字辈第一高手的身份，也不敢轻易下定论。

玄泓伸手将师弟们的眼睛一一合上，向身后的众僧问道：“走了的是什么人？”

其实他心里已经有了答案，这一问，只是确认而已。

玄宁上前一步，低声道："是……是浪子·燕青。"

"果然是他，"玄泓一拳捶打在地上，怒道，"早知如此，他初来戒律院时，就应该废了他的武功！"

众僧不敢搭话，纷纷垂首。

"有没有派护寺武僧去追击？"

"去……去是去了……"玄宁迟疑了一下，才道，"不过，恐怕追不到了。"

从武僧尸体的情况来看，燕青起码走了有两个时辰，此时再去追击，无疑是大海捞针。

眼下，玄泓更关心他是如何从牢笼中逃出来的。之前关押了数个月，他都安分守己，并没有表现出逃跑的倾向。

燕青乃是梁山泊头领，朝廷重犯，少林寺本想早些移送官府，戒律院毕竟是佛门清修之地，收押外人也不太合适。可消息早就差人传去了东京，匆匆数月过去，来提人的校尉还在半路上，不知何时能够赶到。如今出了这个岔子，少林寺不知该如何向朝廷交代。

他走到燕青的牢房门口，向内张望。

地上有干涸的血迹，看样子，量还不少。

玄泓忽然猜到了燕青所用的办法。他咬掉自己的一截舌头，然后口吐鲜血，让守卫的武僧以为他受了内伤。出家人慈悲为怀，慌忙之下便打开了牢门，打算救治燕青。

他料想，在四个武僧的围攻下，燕青必会孤注一掷，毫无保留地使出全力，展开擒拿相扑的手段，将守卫他的武僧，一个个击杀。

玄泓闭上双眼，仿佛能看见当时惨烈搏杀的情形。

"他是朝廷的犯人，逃了便逃了，正好让官府去拿他！"

众僧中，不知道谁多说了一句。

玄泓听罢，奋起一拳，直直打在牢门上，砰的一声，牢内木屑纷飞。

众僧一惊，便不再说话，生怕顶撞了这位脾气火爆的大师兄。

“告诉方丈，我要领一队武僧下山，除魔！”

第十一章 狴犴房

翌日醒来，张闲头一件事就是去神医·安道全那儿，打听扈三娘的伤势。

安道全的神医馆设立于杏花村中，按理说也在天书阁的管辖范围，但因负责整个梁山泊的医护，所以直属宋江。也就是说，三军与本部的任何头领，都无权对他下达指令。安道全在梁山泊只服从于宋江一人。

从天书阁步行至神医馆，约莫三里路程，张闲踱步走去，行到一处开阔地，眼前几亩地均是药田，药圃中种满了诸多药草，青翠茂盛。药田后建了五间茅屋，屋前有不少身披青色医袍的医师正在熬煮药材，还有若干伤者躺在椅上，等待神医诊治。

张闲若无其事地走到屋前，停下脚步，轻声咳了咳。

其中一位正扇火熬药的青年医师抬起头来，看了他一眼，笑道："燕青头领，您怎么来啦？今日是来问诊呢，还是找安神医闲话？"

瞧这人的神态，应该与燕青十分熟悉。张闲不敢与他多谈，压低声音道：“我找安神医打听点事，他在不在？”

“在！我给您去通报一声！”青年医师转身对另一人道，“阿成，替我照看一下炉子。”说罢便跑进屋内。

过不多时，那青年医师走出茅屋，说道：“安神医有请。”

张闲在他的带领下走进屋内，顿时闻到一股浓烈的草药之气。茅屋内陈设十分有趣，到处都是瓶瓶罐罐，屋子中央铺着一张草席，席上端坐着一个身材微胖的中年男子，正是神医馆的主人安道全。

安道全见张闲进屋，笑眯眯地道：“燕青老弟，你来瞧我啦，身上的伤势如何？过去的事情，有没有记起来一些？”

张闲躬身唱喏道：“多谢安神医救我，只是过去的事……还有许多想不起来。”

安道全起身上前，伸手在张闲腕脉上一搭，沉吟片刻，皱眉说道：“你这脉象如水上漂木，是为浮脉，你把舌头伸出来我瞧瞧。”张闲伸出舌头，安道全瞧了一眼，点头道：“这就是了。外邪侵袭，感染了风寒，便是这种浮大无力的脉象。燕青老弟，你不在天书阁好好歇息，整日往外跑什么。待会儿我抓点药给你，不可再受寒了。”

他说完便走到书桌前，提笔写了个方子，交给身边的医师，让他去抓药。

“昨日扈三娘回了山，不知安神医有没有去看过她的伤势？”说这话时，张闲在屋内四处张望，故意装作漫不经心的样子。

“去狴犴房瞧过了，都是皮肉伤，不碍事，”安道全走到张闲面前，继续道，“你说这三娘何苦呢？偏要和咱们梁山为敌，有什么好处？”

“是啊，当真不知天高地厚。”张闲只能顺着他说。

“唉，希望她这次回山，能够吸取教训。也望宋江哥哥这次能够网开一面，饶她不死。”安道全说着，长叹一声。

“扈三娘是不是死罪，也要听从审判所的发落。对了，她的伤势，会不会有后遗症，或者影响到行动能力？”张闲生怕安道全误会，又加了一句，“我想她若能恢复到十成功力，说不定将来还可戴罪立功。”

“这就难说了。不过骨头没事，问题不大。”

听见扈三娘身体没有大碍，张闲便放心不少。接下来他要考虑的，是如何将扈三娘从那铜墙铁壁般的狴犴房里救出来。

“师父，药材都准备好了，现在送去吗？”

这时，屋外走进来一个人，正是适才那位青年医师。

“数量确认过没有？”安道全追问道。

“确认了，没问题。”

“好，那你送去吧。记住，药效大有不同，切勿搞错。他们虽是囚犯，却也是一条人命，咱们做医者的，悬壶济世，不可区别对待。”安道全再三嘱咐道。

张闲耳中听见“囚犯”二字，立刻问道：“是送去狴犴房吗？”

青年医师答道：“正是。”

“巧了，我正打算去那儿。既然你也要去，不如一起走吧，”张闲说着，便向安道全拱手作别，“安神医，我改日再来看你。”

来梁山泊虽有些时日，但张闲对狴犴房的具体位置一直不太清楚。眼下天书阁的守卫全都换成了吴用的心腹，如果询问他们，只怕会引起不必要的麻烦，不如顺水推舟，和这个青年一同前往，探视扈三娘。而且既然是送药，相信狴犴房的守卫也不会起疑心。

“好，那你路上小心。药按方子抓好之后，我差人送去天书阁。”安道全也笑着回礼。

张闲随着青年医师走出茅屋。他发现自己现在随口说谎，已十分自如，竟一点也不慌张。对此，他又是惭愧，又是得意。惭愧的是，安道全并不像坏人，据说也是当年被逼上梁山，才落草为寇的。自己扯谎骗了好人，心里总有些过意不去。得意的是，在这险恶的环境中，只有谎言才可以保障他的安全，若是轻易让人瞧出破绽，则小命难保。

青年医师十分健谈，一路上都是他在说话，张闲生怕被他瞧出端倪，一直嗯嗯哦哦，敷衍了事。两人来到一处山壁，中间有一条小径，便穿了过去，只见一个山洞门口守着两个喽啰，手里握着长枪，正在站岗。

“两位大哥好，我是来送药的。”青年医师迎上前去，扬了扬手中的药箱。

喽啰们认得他，自然也认得他身后的头领燕青，忙退到两边，让出一条道来。青年医师道了声谢，和张闲一起步入狴犴房。在此之前，张闲以为狴犴房是人工建造的牢房，谁知竟是在这天然洞穴中凿出来的。如此一来，那些想越狱的罪犯若要逃走，则必须凿穿山石，在没有工具的情况下，这显然是不可能办到的。

进入洞穴后，四周的光线变得很暗。再往里走，就只能靠火把来照明。来到牢房区，负责这块区域的头领是蔡氏兄弟。今日蔡福不在，由**一枝花·蔡庆**当班。

“这不是小乙哥嘛！怎么，今日忽然想起来看兄弟们了？”

蔡庆见了张闲十分欢喜，趋步上前，紧紧握住了他的手。

张闲脸上也堆满了假笑，热情地道：“我在天书阁，每日都想念你们，只恨自己身体没有恢复好，不能时常来看大家。”

“不打紧，今日既然来了，咱们兄弟好好喝上一杯。”蔡庆转头对身边的狱卒道，“你带这神医馆的小师傅去里面熬药。”

狱卒应了一声，引着青年医师往里走去。

蔡庆牵着张闲的手，来到一张桌前，吩咐手下打酒。张闲不便推脱，只得和他坐下闲聊。不一会儿，桌上便摆满了酒菜，两人推杯换盏，喝了起来。酒过三巡，张闲觉得时机差不多了，便对蔡庆道：“其实我来狴犴房，是为了瞧瞧昨天你们收押的扈三娘。”

他此言一出，蔡庆的脸色就变了，为难道：“小乙哥若是审其他人，那兄弟没话说，即刻给你安排。只是这扈三娘……多少有点麻烦。”他见左右无人，凑在张闲耳边低声道：“军师有令，除了安神医，任何人都不得接近这娘们儿。”

张闲心中一惊，脸上却笑着道：“军师的命令，我怎么会不知？我此番来，也正是受了军师的密令。”

“有这等事？”蔡庆将信将疑。

“三山联盟的事，你可曾有耳闻？”张闲故作神秘道。

“听说过。便是叛徒鲁智深等人占据二龙山，想联手桃花山、少华山两股势力，对抗咱们梁山泊。早知如此，这几个叛徒就应该被打入狴犴房！老子让他们求生不得，求死不能！”

蔡庆一番话说得慷慨激昂，也不知是真是假。

“没错，这件事扈三娘也有参与，我得到最新情报，说桃花山之主杨采苓不愿意与二龙山联盟。至于为何，却不得而知。所以军师差我来套套话，最好别让其他人知道。”

“为何不能让别人知道？”蔡庆不解道。

“兄弟，有些话不能明说，咱俩心里有数便是。”

实际上，是张闲自己不知该如何解释，才说出这种话。但听在蔡庆耳中，又是另一番解释。他大吃一惊，道：“有……有内鬼？”

张闲瞧了他一眼，并不作答，让他自己体会。他心想，这是你自己猜的，我没说是，也没说不是，到时候吴用问责下来，我只道你误解了话里的意思。

蔡庆沉思良久，才下定决心道：“既然如此，你跟我来，我带你去见那娘们儿。”

走进牢房的收押区，哀号四起，每个牢房都有浑身血污的罪犯，或是双目无神，仰躺在地，或是如痴如狂，手舞足蹈。

他们路过一间牢笼时，忽然听见一声凄惨的哀号。只见牢中有个容貌秀丽的女子，被捆绑在一根木柱上。那女子披头散发，身上几无片缕，浑身上下，已给打得血肉模糊。身边的狱卒暴喝声不绝于耳，还不断地用长鞭抽打着她，每抽一下，女子雪白的酮体上，就会留下一道深深的血痕，

或许是听见了张闲这边的脚步声，那女子抬起头来，苦苦望向他。张闲从未见过这样的场景，不禁浑身发毛，内心也充满了恐惧和怜悯。他回头问蔡庆道：“这女子……又是犯了什么罪？要这样打她？”

“哼，这臭淫妇是仙音阁的婊子，想要刺杀宋江哥哥，却被卢员外击败，抓了起来。我们要她招出背后指使，谁知这婊子嘴硬不说，那她就要吃一点苦头了。小乙哥，这边请。”蔡庆不愿意多谈，说了几句，就引着张闲往前继续走。

听见“仙音阁”三个字，张闲心里咯噔一下，暗忖：“这个被关押在此的女子，不知是仙音阁中的哪位姐姐？如果有机会，也得设法相救才是。”他想起在少室山上舍命保护他的四个女子，又想起了李师师，心里隐隐有些想念她们。

他们转了几个弯，止步于一间用精铁打造的牢房门口。

相比之前的女子，扈三娘的情况要好得多。她正闭目坐在石板地上，手足上均缠了绷带。

“好啦，小乙哥，你有什么问题就问吧。我先回避一下，在门口等你。”蔡庆说完，便往回走去。既是军师的密令，那么这件事知道的人越少越好。不该听的不要听，不该知道的，也不要去知道，这个道理，蔡庆在大名府当差时已经懂了。

目送蔡庆离开，张闲便换了一张面孔。原本板着的脸，忽然变得温和起来。

“三娘，你……你没事吧？”

扈三娘抬起头来，眼中含着泪水，愤恨道：“对不起，是我连累了你。你赶快下山吧，若是被他们察觉了你的真身，一定会杀了你。此番我落入他们手中，也没打算活着回去。杀了王英那恶贼，也解了恨，只是没有手刃李逵，终是没报杀父之仇。罢了，这一切都是命数，强求不得，唉……”

她满腔愤怒，最后还是化为一声嗟叹。

“不会的，你不会有事的，”张闲四下张望了一圈，低声说道，“眼下他们还没看穿我的身份，暂时还是安全的。我一定会想办法把你弄出去，你放心。”

“你不知道，你什么都不知道。”扈三娘长叹一声。

“怎么了？”张闲大惑不解。

“入了这狴犴房，没有人可以活着出去。从前没有，将来也不会有。”

扈三娘入伙梁山时日不短，对这里的一切可以说十分了解。因此，她才比张闲更了解这狴犴房的恐怖之处。她曾见过无数被带进狴犴房的硬汉，个个视死如归，可挨不到几日，便什么都招供了。

可以说，这里是比阴曹地府更阴暗的所在。

“从前没有，不代表之后也没有。三娘，我不会放弃的。救不了你，我也不会孤身下山。”

“张闲兄弟，你听我一句劝。你不会武功，在这里非常危险！早知如此，当时在东京时，便不该把你卷进这场纷争。”

扈三娘看着年纪轻轻的张闲，此番极有可能会命丧梁山，内心极为愧疚。

“当初是我自愿追随栾大哥一起去少林寺的，怪不了别人。”张闲说得激动，不由得升高了音量，他意识到不妥，才压低了声音，继续道，“三娘，我过几日再来看你，相信一定能找到救你的法子。”其实，到底如何营救扈三娘，他心里完全没底。

“你不是他们的对手！”见张闲执迷不悟，扈三娘站起身来，双手抓住牢房的铁栏，焦急地喊道，“这里十分危险，随时会丢了性命，你怎么就是不明白！难道你不怕死？”

“当然怕啦！”张闲辗然一笑。

“那你为什么……”

“因为这世上，还有令我更惧怕的事情，”张闲用手指着扈三娘，正色道，“比起自己死掉，我更害怕眼睁睁看着同伴去死。”

扈三娘怔住。

“我会再来的。”说完，张闲转身离开。

瞧着张闲渐远的背影，扈三娘眼中的泪水夺眶而出。

刚踏出收押区，张闲便瞧见了站在门口的蔡庆。

他轻皱双眉，面色似恼非恼，颇有些古怪。张闲走上前去，刚想和他说话，却瞥见了他身后站着的两个人。其中一个黑瘦汉子，张闲有些面生，不太记得。另外一人，张闲一见之下，脑中顿感一阵眩晕，眼前一花，差些跌倒在地。眼前这人生得眉清目秀，面白须长，头上戴一顶抹眉头巾，正是军师吴用。

张闲没有想到，吴用这时竟也来到狴犴房。这绝对不是巧合，一定是有人告密。

吴用似笑非笑地瞧着张闲，口中说道："听蔡庆兄弟跟我说，燕主事奉了我的命，前来审问扈三娘。我在这梁山泊这么多年，还不知道这梁山上有另一个吴用呢。"

张闲暗暗叫苦，但脸上仍笑嘻嘻道："我是想替军师哥哥分忧，所以才这么对蔡庆兄弟说，军师要怪，就怪我好了。"

"你替我分忧，我又怎敢怪罪于你，"吴用轻摇羽扇，笑着问道，"不知燕主事从她的嘴里，问出了何事？"

"她……她嘴硬得狠，什么都不肯说。"张闲颤声答道。

"看来，要从她嘴里挖出情报，非动刑不可了？"

"这也不必。"张闲忙道。

"喔？燕主事难道有更好的办法？"

吴用双目直射张闲，仿佛能看穿他的心事。

"暂……暂时还没有……"张闲神色尴尬，心念急转，忽道，"不过我认为，像扈三娘这样的战将，是难得的人才。王英兄弟的死，固然可惜，但人死不能复生，更何况三娘也是王英兄弟的妻子，属于夫妻间的私事。与其重刑加于其身，不如重新招揽她，为我们所用。军师也看到了，单打独斗，李逵也未必是她的对手，如此人才，弃之可惜，军师三思！"

吴用冷笑一声，道："说服扈三娘？你认为可能吗？"

"属下愿意一试，请给我几日时间，我必晓之以理，动之以情，劝她归降，并将二龙山的军情详细一并交给军师。”

“倘若我不允呢？”

“在下愿以天罡头领的名义担保，一定完成任务。”

“好啊，大家可都听见了，燕主事亲自来担这个责。我给你三日时限，若扈三娘不降，那你也要受军法处置！怎么样？”

“好！”张闲硬着头皮答应下来。

如果三日之内没有带扈三娘逃离梁山，他恐怕也难逃牢狱之灾。不过，暂时能逃过一劫，张闲心中也算松了口气。

谁知他刚想告退，却被吴用伸手拦住。

“你急着走么？我的话，可还没说完呢。”

“不知军师还有什么吩咐？”张闲愣在原地，进也不是，退也不是。

吴用对着身边那个黑瘦男子招了招手，高声道：“侯健兄，你过来。”

听了这名字，张闲才想起来，这人乃是负责梁山泊上下旌旗袍袄制作的头领，**通臂猿·侯健**，隶属神兵府。严格来说，也是他燕青的手下。据说此人做得一手好活，飞针走线，技艺高超，制作铠甲的手段也十分厉害。

侯健走上前来，躬身听命。

吴用指着张闲身上的衣服道：“你瞧燕主事身上这件衣服，破破烂烂，成什么样子？你给他量一量尺寸，重新做一件吧！”

经他这么一说，张闲才想起自和李逵下山以来，没有换过衣服，睡觉也是和衣而睡。今日一早，因担心扈三娘安危，又跑去了神医馆。

“不用这么麻烦了，”张闲推脱道，“我还有几件可以换的衣服。”

“身为天罡军团的头领，穿成这副模样，也令我梁山泊脸上无光。侯健兄弟，你去给小乙量一下，做一套衣裳，再做一套上阵用的铠甲。”吴用口气极为坚定，不容张闲推辞。

侯健躬身道：“明白。”他走到张闲面前，取出尺子，极为恭敬地说道：“请燕主事脱下上衣，方便在下测量您的胸腹围度，以及臂展的长短。”

吴用执意坚持，张闲也没有法子，只得伸手去解腰带。他解了一半，忽然耳中嗡的一声，胸口好似被人重重打了一拳，一张脸霎时之间，惊得全无人色。

——糟糕！差点中了他的计！

他这才反应过来，吴用并非想让侯健替他做衣裳，他真正的目的，是让张闲脱下上衣。

张闲若是照他吩咐褪去衣衫，露出上身，他们定会发现他身上并无花绣。如此一来，便可断定他是个冒牌货。

“燕主事怎么不脱了？”吴用笑嘻嘻地道，“脱不下来，我便让侯健兄弟帮你的忙。”

“不，不，我自己来。”

张闲心脏怦怦乱跳，仿佛要冲出胸腔来，额头上豆大的汗珠，也一滴一滴渗将出来。他放缓动作，慢慢扯开腰带，内心霎时转过千万个念头，但无一可助他脱离眼下的险境。

虽然在场并无高手，但他们三人对付张闲却绰绰有余，更何况还有不少狱卒待命。如果来硬的，必会一败涂地。

此时，他忽然有些懊悔起来，如果当时不顾扈三娘，自己溜走的话，也不会多生这些事端。想到这里，张闲又在心里骂道：“张闲啊张闲，你生出这种想法，真是狗改不了吃屎。适才在三娘面前信誓旦旦，危险一来，又变回本性！”

吴用见他动作太慢，不耐烦道：“侯健兄，不如你帮帮燕主事。他这般速度脱下去，天都快黑了。”

“明白。”侯健点了点头，伸手就去扯张闲身上的衣服。

张闲自然不肯放手，用力扯着衣襟。侯健虽然长得黑瘦，双臂却有奇力，张闲哪里是他的对手，两人用力一扯，衣服刺啦一声，从中间撕了开来。张闲吓得双目紧闭，心头登时一片冰冷，暗道：“我死了，我死了。”

耳边忽传来侯健“咦”的一声。

屋内空气仿若凝结一般，没有人说话，张闲更是不敢张开眼睛。

此时，他心头转过无数个念想，想起了死去的父亲，想起云来客栈的卢掌柜，想起了才认的爷爷张继先，还想起了李师师。

不知她看到我在这梁山被人乱刀分尸，会作何感想？

张闲心中掠过一阵痛楚，不敢细想下去。

一阵冗长的沉默后，只听侯健赞道：“燕主事不愧是京城锦体社的头筹，花绣遍身光闪烁，绣得好！绣得好啊！”

他本以为命在俄顷，故而紧闭双目，希望他们能给自己一个痛快。谁知侯健竟称赞起花绣来，便偷偷睁开双眼，往身上一瞧。

侯健所言不虚，自己全身果然布满花绣，如白玉亭柱上铺着青色软翠，煞是好看。

此刻，最疑惑的人，非张闲本人莫属。他从小到大从未刺青，身上也没有半块胎记，一身白肉，怎会多生出如此花绣？他当下真是又惊又喜，但个中缘由，怎么也想不明白。

吴用也满脸困惑，只是瞪着眼看，半天没说一句话。

待侯健替他量好尺寸长短，张闲将衣服撕开的口子用腰带绑紧，但两大块布条耷拉在身上，还是显得有些滑稽。穿好衣服，张闲上前一揖，道："军师如果没有其他吩咐，燕青就先行告退了。"

吴用似有心事一般，过了半晌才道："好，你先去吧。"

张闲大步流星地走出狴犴房，那感觉，犹如死里逃生一般。不过，他心中的头号疑团，还是没有眉目——究竟是谁，在什么时候替他刺上了这身花绣？何以自己一点都不知道，一点都没知觉呢？难道暗中有高人相助？

不知为何，张闲竟想到了李逵。不过，他立刻否决了自己的猜测。

杀人放火他行，如此心思细密的计划，绝不是李逵想得出的。况且李逵和燕青是挚友，与我张闲没任何关系，又何苦帮我？

他想了半天，还是茫无头绪，干脆放弃思考，抬脚往天书阁走去。

回到天书阁，已是未时，张闲微感疲倦，从书架上取了几本书，躺在罗汉椅上看。一晃眼便到了哺时，张闲腹内饥饿，起身去找小霞。没想到走遍了整个楼阁，都没见到她的身影。

张闲来到二层，见一群画师正在调墨作画，他百无聊赖，就站在他们身后观看。

这些画师，大部分都是梁山从各地抓来的匠人，只有一小部分是慕名投奔。他们为宋江绘制画册、肖像，甚至临摹古籍，然后由天书阁收藏。其中有一人正凝神绘着界画，笔下人物屋宇市肆，行人车马，俱是栩栩如生。张闲定眼再看，不禁心头一热！

这人画的，不正是东京的街道吗？

"你这里可标记错了。这边上是家香药铺，名叫'刘家上色沉檀拣香铺'，你写错了。还有孙羊店边上的是香药正店，你这个'药'字，是不是故意让人挡了去？"张闲说起这香药正店，想起他们的招牌菜五香肘子，更是饥火烧肠。他从小生在东京，长在东京，加上一双过目不忘的龙虎瞳，对东京城可谓了若指掌。

那青年画师回过头来，惊讶道："确是如此，燕主事，你怎么知道？"

张闲瞧了一眼这幅界画，又指出三四个店名错误，甚至哪个地方的望火楼谁来值班，饭馆门口的菜单应该如何撰写，事无巨细，都说得清清楚楚。那青年画师也认真记下，有些记不清的地方，又再与张闲确认过。

"都说燕主事是北京人氏，没想到对东京也如此熟悉，在下佩服得紧！"

青年画师这番赞叹语气真诚，出自肺腑。可听在张闲耳中，不由得一惊。此人无心之言，仿佛在提醒他一般。不是他这句话，张闲恐怕还要喋喋不休地说着东京的风土人情。若是被吴用安插的内鬼听去，对他的处境大有不利！

"曾经在京师住过一段时间，所以比较熟悉。"张闲哈哈一笑，又问道，"你叫什么名字？听你的口音，像是山东人，何以要画东京城？"

青年画师禀道："在下姓张名择端，琅琊东武人氏，本来在翰林图画院供职，后来就被众梁山好汉请来这里。画这幅界画，是想为后人展现咱们大宋都城清明时节的繁华景象。"他说这"请"字时，神情略微尴尬，颇有些言不由衷。

张闲呆呆地瞧着这张京城长卷画，忽然脑中闪过一个念头，忙对张择端道："我有个任务交给你，你带着纸笔，随我上楼。"说罢便上了三楼。张择端生怕自己说错话，得罪了梁山头领，跟在他身后时，还有些战战兢兢。

入得主事专用的书房，张闲确认四下无人监听，便合上了大门，走到张择端面前。

“你画地形图如何？”

“啊？”张择端有些不明所以。

“我的意思是把这梁山泊的地形图给画下来，包括号令台的位置，解水卫的布防，还有忠义堂的所在。我要一张十分详细的水泊梁山地形图。你能不能画？”

“能是能，只不过……”

“但说无妨。”

“只不过我未必记得住。小人来梁山泊时日也不久，除了这天书阁的日常事务，平日里不太出门，对这地形也未必了解。”

“这个简单，我依稀都记得一点。而且天书阁里不是藏着许多当年建筑山寨时的文牍吗？明天我整理一下，全都交给你。你现在把我所说的记下。”

“是。”张择端展开白纸，将张闲口述的信息，都细细记下。

两人忙了半日，总算整理出了个大概，张闲让张择端暂且退下，并叮嘱他这件事谁都不可透露，此乃梁山军机，说漏了半句，便有性命之忧。吓得张择端忙点头起誓，绝不多嘴，定将此事烂于心中。

直到酉牌时分，小霞还不露面，张闲饿得没办法，下楼找了几个守卫，都说没见过小霞，只能差其他人起火做饭。

接下来一连数日，小霞都不知所踪。起初张闲还相当忧心，时日一久，也就慢慢忘了此事，只当小霞已独自下了梁山，回老家去了。

这几日间，张闲每日与张择端窝在书房绘画，累了就躺在椅子上睡一会儿，饿了就命人送饭菜，不时地还亲自去书架上搬来资料，与张择端参考。两人不分昼夜地赶工，终于在第五日将这幅《水浒图》完工。两人均是身心交瘁，各自回房，睡了整整一天。

睡到半夜，张闲忽觉肩头给人推了两下，当即醒来，只听得耳边有人轻声道："张公子，咱们快走，再不走就来不及了！"是个娇嫩的女声。

他借着月色望去，瞧见一张秀丽的面容，竟是多日不见踪影的小霞。更令他惊讶的是，婢女小霞竟穿着一身夜行黑衣，浑身血污，手臂、腰腹、大腿上，均有不同深浅的伤口，额头也有一块青色的瘀伤。

"你……你怎么变成这样？谁把你打成这样？"张闲见此情状，脑中一片混沌。

"快！再不走，他们就要来杀你了。"

她改口喊他"张公子"，张闲便已震惊万分，此时说有人要来杀自己，当下确信无疑，小霞已然知道了他的身份，忙追问道："是谁？是谁要来杀我？"

小霞哇的一声，一口鲜血都喷在张闲的胸口上，接着倒坐在地上。张闲忙下床扶住她。小霞在张闲怀中，随着喘息而起伏，缓了片刻，才艰难地吐出两个字。

"燕青。"

第十二章 逃亡

张闲听见燕青的名字，如被一盆凉水从头冲到脚，整个人僵在原地。

燕青回归梁山，这件事他并不是没有想过，只不过没料到来得如此不合时宜。白日里好不容易暂时稳住吴用，这下可又露馅了。他又想，小霞区区一介婢女，缘何会知道此事？她又不会武功，怎么弄得浑身都是伤痕？

转瞬之间，千万个疑问从张闲心底了冒出来，却没有一个能答得上。

“公子，这里不安全，我……我们快走！”

张闲寻思未定，就被小霞一把牵过手，往门外冲去。

“等等，我拿一样东西。”张闲先是取了梁山地形图，藏入怀中，才随小霞离开。

出了天书阁，张闲发现门口的两个守卫仰躺在地，毙命已久。小霞从地上提了一杆画戟，当作防身武器。两人走了一里，忽见前方火光冲天，隐隐能听见马蹄声，小霞强忍剧痛，带着张闲钻入路边灌木丛。

他们前脚刚进灌木丛，后脚就来了一队人马，匆匆向天书阁方向奔去。

“小霞，这……这究竟是怎么回事？”

张闲看着小霞，身子战栗不已。他当然知道，自己的身份已经暴露，却怎么也想不通个中缘由。他看着小霞的眼睛，期望从她的口中得到答案。

小霞向张闲望了一眼，道：“其实，我不叫小霞，也不是梁山泊的婢女。”

张闲疑道：“那么……你是谁？”

小霞收回视线，转向灌木丛，口中道：“我是仙音阁的人。主上派我来这里做内应，从狴犴房中救出我们的人，顺便暗中保护你。”

张闲一怔，一时间没听明白，但随即大悟道：“李……李姑娘派你来的？怪不得呢！”

“怪不得什么？”

“你如此美貌，哪里像个婢女，说是公主还差不多。”

小霞瞪了张闲一眼，道：“你就会胡说八道！”其实张闲这番话，是出自至诚，并非轻薄于她。不过即使如此，小霞也没有太过反感，只是眼下形势危急，不是调笑的时机。

“那你叫什么名字，可以告诉我吗？”

“我叫玉娇枝。关在狴犴房里的女子，名叫谢素秋。她潜入梁山执行任务时，失手被俘，主上十分担忧，所以才派我来到这里，装作普通下人，借机救她出来。可是狴犴房的守卫森严，我闯了几次，都没成功。”玉娇枝说到这里，神情有些黯然。

张闲猛然想起，那日裴宣来天书阁捉拿刺客的事，低声惊道：“原来硬闯狴犴房的刺客，就是你！当时若是裴宣搜你的身，岂不是……”

“若是如此，只得和他们拼了！”

张闲一听，冷汗直往外冒。

玉娇枝又道：“其实吴用早就对你起了疑心，我生怕他查你身上的花绣，所以自作主张，找了个可靠的画师，替你画了一身与燕青一模一样的花绣。”

“原来是你做的……”

“那天，我在做好的粥里放了麻药。麻翻你之后，才动手的。不过你放心，这墨水时效只有一个月，到时便会自行消失。”

“你找来的画师是何人？”

“他是被梁山泊掳来的宫廷画师，名叫张择端，我观察了他很久，没有问题。他技艺高超，且见过燕青的花绣，是以才能临摹得栩栩如生，即便熟悉燕青的人，也未必瞧得出异样。”

玉娇枝的父亲姓王名义，是北京大名府有名的画匠。她原名王月娘，因被华州贺太守陷害，刺配远恶军州。年幼的玉娇枝无处可去，便沿路乞讨为生，被仙音阁的龟公虫二爷瞧见，带到了东京仙音阁。虫二爷传她武艺，李妈妈教她琴棋书画，并赐艺名“玉娇枝”。匆匆十年过去，玉娇枝也出落得娇艳娉婷，恩客如潮，成为仙音阁的红牌，七仙女之一。

“是他……怪不得……”

张闲想起那日张择端曾暗中提示他，燕青是北京人士，切勿多谈东京之事。如今想来，一切都对上了。

“还有藏在床下的尸体，也是我替你处理的。”

“原来如此！所以那日天色已经很晚了，你却还没离开天书阁。”张闲点了点头，一切疑点都已解开，旋即又问道，“对了，你这些日子都去哪儿了？”

“我的身份已经暴露，无法继续在天书阁做婢女。素秋姐恐怕暂时救不出来，现在首要任务，就是将你送出梁山泊。”

“如今四面环敌，我们如何逃出去？”

张闲的悲观并非毫无根据，之前他暗访了多处，不仅守卫都换成了黥徒军，布置的兵力也比平常多出了好几倍。吴用这一次，显然是有备而来。

“我们走一步看一步。只期望我匿藏的船只，没有被解水卫发现。你放心，我既已答应主上要安全地把你送出，就算拼了这条命，也要办到。”

张闲见这娇滴滴的女子，竟要舍命保护自己，不由得心头一热，道：“我张闲就算拼了命不要，也不会让他们伤害你。”他说这话时，胸中豪气万丈，字字出自真诚。

玉娇枝冷哼一声，道：“你又不会武功，拿什么保护我？”

这一问，让张闲为之语塞。

玉娇枝见他窘迫，笑道：“和你说笑呢。你愿意保护我，我还是要谢谢你。”

两人又在暗中伏了好一会儿，直到耳边已无人声，才钻出身来。张闲因绘制过地图，对梁山的地形十分熟悉，加上玉娇枝也潜入梁山多时，两人避开哨岗，直奔泊岸，却也没绕远路。不过巡逻的黥徒军实在太多，他们不得不边躲边行，浪费不少时间。

张闲选了一条直通泊岸的小径，两人又跑了半里路，来到一处荒芜之地，四野全是树林。又走了几步，玉娇枝瞥见林中掠过几道银色闪光。身为仙音阁的顶尖刺客，就算在黑暗的环境中，她也绝对不会看错。

那是月光反射在金属兵刃上，散出的光芒。

“有埋伏！”

玉娇枝单手把张闲推至身后，画戟横在身前，双目扫视四周。

果然，她话刚说完，林中便纷纷蹿出七八条人影。为首一人肩宽体阔，两眉入鬓，面色极黄，手里提着一柄麻札刀。玉娇枝与张闲都认得他。

——病关索·杨雄！

“燕主事，你这匆匆忙忙，是要去哪儿？”

杨雄耷拉着眼皮，瞧着他们，像是没有睡醒一般。

“我……我……”张闲不知该如何回答，支吾了半晌，恼道，“我要去哪里，与你何干！”

“军师有令，请燕青头领去忠义堂一叙。燕主事，请不要让我为难。”

“我不去！”

“冒牌货，今日你不去也得去，由不得你。”杨雄打了个哈欠，对玉娇枝道，“你这臭娘们儿，假扮婢女潜伏在我梁山，是什么居心？”

玉娇枝嘿嘿冷笑，并不作答。

她凝神数着杨雄身边的人数，一共有六个喽啰，手中皆提着一柄朴刀。若在她的巅峰状态，杀死这六人，不过是举手之劳。只是目前来说，她的情况也不容乐观。身上有十多处深浅不一的刀伤，每一次牵动上身的肌肉，都会带来巨大的痛楚。

“敬酒不吃吃罚酒，兄弟们，给我上！把这冒牌货和贱女人绑起来！”

杨雄大手一挥，身边六人同时发动，挥刀向他们冲去！

玉娇枝戟杆在地上一撑，飞身而起，飘忽若神，一脚踢翻了跑在最前的喽啰，落地之后，单手横挥画戟，那画戟如蛟龙翻腾，戟刃嗤的一声割开了一人的咽喉。此时已有三柄朴刀向她身上招呼，玉娇枝头也不回，长杆圈转，在身后架住三柄刀刃，同时一记扫腿，将三人绊倒在地，戟尖嗖的一下，照着心窝捅死一人。

拔出戟刃，一柄朴刀已劈至面门，玉娇枝忙举杆去挡，紧接着将戟尖插入脚下泥地，整个人利用戟杆再次撑起，右腿猛踹那人侧脑。喽啰躲闪不及，被狠狠踢中，耳朵嗡的一声，整个人便倒地晕死。

只见她苗条的身姿在一杆画戟周围飘忽来去，瞬间击倒三人，而众喽啰举刀狂劈猛砍，却未能沾到她半点衣衫。仿佛仙女在戟杆边舞蹈，张闲在一旁瞧得如痴如醉。他没想到，这整日在自己身边伺候的婢女，竟有如此身手。

当最后一个喽啰被玉娇枝的戟尖戳穿咽喉，杨雄也坐不住了。

“没想到，你还有点本事。”

杨雄拖着麻札刀向玉娇枝一步一步走来，刀刃在泥土上留下一道长长的拖痕。

玉娇枝双眸怒视杨雄，皓腕一抖，抽出画戟，刃尖从喽啰的咽喉处带出一丛血花，那喽啰仿佛失去支撑的木偶，扑通摔倒在地。月光下，浑身血污的玉娇枝如同坠入地狱的仙子，浑身散发出一种妖异的美感。

杨雄的脚步越走越急，最后奔跑起来，向玉娇枝冲刺而来，麻札刀的刀锋在泥地中加速拖行，溅起点点泥花！

玉娇枝运劲抖起戟杆，向杨雄门面突刺！

杨雄大喝一声，身影一晃，抖身蹿入画戟进攻范围，麻札刀猛然扬起，半空中卷起一阵泥雨，那刀锋横劈而至，眼看就要切入玉娇枝的腰间！

便在此时，玉娇枝的身体仿佛柳条般柔软，轻轻后仰翻身，堪堪避过。

杨雄并不气馁，拔步上前，又是一记斩击！

玉娇枝身形未定，右手倏地递出，长杆颤动，也向杨雄的咽喉急刺！

刀锋与戟尖交击的火花，就在他们两人中间炸开。

由于杨雄力道太猛，戟杆从玉娇枝手里震脱，但她反应也极为迅速，右手刚脱，左手立刻接过。杨雄手中的麻扎刀，如疾风骤雨般向玉娇枝狂劈乱刺。玉娇枝以戟杆为中心，闪避中藏着杀招，令杨雄头疼不已。

玉娇枝身形飘忽，杨雄刀势大开大合，两人一时难分轩轾。可时间一久，玉娇枝身上毕竟带伤，动作便迟缓不少。

果然，两人拆了数十招之后，杨雄一记横斩便划开了玉娇枝的手臂，血溅如潮！

在一旁观战的张闲大惊，却完全帮不上忙。

突然间，他想起那天夜里，自己在客店的房间内，用言语指导扈三娘击败李逵的事。脑中那些曾经阅读过的武术典籍顿时苏醒，数百卷秘籍，数千种招数，轮番显现在眼前。

他瞧见玉娇枝用的是画戟，于是长兵器的武典一本本在脑海中翻开，一招一式自行演练起来。她武技中的缺陷，竟也被他这双龙虎瞳捕捉到了，当下情不自禁喊道："戳则用直力，革则用横力，横直之力，分而不合，故而戟法破碎怗懘，不能圆通！快变招！"

玉娇枝先是一愣，但立刻明白过来，张闲正在指出她武技中的问题。

画戟用法中，刺击用直劲，扫劈用横劲，她将其分开攻击杨雄，戟法便破碎不流畅，做不到不蔓不枝，一气浑成！

张闲又道："盖长之所以制短者，用其虚也。半虚半实，彼欲拿拦，则烦动自摇，刀欲竟进，则戟正活，立不败之地！"

玉娇枝何等高手，一听之下，如醍醐灌顶，戟招顿变，画戟刃尖化成点点银光，虚刺杨雄，嗤嗤嗤声响不绝。杨雄刀势虽猛烈，一时却进退不得，原本硬碰硬的武道较量，变成了虚实之间的诡道角逐。交手不过三四招，杨雄身上便多处受伤。

——这娘们儿怎么忽然厉害了这么多！

张闲越说越起劲，口中招式不绝，玉娇枝手中变招也无穷无尽。

毕竟，她身后站着的是整座天书阁的武学典籍。

杨雄被她变幻莫测的戟法逼得连番后退，玉娇枝身形如鬼如魅。他感到，画戟在玉娇枝的手中，如一条吐着信子的巨蟒，随时会将他吞噬。

张闲捕捉到杨雄刀法开始凌乱，认为时机已到，喊道："白蛇弄影！"

玉娇枝虚刺一下，杨雄举刀格挡，谁知是虚招，可此刻玉娇枝扭动腰胯，戟杆猛地旋转，杆尾如同一条巨蟒，狠狠扫中杨雄的头颅左侧！杨雄眼耳口鼻同时喷出鲜血，人向右侧重重摔倒在地，生死不明！

——赢了！

这一番恶战消耗了玉娇枝所有的体能。杨雄摔倒后，她也跪倒在地，胸口剧烈起伏。张闲忙上前，将她搀扶起来。

“不行了，我走不动了。张公子，你快走……”

玉娇枝的伤口因适才高强度的武斗，渗出越来越多的鲜血。她现在的状态，且不说逃走，就是站起来，恐怕也成问题。

“要走一起走！实在不行，我背你走！”

“你若是能逃出梁山，我的使命也就完成了，也算对得起主上了……我……”玉娇枝话未说完，又呕出一口鲜血。张闲从医书上看过，这种情况，是受了极重的内伤。

“不要说话了，你好好休息。”

“还有一件很重要的事，你一定要带话下山，告诉主上。其实……”说到此处，玉娇枝剧烈咳嗽起来。

“你别说了……”

“其实卢俊义已带着兵马下山，准备奇袭三山势力……”

“什么？”

听见玉娇枝这么说，张闲不由失声惊叫起来。他仔细一想，确实好久没有见到卢俊义了。这个号称“天下第一”的家伙，究竟厉害在哪里？为什么就连栾大哥提到这人，都会不自觉地竖起大拇指，说一声好功夫？

“宋江想在这三山联盟之前，将其逐一击破。不然结成联盟，再想破可就难了。当年祝、扈、李三庄联防，也是被宋江用离间计破坏，最后一败涂地。这一次，恐怕他们还会故技重施，你一定要提醒大家，不要上宋江的当！”

“这些话，我要你当着栾大哥的面，自己对他说！”

“我走不动了……”

张闲忽然一怔，笑道：“有了！”

玉娇枝疑惑地看着他，问道：“什么……有了？”

“我突然想到了一个离开梁山的好法子。”

张闲说着，便开始脱自己身上的衣服。

玉娇枝脸上一红，道：“张公子，你……你要做什么？”

“变成另一个人！”他说着，又将地上死去的黥徒军的衣服扯下来，自己换上。

“你要假扮梁山泊的人？”

“反正又不是第一次，我们给他来个一不做，二不休！”

换装完毕后，张闲提起画戟，又将玉娇枝横抱起来，道：“我的命是你救的，我怎么可以见死不救？”

“放下我……你……哎哟……这样太危险了，即便你装成了黥徒军，可他们还是认得出我啊！你……哎哟……”玉娇枝在张闲怀里挣扎，扯动了伤口，疼得双眉紧蹙。

“我让你别动，安安静静地躺着就好。”

“你……你这是去哪儿？”玉娇枝四下瞧了一眼，发现方向有些不对劲。

“到时候你就知道了。”张闲讳莫如深。

又走了大约一炷香的时间，张闲来到一处荒芜的地方。他轻轻放下玉娇枝，接着用脚不停踩着地面。在黑暗中摸索了一阵后，他开始用手中的画戟掘土。整个过程花了不到半个时辰，掘出一张傩面具和一套衣服。

原来他之前毒杀翼火蛇之后，将其面具衣物皆埋于此处。当时只想要毁尸灭迹，谁知如今却派了大用场。

张闲大喜，对玉娇枝道：“把衣服脱了吧！”

玉娇枝红着脸道：“我现在浑身上下没力气，怎……怎么换衣服……”

张闲听她言下之意，是让自己动手，一颗心不禁怦怦乱跳。但眼下并无其他办法，颤声道：“得罪了。”便伸手去解她的衣带。

脱去外衣，便是被血染红的中衣。他依次解开扣子，衣襟分开，露出一身雪白的身体。

张闲一惊，没想到她没穿肚兜，竟是裸裎而现，忙闭上双眼。玉娇枝见他羞赧的模样，不禁低低笑了一声。她青楼出身，对礼教之防本就不太在意，反而是张闲更不自在。

玉娇枝刚笑了没几声，又痛得叫出了声。原来伤口已和中衣粘连，撕扯的时候，本已结痂的伤口再次被撕裂。张闲一听，忙红着脸道歉，但双眼仍是不敢睁开。

换好衣服，张闲这才睁开双眼，但与玉娇枝目光一触，也不由得双颊绯红，忙去取地上的面具。玉娇枝看着他手中的面具，心中生厌，问道：“我真的要戴这个玩意儿吗？看上去好丑！”

“为了能逃出去，就只能请姑娘暂时忍耐一下了！”张闲说着，便将面具罩在玉娇枝脸上。

戴上了那张狰狞可怖的傩面具，玉娇枝没了半点美女的样子，活脱脱一个戴宗。

“你别说，戴上这鬼面具，倒还真有几分安全感呢！”

可能是面具隔音的关系，玉娇枝说话的声音都变了。

一切就绪后，张闲扶着玉娇枝，继续往泊岸走去。他们刚走了一里，就迎面撞见一队二三十人组的黥徒哨军。为首一人长了一张马脸，容貌猥琐。他手中拿着火把，往前探了探，张闲忙低下头来。马脸男见张闲穿着自己人的衣服，心中稍定，问道：“你是哪一队的？准备去什么地方？”

“戴院长接到命令，需要立刻下山。让……让我做随从。”

马脸男将信将疑，提着火把走到玉娇枝面前。火光映射在那张如恶鬼般的傩面具上，顿时吓得他往后退了几步，当下跪拜道：“属下该死，冲撞了戴院长！”

“还不让开！”张闲故意压低声音。

“是，是！”马脸男转身对身后的黥徒军道，“快让开，别阻碍戴院长下山办事！”众人忙分站两边，让开一条道来。

玉娇枝受了重伤，走得很慢，需要张闲搀扶。

张闲一边走，内心一边祈祷他们不要瞧出端倪。眼前这二十多人要真动起手来，一百个张闲都不够他们砍。

其实，此刻马脸男心里也觉得奇怪。这戴院长轻功卓绝，何以走起路来，一瘸一拐，还要找个喽啰扶着，难道是受了伤？他视线下移，在火光映照下，这戴宗身后赫然出现一排血脚印。原来玉娇枝换衣的动作太大，导致伤口撕裂，鲜血沿腿淌下，所以鞋底也沾到了血。

“等等！”马脸男喊住他们。

张闲止步，心中惴惴不安，暗道：“难道被他们发现了？”嘴上却说：“还有什么事吗？”说话时头也不回。

“戴院长似乎受了伤啊？”马脸男边说边走上前去瞧他们俩，“受了伤还要下山，是有什么要紧的事吗？”

张闲低着头，玉娇枝因戴着傩面具，看不清表情。马脸男靠近他们，刚想把头凑向玉娇枝，便被张闲一把推开。

“放肆！”张闲大喊一声，“戴院长执行任务，还需要向你们这群杂毛解释吗？现在内鬼逃走，你们不好好搜山，却在我们这里浪费什么时间！要是坏了宋江哥哥的事，头一个拿你开刀！还不快滚！”

马脸男愣了片刻，忙赔笑道：“属下只是关心戴院长，实在抱歉。请戴院长恕罪则个！”并鞠躬致歉，说完一挥手，对黥徒军众人道：“咱们继续搜！”他见张闲疾言厉色，生怕搅了宋江的大事，顷刻间，之前的疑虑一扫而空。

张闲也不理会，扶着玉娇枝继续向前走去。才走了几步，忽然大叫一声。

“怎么了？”玉娇枝问道。

“不行，不行，我走不得！”张闲拍着脑袋，“扈三娘还被关在狴犴房！我这么一走，岂不是没义气？”

自从天书阁出逃后，他与玉娇枝马不停蹄地躲避追杀，一时之间，竟将扈三娘的事忘了个干干净净。

“你现在回去，左右也是死，不如速速去二龙山搬来救兵。”

张闲听玉娇枝说话力不从心，恐怕撑不了多久，如果抛下她离去，不仅救不了扈三娘，恐怕连她都难保。他心想，自己已握有梁山的地形图，暂且先下山安顿了玉娇枝，再去二龙山请援军来救人。

既已决定，他也不再多想，搀扶玉娇枝继续赶路。

两人片刻间出了山坳，径向泊岸行去，走出三四里，忽听得淙淙水声。再穿过一片林子，已来到岸边。按照玉娇枝所指的方向，果然找到一艘小艇。

张闲大喜过望，让玉娇枝坐在地上，自己走到小艇边上瞧了又瞧，笑道：“老天爷待我们还不错，我还怕这船不见了呢！”

玉娇枝因失血过多，话也说不动，只是朝他微微摇头。

张闲不解，上前问道：“怎么了？”

“你不觉得奇怪吗？”玉娇枝说话声音极低，张闲需要把耳朵凑近才能听清，“按理说应有解水卫戒备才对，怎会如此平静？”

“或许他们正集中火力搜山，并未想到我们会有船？”

张闲嘴上虽这么说，但心里还是有点局促不安。玉娇枝说得对，今天夜里，这方圆八百余里的水泊，也太安静了。

夜风习习吹来，颇有些阴冷，张闲不由得缩紧了脖子。他看着这静默如镜的水面，内心涌起一股恐惧。茫茫荡荡的芦苇水港，像是一只蛰伏的巨兽，不知何时会骤然醒觉。

“现在不走，明日一早就走不掉了，”张闲回头对玉娇枝道，“只有赌赌运气了！”

玉娇枝微微点头。就是这么细小的动作，都似耗费了她所有的力气。张闲知道，她可能撑不了多久。下山之后，首先要给她找个医师救命。

张闲先将玉娇枝抱上小艇，令她身子平躺，自己则到船尾摇橹。他力气太小，摇起篙橹来十分费劲，致使小艇也航行得很慢。小艇才行到水泊中央，张闲已是双臂酸麻，不过身处险境，由不得他休息，只能咬紧牙关坚持下去。

一阵夜风吹过，水上的芦苇摇摆起来，发出一阵响声。而在这沙沙声中，似乎隐含着一声呼哨。一开始，张闲以为自己听错了，但呼哨声又响了几次，张闲这才确定，水泊里已被人下了埋伏。想到这里，他一颗心迅速沉了下去。

可是人都在哪里呢？

他正自寻思，忽然脚下不稳，差点跌倒。他定神再看，这小艇左右摇摆，甚是剧烈，宛如在暴风雨中央一般。张闲一时之间没了主意，只能蹲下身子，免得自己掉入水中。他不会游水，玉娇枝又身受重伤，要是一不小心掉进湖泊，非淹死不可。

小艇摇晃了一阵，又恢复了平静。

张闲松了口气，直起了身子。谁知他刚站稳，一只手从水底倏地伸出，紧紧抓住了他的脚踝。三更半夜，这情境实在可怖，张闲见水里伸出手来，猛然想起在天书阁中读过的一本名为《北梦琐言》的书，其中提到一种名曰“江伥”的水鬼，死之后要想投胎，须得一人代之，他心想今天运程不佳，半夜行船，竟遇到了鬼！

那“江伥”抓紧张闲脚踝，用力一扯，张闲不会武功，双手在半空中乱挥一阵，身子登时坠入水中。玉娇枝想起身帮忙，却一阵剧痛攻心，动弹不得。

张闲一入得水里，眼前只是漆黑一片，什么都看不清，只觉身体被“江伥”拖着直往下沉。起初他还憋了口气，但时间一久，心肺仿佛要炸开，十分难受。他实在忍受不了，一张嘴，滚滚湖水便涌入口鼻，呛得他要窒息过去。他四肢在水中挣扎，感觉自打出生以来，从未有过这般比死还难受的经历。

忽然，握住他脚踝的手松了开来，“江伥”蹿到他身边，抓住他的手腕，开始上提。他整个人被这“江伥”拎出水面，抛回小艇上。空气涌入张闲口腔，他喉口一甜，哇的一下吐出许多水来。吐水之后，张闲大口大口呼吸着空气，嘴巴一张一合，像一条垂死的鱼。

缓了半晌，他才注意到小艇上多了一人。

月光下，那人浑身湿漉漉的，穿着一身鱼皮水靠，宽面大耳，脸上都是胡须，眼睛却细成一条缝。张闲见他是人非鬼，恐惧之心去了泰半，想起适才被这人水里戏弄，怒道：“你是什么人？”

“在下解水卫头领，**出洞蛟·童威**，奉燕主事之名，抓你这个冒牌货回去！”

张闲听说过梁山的解水卫中，有一支特别厉害的水军，名唤“鲛人突击队”，潜入水底几日几夜，悄无声息。若非今日亲眼所见，张闲打死也不信，身为普通人，怎么能入水如此之久，却不用上来换气？水性再好的人恐怕也做不到。

但是鲛人突击队的水手们都做得到！

张闲朝他道:“就……就算你杀了我，我也不回去。”他心中暗想，反正左右都是死，死在这里，总比死在狴犴房要好得多。他见过谢素秋在牢中被凌虐的模样，对于这样的酷刑，心中着实恐惧万分。

“这可不行，若是拿了你的尸体回去，军师可要怪罪我们兄弟俩呢！”

另一个声音从身后传来，张闲急忙回首，瞧见一个青年男子，穿着与童威一样的水靠，蹲在船尾。这人一副兔头麞脑的模样，张闲一见之下，心里就有种说不出的厌恶。他口中既说“兄弟俩”，那么，这人应该就是童威的弟弟，亦是解水卫头领之一，**翻江蜃·童猛**了。

如果只有一个水军头领，或许还能想想办法，眼下来了两个，说不定还有不少身负绝技的“鲛人”，正潜伏在水底。这让张闲最后的希望都成了泡影。此刻，张闲只恨自己不会武功。不过就算会，在这茫茫水泊中，也是无用。在水里，强如李逵都差点被张顺活活淹死。

“兄弟，别和他废话，淹他！”童猛一个后空翻，扑通一声钻入水下。

“好嘞！”童威也咧嘴一笑，身子往后仰倒，整个人坠入水中，顿时消失不见。

童氏兄弟下水后，过了半天都没有动静，四下寂然，仿佛一切都未发生过。若不是小艇首尾留有水迹，就连张闲自己，都怀疑刚才不过是做了一场噩梦。

——说要抓我，他们为什么又离开了？

“小……小心……”玉娇枝轻声喊了一句。

张闲没听清楚，随即脚底一晃，摔倒在艇中。倒下之后，他瞧见水里又伸出几双手来，搭住小艇边缘，猛地一晃，顷刻间船底朝天，张闲还来不及发出一声惊叫，就与玉娇枝一起跌下水去！

第十三章 山雨欲来

栾廷玉一手提着酒壶，一手推开屋门，走到院子里。明月当空，万籁俱静，深夜里唯有他独自叹息的声音。自从扈三娘失踪之后，他已经好几天没有合眼了。

他的担心并不是杞人忧天，就目前的形势而言，扈三娘被梁山掳走的可能性很大。对付叛徒，宋江一向不留情面，且不择手段。尽管唐霄宽慰他，或许三娘被其他事务缠身，暂时推脱不开，可栾廷玉并不这么认为。扈三娘不是这种人。

失踪当天，鲁智深就派了不少喽啰下山，由栾廷玉、唐霄、徐燎、张青和曹正分别带队，在二龙山周边村镇寻人，从白天找到晚上，皆无收获。渐渐地，搜索范围又扩大至百里，查了好几日，仍是杳无音讯。栾廷玉开始责怪自己，何以如此大意，当时若陪同她一起下山，或许就不会发生这种事。

他将酒壶对着嘴，喝了一口，说道："我知道你来了。"

话一说完，便从院外走进一个人，正是唐霄。

栾廷玉晃了晃手中的酒壶，笑着道：“唐兄弟，你这么晚不睡，来我这里做什么？难不成想找我喝一杯？”

“不是，我……我就是想来看看你。”唐霄一时不知该说什么才好。

“我有什么好看的。这几日，晏姑娘的身体怎么样？”

“她挺好的，刚睡下，身体没有大碍。服了小苓留下的药后，这些天毒性退了大半。只不过脸上出了些疹子，暂时还消不去。”说到杨采苓的名字，唐霄神色有些尴尬。

“我说你，当时发这么大的脾气。还当着那么多人的面，冲撞了人家杨姑娘，一句道歉的话都没有。现在人家可是当上了桃花山的寨主，才不在这二龙山受你的窝囊气。”

提到桃花山，唐霄不由得低下了头，低声道：“因为我的关系，牵连了你们，使得桃花山不愿与二龙山结盟。我对不起大家。”说完，又发出一声嗟叹。

栾廷玉见唐霄自责起来，哈哈一笑，说道：“唐兄弟，我和你开个玩笑，你不要当真。结盟的事，以后可以谈。实在没法子，你栾大哥我觍着脸，亲自上桃花山找杨姑娘说去。再怎么样，她总要给我个面子吧？”

“小苓脾气可倔得狠，她下决心的事，谁都改变不了。就算你去，恐怕也……”

“我去不成，就你去，”栾廷玉使劲拍了拍唐霄的背脊，“你一个大男人，向她赔个不是又如何？更何况那天确确实实是你错怪了她。姑娘家脸皮儿薄，你这般骂她，谁受得了？”

唐霄不说话，接过栾廷玉手里的酒壶，也对着嘴喝。

“这就对了嘛！你要是害臊，栾大哥陪你一块儿去！”栾廷玉拍了拍胸口，大声道，“你和你师妹清清白白，到时候把话说开了，杨姑娘自然会原谅你。”

“这件事以后再说吧。对了，派去东京的探子回来了。”

“哦？”栾廷玉扬起了眉毛，“怎么说？”

“查了一圈，没有找到张闲兄弟。那间客栈已被别人租下，改成了酒楼。少林寺一战，他最后是和仙音阁的刺客在一起。可探子也去查了仙音阁，仍是不见张闲兄弟的人影，七仙女中，也只有梁红玉回了东京，其他人均下落不明。”

栾廷玉听完，略一沉吟，才道：“照你这么说，张闲兄弟应该是和仙音阁的一众女刺客在一起？瞧她们在少室山舍命保护他的样子，应该也无意加害于他。”

“如果和她们在一起，那我还是放心的。只怕……”

“只怕什么？”

“张闲兄弟与燕青外形十分相似，我怕梁山的人也搞错，把他当成燕青，带回了梁山泊。”

栾廷玉大惊，道：“若是这样，那张闲兄弟的境遇可是大大的不妙！吴用何等眼力，会瞧不出他们俩的区别？我们必须设法相救才是！”

唐霄劝道：“栾大哥，不要太担心。这也只是我的一个猜测而已。况且就算张闲兄弟真被梁山泊的人当成燕青，抓了回去，已过了这么多时日，恐怕也已经……”唐霄不忍说出最坏的结果，就此打住。

“张闲兄弟虽然不会武艺，但胆识过人，慷慨仗义，是一条汉子。希望他能平安无事。”

“栾大哥说得是！”

“今夜你我都睡不着觉，不如到屋内痛饮一番，如何？”

“如此甚好。”言罢，唐霄便与栾廷玉携手入屋。

进了屋内，栾廷玉拿出好酒，对饮起来。唐霄为杨采苓的事苦闷，栾廷玉也正为扈三娘失踪的事情忧心，两人想起各自心事，均悒悒不乐，喝起酒来也没了节制，你一杯，我一杯，推杯换盏，聊到深夜。

也不知过了多少时辰，唐霄迷迷糊糊道：“栾大哥，时间不早了，我要回房了。”他站起身来，觉得脚下软绵绵的，好似踩在云上。

栾廷玉也喝晕了头，嘴上却道：“不行，再喝，继续喝。”

唐霄脚下一软，倒在地上，嘴里说着什么，栾廷玉却听不清。他想凑过头去听，谁知也是双腿发飘，走了两步，便也摔倒在地，醉得不省人事。

次日清晨，一阵急促的敲门声将唐霄吵醒。

他睁开眼，才发现自己和栾廷玉都睡在地上，门外有人在喊栾廷玉的名字。他头疼欲裂，但还是勉强撑起身子，走去开门。此时栾廷玉还未被声音吵醒，兀自呼呼大睡，鼾声震耳。唐霄打开房门，发现门外站着一个身穿绿纱衫的妇人，正是孙二娘。

孙二娘往屋里瞧了一眼，笑道：“怪不得去你房里找不到人，原来昨夜和栾大哥睡一起，你们俩该不会有断袖之癖吧？”

唐霄大窘，急道：“怎么可能！昨天喝多了，就……就这样了。”

孙二娘收起笑脸，正色道：“其实，我是来找你的。”

唐霄好奇道：“什么事？”

孙二娘从身后拿出一封信，递给唐霄，说道：“晏姑娘走了，留下这封短笺给你。哎呀，你还是自己看吧。”她见唐霄不接短笺，便直接塞在他的手心里。

唐霄握着笺，也不急着读，眼睛直直看着孙二娘，问道：“她……

她去了哪里？什么时候走的？她伤还没养好，就这样下山，很危险的！”

孙二娘摇了摇头，道：“不知道。不过我猜是昨夜趁你醉着的时候走的。”

唐霄忙展开笺纸，看到了两行字：

师哥，我回崆峒山找爹爹去了，你不要来寻我。杨姑娘是个好人，冰清玉洁，医术无双，她才配得上你。你一定要找到她。珍重。

读完短笺，唐霄怅然若失，双眼的神色也渐渐黯淡了下去。

他们从小青梅竹马，感情深厚，他也知道师妹对自己一往情深。因为他与杨家订婚的事，师妹一怒之下出走崆峒山，让师父十分恼怒。她混入夜行者，意欲行刺孙列，最后失败被辱，也是因为自己。师妹现在遭受的所有苦难，都是自己带给她的。

唐霄手里握着短笺，心头一热，就想立刻去追回师妹，与她成婚，照顾她一生一世。可是，过了一会儿，他又迷惑了。自己对师妹的感情，究竟是什么？把她当成妹子，还是当作爱人？是内疚多一点，责任多一点，还是爱意多一点？

这恐怕连他自己也说不清。

孙二娘见他呆立在那儿，整个人如魔怔一般，还以为他是担心晏贞姑的伤势未愈，便宽言劝道：“唐兄弟，晏姑娘最近已能下床，行动无碍，而且她的武功不在你之下，不需太过担心。”

唐霄心中五味杂陈，口中讷讷道：“是……是。”

此时栾廷玉也已醒来，见孙二娘在门口和唐霄说话，也走上前来询问。得知事情经过后，栾廷玉也劝道：“你师妹留在这里，也是伤心多过开心，回崆峒山未必不是一件好事。”孙二娘也在一旁附和，劝慰了几句。

唐霄心想，与其让师妹追随自己，想起一些不痛快的往事，不如重新开始自己的人生。等这边的事情告一段落，找个时间回一次崆峒山，再亲自向师父负荆请罪。

三人正说话间，忽听院子外一阵喧闹，跟着跑进一个喽啰，喘着粗气，见了孙二娘，便大声喊道：“头领，大事不好了！”

孙二娘秀眉紧蹙，喝道：“大呼小叫什么！”

栾廷玉上前扶起喽啰，温言道：“不急，有什么事，你慢慢说。”

喽啰额头上全是汗，道：“昨日派下山负责侦查的黑骑兄弟一十五人，全……全都被送回来了。”他话刚说完，便放声大哭起来。

驻扎在二龙山的部队分“赤、绿、白、黑”四骑，其中“黑骑”相当于斥候，主要负责侦察敌情以及山下情报的搜集，是二龙山的侦察兵。其中大多数人，都曾在梁山泊莲台寺担任过要职。

栾廷玉疑道：“送回来？把什么送回来？”

喽啰哽咽道：“人头。”

在场三人同时一惊。黑骑军虽不是二龙山最精锐的部队，可却是最机敏的。下山一十五人，竟然一个都没逃过毒手，这也绝非寻常。

那喽啰继续说道：“他们送来一麻袋头颅，是让山下的村民背上来的。”

唐霄问道：“是谁动的手？”

喽啰摇头道：“那村民也不认得。就说是一个穿白色袍子的男人，手里还握着一杆银枪。他给了村民几两银子，让他把麻袋交给大当家。”说完这段，喽啰拍了拍脑袋，似乎又想起了什么，补充道，“还有，那村民说这白袍子上，还绣着图呢！”

“什么图？”唐霄追问道。

“说是像头上长角的狮子，身上还有鳞片。”

听了描述，唐霄不由得向栾廷玉瞧了一眼。栾廷玉朝他点了点头，面色极为沉重。他们已隐隐猜到了那白袍客的身份。

孙二娘听了，也是惊愕万分，颤声道：“他……他怎么亲自下山了……这可如何是好……”

栾廷玉冷笑一声，道：“是祸躲不过！就是来了又如何，大不了和他拼了！更何况不一定是那家伙，我们先去瞧瞧！”

三人当即出了院子，向宝珠寺进发。那喽啰趋步跟在他们身后。

到得大殿，只见一群山寨头领和各骑首领围成一圈，鲁智深、武松、杨志、徐燎、施恩、曹正、张青、白胜和刘唐都在。大殿中间放置着麻袋，一群人正在商讨什么。鲁智深见他们来了，忙迎了上去。栾廷玉看他面色不好，内心已猜中了七八分。

唐霄快步绕过众人，蹲在麻袋边，扯开袋口往里瞧去，里面果然是一十五颗人头。头颅下方，都是一道平整的切口。其中有几张脸，还曾与他有过数面之缘。唐霄不忍细看，扭过头对众人道：“瞧这脖子上的切口，这些人均是被一击致命。唉，兄弟们死之前，没有受太多苦，可以说是不幸中的大幸。”在他的印象中，江湖上还没有谁能够做到这种地步。

如果有，也仅仅存在于传说中。

武松叹道：“就算是杨制使与徐燎兄一口快刀使将开来，恐怕也无法在极短的时间内齐齐切下一十五颗人头。瞧这切口的精准度，像是用尺子量过一般。”

徐燎在一旁点头道：“我确实做不到。”

杨志在一旁抱着槛兽宝刀，并不说话。不说话不代表没感觉，他的内心亦是十分震撼。

“大不了，我们和他拼了！”不知是四骑中哪位首领喊了一声，“再怎么强，也不过是一个人，咱们山头数千个兄弟，难不成还怕了他？”

孙二娘闻之大怒，厉声道：“闭嘴，你懂个屁！单他一个人，一杆枪，便可随随便便挑了一个数百人的山寨，这等能耐，天下间能有几个人比得过？”

大殿内顿时一片沉默。

鲁智深哼了一声，面有愠色道：“这哑巴武艺虽然高强，也不过是宋江的傀儡罢了！”

众人都知道，花和尚口中的“哑巴”，指的就是在梁山泊坐第二把交椅的**玉麒麟·卢俊义**。卢俊义虽然口不能言，但拳脚功夫之精纯，世间已罕有敌手，若是手里再有一杆银枪，更是千军万马也不放在眼里，真正的“万人敌”。当年在梁山校场上，关胜、林冲、秦明、呼延灼、董平等五虎上将围战，亦敌不过一个卢俊义。

鲁智深在大殿上踱来踱去，道：“他卢俊义率大军来讨伐，我们拼死抵抗便是。洒家战死在这二龙山上，也好过在梁山泊受宋江这黑厮的鸟气！”

大殿内群情激昂，纷纷热血上涌，恨不能立刻拔刀下山，与卢俊义决一雌雄。唯有鲁智深、武松、杨志等几个与卢俊义交过手的头领，均是愁眉不展，怏怏不乐。栾廷玉、唐霄和徐燎虽听过卢俊义的大名，却未亲眼见过，不知是否如传说中描绘的那么神乎其神。他们心想，再强也不过孙列这样的水准，说是“万人敌”，恐怕也有些言过其实。

大伙儿又在殿上讨论了一阵，便各自散去，该操练的操练，该休息的休息。

到了申末时分，山下的村民又送来一袋头颅，一共八颗。

而这一次，是早先派去搜寻扈三娘的那队人马。也就是说，他们在回山的途中，遭遇了卢俊义的部队，又被砍掉了脑袋，送上山来。鲁智深大怒，当即要率军下山，却被武松、栾廷玉劝住。唐霄也道："我们盘踞在山寨上，卢俊义要攻上来，也非易事。若是贸然下山，敌暗我明，恐怕于我们不利。"

鲁智深想了想，唐霄的话也有道理。他身为山寨之主，身负千百条人命，一句话就可以让二龙山尸横遍野，绝不能像从前那般任性。为今之计，只能走一步看一步。

然而，接下来的日子里，每天都有麻袋被送上二龙山。不仅如此，派下山去收购粮食的队伍，也都被砍下人头，送到宝珠寺。似乎只要意图下山或者上山的人，都会被他砍去脑袋，丢掉性命。一时之间，有种难以言喻的恐惧感，盘旋在二龙山山寨的上空。

"所有下山的要道，均已派出了黑骑军的兄弟去探路，结果都叫人砍了脑袋。他们这是围山，想把我们活活困死在山寨之中！"

坐在大殿上的鲁智深怒不可遏，他一生中，哪里受过这种侮辱。若不是兄弟们死命劝阻，他早提着禅杖下山，去找卢俊义拼命了。

唐霄提议道："不如舍了山寨，我们冲杀下去。所有头领集结在一起，那卢俊义本事再大，我们众志成城，也可与他一战。"

谁知鲁智深一口拒绝，没有回旋的余地。

唐霄叹道："问题在于，我们不知道对方这次前来带了多少兵马，有哪些装备，甚至连带队的头领是何人，也一无所知。孙子曰，知彼知己者，百战不殆。两军交战，若无斥候做先锋探查敌情，这仗还怎么打？"他自幼熟读兵书，深知敌暗我明，乃是兵家大忌。

这时，忽有一人从座位上站起，走到大殿中央。众人一看，竟是平素少言寡语的徐燎。

“我下去看看。”徐燎挺着胸膛，神色极为平静。

确实，在这二龙山之上，没人比徐燎更适合这个角色。刺探军情，就是他的老本行。他曾是皇城司副指挥使，大宋一等一的谍者，数年前孤身一人潜入辽国，且全身而退。梁山泊的探事郎、二龙山的黑骑军固然优秀，但还远远不能和皇城司亲事官相提并论。

“不行，不行！”鲁智深大摇其头，口气依旧坚决，“洒家不能拿徐燎兄弟的命去冒险！”

“你不信我？”徐燎皱了皱眉头。

“我也不同意让徐兄单独下山，万一有什么不测，我们岂不是又损失了一员战将？”孙二娘也极力反对道。

“请你们相信我。”

徐燎扫视大殿上的众位头领，脸上现出凶悍的神情，周身则散发出浓烈的杀气。

他们只以为徐燎是个退役的皇城司亲事官，却忘了眼前这个男人，也曾是令整个京师贼人闻风丧胆、杀人不眨眼的鬼刃。

“也罢！”鲁智深望着徐燎坚定的眼神，说道，“洒家答应你便是。”

无月之夜。

被黑暗笼罩的山道上，忽地闪现出一个人影，正急速移动着。在四下无光的郊野，若非有一双异于常人的眼睛，恐怕什么都瞧不见，更不用说如这人影般展开轻功，高速奔袭在崇山峻岭之间。

不过，这一切对于徐燎来说，并不困难。

他在皇城司受训时，曾被关在一间伸手不见五指的暗室中，同时与四五个亡命之徒用刀剑搏杀。目不视物时，靠的是直觉。常年在黑暗中战斗，令他双目捕捉光亮的能力增倍不少，只要有一点光亮，周围事物就逃不过他的眼睛。

这一次，他挑的是一条罕有人烟的山间小道，从这里下山，一般很难被追踪。如果有，他一定会察觉到。这山路如羊肠般狭窄，十分崎岖，徐燎逶迤而下，用了半个时辰，才下了山冈，来到一处小坡。他弓腰前行了几步，忽然感觉到了人的气息，不及思考，便立刻躲在一块巨岩之下。

脚步声渐渐靠近，虽然极轻，但也逃不过徐燎的耳朵。那人来到巨岩附近，徐燎探头去看，见是个身着夜行衣的瘦子，正在左右张望。过了一会儿，黑衣人又伏在地上，用手轻轻触摸泥地。徐燎见了，心中冷笑，知道他在利用地上的枯叶搜寻脚印。

那些黏附在泥地上的枯叶，若是有人踩上去，必然会留下痕迹。可黑衣人瞧了几处，新的落叶形状都很完整，说明昨夜之后，这条山路并无行人经过。只可惜，这种粗浅的追踪法，若是用在他人身上，或许有用，但在皇城司副指挥使这儿，却有些班门弄斧的意味。

黑衣人起身，拍了拍衣服上的灰尘，然后往回跑去。徐燎猜想他是要去向某人报信，忙展开身形，紧紧追在他的身后。如果论速度，徐燎的轻功恐怕不及唐霄，但要谈跟踪术，唐霄就远远不如了。尤其是这踏雪无痕的本事，徐燎可是下过苦功夫的。

徐燎紧紧咬住黑衣人，几个起落之后，那人便转入一个隐蔽的山洞。徐燎观察片刻，确定洞口无人把守，也无巡哨，这才跟了进去。由于洞内回声较大，徐燎改用四肢着地，以几近攀爬的方式，紧随在黑衣人身后。

山洞深处隐隐有火光，还有人交谈的声音。

此情此景，令徐燎回忆起早年潜入西夏兴庆府执行任务，与党项人角逐于六盘山上的情境。那时也在山洞中，徐燎以一人之力，剿灭了八位追击他的西夏武士，自己也受了重伤，差些丧命在曲折险狭的山地。

黑衣人进了一间石室，似在汇报什么，徐燎依在石室附近的石壁上，侧耳聆听。可惜距离太远，说话声又太轻，无法听全。大意是今夜并无人下山，请头领宽心。

徐燎又向内移了几步，用极为缓慢的速度，将头微微探出，去看石室内的情况。他瞧见黑衣人跪在一张空椅之前，头低垂着，没有任何动作。

目光触及这个画面的刹那，徐燎便瞧出这黑衣人已然气绝，被人用一种极为快速的手法杀死。与此同时，一股无形的压力从身侧传来，这种近乎直觉般的感应能力，全靠他多年在血海尸山中磨砺得来！旋身、跳跃、抽刀、护体，一系列动作在瞬间完成！

下一刻，银色的枪头从石壁中猛然钻出，直刺方才徐燎所站立的位置！顿时石墙破裂的响声乍起，碎石激飞！

徐燎堪堪躲过这致命一击，横握虎翼刀，双眼直视前方，摆出戒备的架势。

白衣男子从破壁中缓缓走出，也看着徐燎。只见他面容俊美，白袍上文有麒麟图。很难想象，这样一个看似文弱的男子，竟用手中这一杆纯银色的长枪，在厚厚的石壁上捅出一个这么大的窟窿。

这是何等臂力？天下间能与之抗衡的，恐怕一只手就能数完。

“你就是卢俊义了？”徐燎冷笑一声，“天下第一？”

卢俊义也笑了起来，他瞧见适才徐燎闪避的身姿，似乎很满意这样的对手。

他的笑容给徐燎带来了极大的压迫力。不，不是微笑，而是卢俊义身上散发出的某种特质，这种特质不是杀气，而是霸气。只有顶尖的强者，身上才会有这样的气息。

卢俊义身形启动，白袍翻飞，一杆银枪从中刺出，如鬼魅般直击徐燎面门。徐燎架刀去挡，却发现枪刃忽地改变方向，扎向自己小腹，忙翻转手腕，用刀背砸向枪头。谁知又是虚招，枪杆回旋，长杆狠狠打中徐燎的背脊。

徐燎往前急冲几步，缓解了身后的冲击，却依旧剧痛攻心。

银枪攻势未减，枪刃再次袭来，徐燎来不及回头，仅凭直觉，猛力挥刀向后撩击，砸中枪尖，顿时星火四溅。那冲击力太大，虎翼刀险些从徐燎手中脱落。刚化解这招，徐燎臀部又被卢俊义从身后狠狠踹中，整个人向前猛扑，他借势一滚，才不至于摔得头破血流。

他身形站定，白影又至，徐燎勉力举刀迎架，银枪一个虚晃，顺势割破他的手腕，虎翼刀掉在地上。徐燎身子向前一冲，想去抢刀，却被卢俊义抬起一脚，正中脸颊，整个人摔出两三丈远，狠狠砸在地上。

谁会想到，玉麒麟在仅仅三招之内，竟把皇城司鬼刃打得毫无还手之力！就连徐燎自己都暗自惊愕，这个卢俊义，实力远在孙列之上，乃是他一生中未遇之强敌！他甚至都看不清卢俊义如何出招，唯一能看见的就是那如影随形、鬼魅般追击他的枪刃。

——天下间竟有这样强的武者！

徐燎的脸颊高高肿起，右眼被挤成了一条缝隙，鲜血从中流了出来。他大口喘着气，脑子里一片混沌。从前与人对战，仅凭肌肉直觉便可轻松获胜，而这一次，才打了三招，身体竟已超出负荷，连站起来都觉得吃力。同样是双手双脚，武者和武者的差距，竟如此之大。

卢俊义并没有乘胜追击，而是将银枪逆转，枪头朝下，扎在地上。腾出双手后，他伸出右手，掌心朝上，勾了勾食指。

——不用兵器，我们比拳！

徐燎明白他的意思。尽管他深知自己不是对手，可作为一名武者，面对天下第一的邀约，谁又能拒绝呢？

“好，我们徒手打！”徐燎站稳之后，展开双臂，摆了个门户。

卢俊义迅速跨出两步，冲上前来，右掌斜劈徐燎颈侧，徐燎左手握拳，屈臂挡下，卢俊义变掌为爪，勾住徐燎左小臂，往前一拖，左拳猛击徐燎面门，徐燎侧头避开的同时，腹部感到一阵剧痛！

原来卢俊义双手与之缠斗时，左腿飞起，一记猛烈的鞭腿狠狠抽中了徐燎的右腹。

剧痛令徐燎陷入狂怒，猛挥右拳去打卢俊义的脑侧。卢俊义不慌不忙，低头避开，左手一记急速勾拳正中徐燎下颚，打得他头晕眼花。像他这样，能将步法与身法完美融合在一起的武者，徐燎从未见过。甚至可以说，远远超出了他对“武术”的认知。

在武术的技巧上，眼前这个白袍男子，已臻化境！

两人互相挥拳，卢俊义的拳速比徐燎快了近一倍，是以徐燎拳拳落空，而卢俊义则招招命中目标。所幸他拳头的力道不大，若是鲁智深的拳劲，徐燎恐怕早就被活活打死了。

拳来腿往，两个回合下来，徐燎已是满面瘀青，浑身脱力。最后被卢俊义一个回旋踢，整个人又飞倒在地。这一次，他却很难再站起来了。

卢俊义见他这般惨状，满脸的失望。他回过身，将扎入地上的银枪拔出，又拾起地上的虎翼刀。徐燎不知道他想做什么，开口道：“要杀我，你就动手吧！我技不如人，打不过你，死在你的手里，也不算冤枉！”

卢俊义听了，只是微微一笑。

徐燎又道：“你……你拿我的刀做什么？难道你想用这把刀，来取我的命？”

卢俊义脸上露出轻蔑的神色，接下来，他做了一件令徐燎意想不到的事。

他呼喝一声，将虎翼刀高高抛起，然后忽然展开架势，双手紧握枪杆，垂直劈下！枪刃劈中虎翼刀的刀身，只听一阵清脆的金属鸣音，虎翼刀竟从中断裂开来，后半段与刀柄掉在近处，前半段与刀尖旋飞出去，落在远处。

徐燎呆呆地瞧着地上断成两截的虎翼刀，越看越是愤怒。

刀在人在，刀亡人亡。这是习武之人的尊严。而当面目睹兵刃被毁，对于一个武人而言，更是绝对无法接受的耻辱。

怒喝声从徐燎喉间发出，他单手抄起地上的断刀，向卢俊义的胸口刺击。徐燎罩门大开，浑不顾死，显是要与卢俊义同归于尽！

卢俊义收起笑容，旋转手中银枪，用枪尾横拨断刀刃尖，轻轻松松地架开了徐燎的刺击。紧接着，枪尖顺势一抹，在徐燎胸口划出了道深深的血口。从伤口中涌出的鲜血四射飞溅，染红了卢俊义的白袍。

可徐燎并没有倒下，而是紧咬牙根，刀柄在手掌心转了一圈，然后反握，断刀刀尖再次向卢俊义猛扎！卢俊义微感惊愕，向后倒退两步，手中银枪一挺，锐利的枪尖没入徐燎胸口。而徐燎扎向他的刀尖，也划破了卢俊义的手背，浅浅的伤口飞出了点点鲜血。

卢俊义瞪大双目，他没想到，这人竟能够伤到他。

惊愕过后，随之而来的则是盛怒。他猛然拔出银枪，脸上愤恨之情不减，那枪尖离开创口，赫然挟出了一串血滴。

徐燎则仰面倒下，脸上已无生气。

第十四章 阮氏兄弟

东平府寿张县的街道上熙熙攘攘，贩子们在道路两旁摆摊吆喝，沿街的饭馆茶铺门庭若市，客店里则站满了等待入住的客商。还有不少卖艺者赤着上身，当街耍弄兵械，舞到精彩处，便会引起围观者的阵阵喝彩。

"登途行数十里，人烟寂寂，旅店稀稀。又过一山，山岭崔嵬，人行不到，鸦鸟不飞，未知此中是何所在。行次欲近官道，道中更无人行。又行百里之中，全无人烟店舍。"

龙凤茶楼上的说书人刘老三，正讲述着《取经诗话》中，三藏法师与猴行者路过鬼子母国的故事。忽然，从楼下走上来一个和尚，头上文着古怪符号，身上披着一件灰色僧袍，提着一根长棍。那和尚左右张望，挑了靠街的位置坐下，呼道："茶博士，拿两杯茶来。"

刘老三顿了顿，心想好古怪的和尚！听众见他突然不讲了，忙问："后来呢？"

刘老三这才继续道："入到国中，见一所荒寺，寺内亦无僧行。

又见街市数人，问云，此是何处？其人不言不语，更无应对。法师一见如此，转是恓惶……”

茶博士端来茶水，递给那和尚，见他面相凶恶，不敢搭话，回头去招待另一桌客人。

这时，楼下又走上来三位女子，为首的年轻女子身穿白衫，风姿绰约，容貌极美，身后跟着两个同样美貌的女子，一个是娇艳可人的少女，一个是杏眼桃腮的妇人。茶楼客人的注意力，不禁从听书转到了三位女子身上。

刘老三见那和尚也目不转睛地盯着美貌女子，只觉世风日下，出家人也不似从前那般虔诚了。三藏法师这样的高僧大德，今后恐怕越来越少。

这个古怪和尚，正是少林寺的武僧玄泓。他为了替戒律院的师兄弟复仇，一路从河南追到山东。师叔们极力反对他下山寻仇，玄泓气不过，此番私自下山追击燕青，违背了方丈的法谕，已做好了回寺之后，接受惩罚的准备。到了寿张县才知道，这燕青竟然抢先一步，回了梁山，这令玄泓恼怒不已。不过也无可奈何，他总不见得单枪匹马上梁山要人。

梁山泊卧虎藏龙，便是天罡军团的几位武将，也不是他随随便便就能应付的，更何况还有个“天下第一”的卢俊义。

玄泓本打算饮完这杯茶水后就回少林寺，谁知竟遇上了这三个女子。他认得其中一个身材丰腴的女子，正是那日闯少林的三女之一，仙音阁的女刺客。

她们三人正低声交谈着什么事，没有注意到玄泓。三人神色郁郁，尤其是白衣女子，满脸愁容，说话的次数极少，茶博士端来的茶水，也未喝过一口。由于相距较远，说书先生的声音又太大，玄泓无法听清她们交谈的内容，但内心却极为好奇。

仙音阁的刺客，何以会出现在梁山附近？

约莫过了半个时辰，三女结了账，起身下楼。玄泓见她们已经走出了茶楼，马上把铜钱置于桌上，匆匆跟了下去。

虽不知这三人为何会出现在寿张县，但玄泓猜想，一定和梁山泊有关。他暗忖，仙音阁的刺客如果要上梁山泊，执行刺杀的任务，那多半说明她们有法子在掩人耳目的情况下，悄悄上山。她们要是愿意透露一二，自己上山捉拿燕青，也不是没有可能。想到此处，当下决定跟踪她们，一探究竟。

三女穿梭于如织人流之间，脚速极快。若非玄泓身负轻功，早就被她们甩开了。他全神贯注，生怕跟脱。穿过了好几条大街，她们也没回头看过一眼，似乎并没有发现有人跟踪。三女走到僻静处，弯过一个街角，倩影从玄泓视线中消失。他忙快步上前，藏身在街角的墙后，然后缓缓探出头，却见一只虎头钩猛地朝他砸来。玄泓抽身闪避，镰钩狠狠砸在那墙角，霎时砖墙破裂，碎石激飞。玄泓还未来得及出招，耳边便传来一声娇叱，另一条身影也掠过墙角，向他冲来！

玄泓下意识舞起齐眉棍，向那影子横扫过去。

长棍扫击在一对铁尺上，发出清脆的响声，那人影被玄泓势大力沉的扫棍打出好远，却见她在半空中一个翻身，化去了后坠的劲道，可见其轻功极好。

使虎头钩的女子一击不中，立刻抽回兵刃，再向玄泓攻去！

玄泓定了定神，身子压低，立了个四平步，将齐眉棍横在左膝上，蓦地拦腰劈打过去！正是少林棍法中的“孤雁出群”！那女子见状，双钩竖起，挡下长棍。但玄泓棍势太猛，往后连退三步才得以卸力。

与此同时，另一个手持铁尺的少女也飞蹿而至，攻招快密，连连向玄泓要害刺击，玄泓双手握住齐眉棍，以长棍中段架开铁尺攻击。这少女身法极为灵活，近战对玄泓来说极为不利，他高接低挡，才抵住了第一轮的攻势。

正思索间，玄泓只觉脑后生风，侧脸望去，女子挥舞一双虎头钩，抢攻而来！

此时玄泓处于二女中间，正是腹背受敌的危险境地。

玄泓当即转体侧身，向前踢出一脚，逼开使铁尺的少女，同时齐眉棍向身后扫击，与虎头钩猛地交击。玄泓紧承上式，铁尺少女避开踹击，退后一步，身后女子的虎头钩正与齐眉棍紧紧绞在一起。

身后女子想收回虎头钩，却发现那钩子竟勾住了长棍，一时进退不得。玄泓随即缩身收腿，以腰为横轴，带动身体，利用收腿的惯性，以一记高踢腿蹬向身后。女子若不松手，心窝必遭重创，只得双手松开虎头钩，往后闪避。

玄泓蹬踢不中，在他预料之内，双手猛地横挥，勾在齐眉棍上的双钩蓦地脱棍，向前方的少女飞掷而去。那少女惊呼一声，身子往后一仰，左右手以铁尺撑地，整个人如同一座拱桥。双钩飞旋，擦着她鼻尖而过，当真凶险万分！

此为少林腿法，名曰“双龙摆尾”，是以一人对击二人时使用的一个常用的腿击法。简而言之，便是以腰为横轴，前后各发一腿。要诀在于充分利用一仰一俯之惯性，以及腰的摆动势能，无论如何，注意点应始终不离敌之空当。

玄泓一招之内逼退两人，并缴了其中一人的兵刃，正自意气风发，但下一个瞬间，忽觉四周寒风飒起，一柄针剑乍现眼前，直刺他咽喉！因对方身形实在太快，远胜之前二女，玄泓竟连做出基本的防御都来不及！

不过，剑尖却在他咽喉前一寸处，停了下来。

“少林和尚，为什么要跟踪我们？”

持剑的白衣女子疾言怒色，却使她那张脸更加美丽动人。

她正是仙音阁七仙女之首，拥有“蜂后”称号的李师师。而使虎头双钩和铁尺的两位女子，则分别是骆琪花和阎凤羽。

其实她们刚进茶楼时，骆琪花就已认出了玄泓。毕竟他一头天城文的纹饰，十分扎眼。下楼之后，玄泓不上前招呼，却紧紧跟在她们身后，不由得令她们起了防备之心。但毕竟少林寺与仙音阁素无瓜葛，梁山攻打少室山时，甚至还算得上是短暂的同盟，所以李师师最后一击，并没有下杀手。

实际上，若玄泓一开始就有所防备，李师师这一击，也未必能够抢到先手。不过在最短时间内击杀比自己更强的对手，速战速决，这就是刺客的本质。

“主上，和这秃驴废话什么，一剑刺死便是！”

骆琪花犹记得那日在少室山上被玄泓百般阻挠，是以对这个和尚没有好感。

阎凤羽不说话，在一旁笑嘻嘻地瞧着。

“贫僧是来找燕青的。”玄泓说话时气定神闲，利剑在喉，也没有半分焦躁。

李师师收起蜂芒剑，皱眉问道：“燕青？他不是被关押在贵寺戒律院的地牢中吗？”

“这厮诡计多端，我护院的师兄弟们中了他的计，尽数被他杀了，”玄泓说到此处，激愤填膺，口齿都有些不顺，“贫僧如果不亲手超度他，又怎么对得起寺里的兄弟们？谁知这次一路追来，却总是慢他半步，最终还是让他逃回了梁山泊。”

听见燕青从戒律院逃走的消息，李师师顿时失色，冲口道：“糟了！”

骆琪花也是惊慌失措，颤声道：“秃……喂，你说燕青已经回了梁山泊，这是真是假？”

玄泓不明白她们何以如此张皇，正色道：“出家人不打诳语，贫僧为何要骗你们？他若在这寿张县，贫僧眼下就去取他性命，还和你们在这里啰唆什么？”

李师师与骆琪花对视一眼，怔怔道：“恐怕是真的了，这……这可如何是好……燕青回到梁山，他们便会知道张公子是冒牌货，梁山泊的人心狠手辣，绝对不会放过张公子。这下麻烦可就大了！”说话间，脸上流露出极为忧虑的神情。

阎凤羽上前道：“主上，你也不必太担心，不是还有小玉姐在吗？臭小子福大命大，不会有事的！”

她虽这么说，内心却也对张闲的安危，颇为担忧。

玄泓见她们一个个垂头丧气，忍不住问道：“究竟是怎么一回事？你们来这里，又是所为何事？张公子又是何人？”

玄泓不知张闲是谁，也不知他与燕青相貌相近，更不知这张闲被梁山泊的人抓去了山上，被当成头领，统领天书阁。所以听了她们的对话，一头雾水。阎凤羽耐着性子，将此事的来龙去脉对他说了一遍，玄泓才恍然大悟。

“主上先前派小玉姐潜入梁山泊，乔装成婢女，是想让她与我们里应外合，救出谢素秋与张闲。眼下事情败露，梁山泊一定会加倍警戒，他们再想要逃出来，可就难了。”阎凤羽说到此处，不由得长叹一声。

“实在没法子，我们只能硬闯。”李师师忽地抬起头来。

“梁山泊兵多将广，冒冒失失地上山救人，恐怕……”骆琪花话说到一半，见李师师冷眼瞧她，便吓得噤声，不再说下去。

阎凤羽瞧不过眼，抗议道：“琪花姐说得没错，我们这么上去，就是送死。主上你不可一意孤行，拿姐妹们的性命开玩笑！”

“小羽！”骆琪花朝她瞪了一眼，“不要说了！”

“她说得对。是我太鲁莽了，”李师师垂下眼，睫毛微微颤动，“双拳难敌四手，武功再高也打不过人家千军万马。唉，难道就没有法子救他了么……”

“主上，这里说话不方便，我们还是回到客店比较好。”

尽管四下无人，但骆琪花还是怕方才打斗的声音太响，引起路人的注目。

李师师冲她点点头，收起蜂芒剑，同阎凤羽向前走去。骆琪花转过身来，瞧着一脸茫然的玄泓，道：“你要不要跟我们一起？”

玄泓低着头，犹豫片刻，才跟上她们的脚步。

四人来到客店，直接回了房间。掌柜的见三位绝世美女带着个粗鲁和尚回房，心里纳闷极了，心想这什么世道，和尚都有如此艳福。不过转念一想，若是这三位美女邀约自己，便是做了寺庙的方丈，恐怕也要还俗。

进了房间，李师师开门见山，问玄泓道：“你愿不愿意助我们救人？”

玄泓冷冷道：“贫僧只要燕青的命。”

李师师看着他的眼睛，一字字道：“你助我们救人，哀家助你杀燕青。”

玄泓点头道：“可以。不过这梁山泊易守难攻，朝廷都拿他们没办法，你们又有什么法子攻进去救人？贫僧不是泼冷水，希望十分渺茫。”

“这个倒未必！”

声音是从门后传来。众人循声望去，只见一个身披绿色纱衣的曼妙女子推开房门，款款走进屋内。这女子举手投足间风情万种，相比如天仙一般的李师师，相貌上虽略逊一筹，却更有一种摄魂夺魄的魅惑力。

玄泓认得她，正是当日在少林寺山门前，与他缠斗的赵元奴。

“咦，狐狸精来啦？”阎凤羽不喜赵元奴，见了就要嘲讽一句。

谁知赵元奴并不理会，径直走到李师师面前，娇声道：“奴家查到了一件事，保准让主上大人高兴。”

“有事说事，卖什么关子。”阎凤羽冷冷地说了一句。

赵元奴瞪了她一眼，随即又恢复笑颜，道：“主上，是否还记得这个东西？”说着伸出右手，摊开掌心，是一支碧绿色的玉簪。

“这是龙虎宗掌教真人的信物，玉龙簪？”李师师看着赵元奴，“你哪里找来的？”

“那天关胜抢走张闲时，这簪从他头上掉了下来，奴家本以为是支普通的玉簪，便带在了身上，想哪日再见张公子时，亲手还给他。谁知道打听下来，发现玉簪竟是掌教信物，那就非同小可了！”赵元奴说着，顺手将玉龙簪递给李师师。

“有了这玉龙簪恐怕也无济于事吧？”阎凤羽一脸嫌弃地看着玉龙簪，左瞧右瞧，也瞧不出好在哪儿，还觉得这发簪样式过时。

赵元奴冷哼一声，道：“你懂什么？凡是龙虎宗门下弟子，见玉龙簪，如见掌教真人，此簪一出，便可号令天下龙虎宗弟子，无有不从。”

阎凤羽不服道："信州龙虎山离这儿那么远，等搬来救兵，臭小子早就被梁山贼寇乱刀分尸，拿去做醒酒汤了！"

"谁说奴家要去龙虎山搬救兵？"赵元奴微微一笑，把脸转向李师师，"这救兵啊，远在天边，近在眼前，不在龙虎山，就在这梁山上。"

"此话怎讲？"李师师握着玉龙簪道。

"昨日，奴家在梁山脚下的黑店，抓了个冒充店伙的哨子，砍了他一只手，一条腿，他才肯告诉奴家一些事情。其中一件，便是和龙虎山相关。原来这梁山好汉里面，有一位名叫樊瑞的道士，号称'混世魔王'，曾在芒砀山称雄。这厮在芒砀山占山为王之前，乃是龙虎宗的弟子。"

"真有此事？名门正派的弟子，竟落草为寇，真是奇闻！"骆琪花惊道。

李师师道："琪花，不要打断元奴，让她说下去。"

赵元奴点了点头，继续道："他的师父是掌教真人张继先的二徒，混朴子·吴真阳。龙虎宗五子中，就数这个吴真阳最为固执。有一日，他命手下几个徒弟下山办事，其中就有樊瑞。谁知这樊瑞性情暴躁，在山脚的镇子上与当地地痞起了冲突，一怒之下，挥剑杀了四个人。这件事被吴真阳知道后，极为震怒，当即将樊瑞逐出门墙。据说，这樊瑞临走之时，仍是对龙虎宗依依不舍，跪了七天才离开。"此后樊瑞落草芒砀山，与项充、李衮聚集三千兵马，占山为王的事，赵元奴便略去不表。

"所以，你想联合樊瑞，救出他们？"骆琪花疑道。

"樊瑞与狴犴房的蔡氏兄弟关系不错，带我们潜入狴犴房救人，事半功倍！而且项充和李衮是樊瑞过命的兄弟，自然也会站在他这一边。”

“可这樊瑞已不是龙虎宗弟子，你如何用玉龙簪命他替我们做事呢？更何况，这么多年过去，或许在他心中，对龙虎宗的敬意早已化为恨意，也未可知啊！”

面对骆琪花的连番诘问，赵元奴也有些厌烦，挥了挥手道：“眼下我们也没有其他法子，这个办法姑且一试。不过最终做何决定，还是要主上定夺。”

“就算我们能杀入狴犴房，救出他们三人，可是这梁山水泊，要如何渡过？”明知道赵元奴已没了耐心，骆琪花还是追问不舍。

“这个就要看咱们有没有本事，能否请动那三位帮手了。”赵元奴脸上，难得掠过一丝忧虑，“梁山泊解水卫，就连大宋水师都不是他们的对手。要在水中摆脱解水卫的追击，除了他们三个，没有别人可以做到。”

“是谁？”这次发问的人变成了阎凤羽。

“阮氏三雄。”

云里金刚·宋万踏着缓慢的步伐，朝湖边的酒店走去。

由于体格高大，他走起路来并不轻快，一步一步甚是沉重。眼看天色渐渐晚了，宋万才略微加快脚步。来到酒家门口，他揭开芦帘，走了进去。店内空无一人，他随便挑了个桌子坐下，脱下外衣，把腰刀也挂了。

“你可来了。”

宋万闻声望去，见一个貌相魁宏，穿貂鼠皮袄的汉子，背叉着手，从后厨走来。正是在梁山排行第九十二位的头领，**旱地忽律·朱贵**。

宋万见了他，大笑道：“朱老板，今天有什么下酒？”

朱贵答道：“有生熟牛肉，肥鹅，嫩鸡。”

“先切四斤熟牛肉来！”

屋外又有一人进来，身形竟比宋万更高更壮，双臂垂膝，脸上都是胡须，由于太过高大，进屋时不得不弯下腰来，否则额头都要撞到门楣。此人乃是梁山的步军将校**摸着天·杜迁**，因身高臂长，“摸着天”这绰号，却也符合他的模样。

朱贵吩咐下去，过不多时，酒保便端来一大盘牛肉，数般菜蔬，放了三个大碗，站在边上筛酒。杜迁脱下外衣，解下兵刃，坐着与宋万、朱贵推杯换盏，连喝了三四碗。

杯觥交杂间，只听得宋万轻轻叹了一声，脸上现出黯然的神色。

杜迁见宋万怅然若失的模样，便问道：“老宋，咱们兄弟难得聚在一起喝酒，何以唉声叹气？难道心中不痛快？”

宋万苦笑一声，道：“怎么会不痛快？只是遥想当年王伦在的时候……”

“不要说了！”杜迁急忙喝止。

他站起身来，走到门外瞧了一眼，再回到桌边，皱眉道：“隔墙有耳啊，兄弟，你怎么这般不晓事！要是被宋江的耳目听去，我们三人都有危险。”

当年王伦坐拥梁山泊时，杜迁和宋万分别坐第二、第三把交椅，可谓一人之下，万人之上。如今梁山人才济济，他们二人的排行也落到了八十二、八十三位，在地煞军团中，也属低位。宋万脾气比杜迁耿直，每每想到此事，都愤愤不平。

他好几次想要去找宋江理论，却被杜迁劝住。王伦什么人，宋江又是什么人，杜迁心里清楚得很。若是晁盖在位，尚可以去说道说道，最多给痛骂一顿。但宋江城府极深，要是无意中得罪了他，后患无穷。他们几个虽是梁山元老，山上却也没几个人将他们放在眼里。郁郁寡欢的日子里，这个原本用来做哨站的酒家，变成了他们三人闲时唯一的慰藉。

宋万冷哼一声，拿起酒碗，一饮而尽，神色中颇有些怨气。

朱贵忙道："宋兄弟不痛快，恐怕是因为最近梁山泊内讧不断的关系。"

"哼，我不平的是你我兄弟的地位。不错，论武艺，我宋万打不过花荣，也打不过李逵。但如果头领排行是按武艺来算，那他十个宋江，也不是我的对手。当年梁山泊，还不是我们打下的江山，如今却让外人做了头领，我……我咽不下这口气！"

杜迁虽然软弱，但心里如何不怨，如今被宋万说得，也是千愁万绪从心底钻出来。他拿起酒碗，愀然道："罢了，罢了。"将碗中黄汤灌入口中。

"有时想想，不如学鲁智深，学史进，就此反了他，也好过在梁山天天被人欺负。老杜，你知道他们背后如何说我俩吗？"宋万越说越气。

"我们麾下无将无兵，拿什么反？"杜迁想到宋江手下猛将如云，又软了三分，"我瞧还是算了，人各有命。老宋，你就别说了。"

宋万又道："据说宋江派卢俊义率龙骑营与虎魄军去打三山，誓要将背叛他的人铲除。刚打完少林寺，又要对付三山，这南征北战，把山寨这几年的银子都给打没了。你说他是何居心？"

"别说了，喝酒。"杜迁斟满一大碗酒，推到宋万面前。

宋万不喝，继续道："我听从少林回来的人说，晁天王并没有死。"

"都是谣传。"杜迁不信。

"怎么会是谣传？远征军的老吴可是咱们的老相识，当年就在我手下做事，他能认错？除了脑袋没毛，少林寺那和尚就是晁盖，不会错的！宋江打少林寺，就是为了找出晁盖，斩草除根，这样在梁山泊才名正言顺。”

“是又如何？”杜迁苦笑一声，吃了一筷子牛肉，“如今这梁山已是宋江的天下，晁天王是死是活，有什么要紧？”

朱贵插口道：“那可不一样。要是晁天王真在人世，于情于理，梁山之主都不能是宋江。”

“是啊！老杜，当年晁盖在梁山时，虽不如王伦器重咱们，却也不至于像今天这般，让咱们受尽旁人白眼。”

杜迁放下筷子，紧张地道：“难不成你想去找晁盖？”

宋万点头道：“说就在二龙山。咱们不如跑一趟，若证实这件事，回到梁山泊后，当着兄弟们的面质问宋江，瞧他还有什么话说！”

杜迁喝道：“胡闹！你不要命了？”

宋万不服道：“大丈夫，死则死耳，总比做窝囊废强！你们害怕不去，没关系，我一个人去二龙山。”

朱贵劝道：“就怕你刚到二龙山，就让人给抓起来了。”

他的话不无道理，眼下三山与梁山为敌，宋万又是梁山泊的头领，怎能贸然踏入敌军的领地？一个不小心，恐怕就在山脚叫人给砍了脑袋。

杜迁举起酒碗道：“少想点事，少说些话，喝酒。”

“今天喝，明天喝，把自己灌醉，就可以当作什么都没有发生吗？老杜，你从前也是个二当家，如今怎么这般没心没肺！”宋万啐了一口，端起酒碗往地上一摔，砸了个粉碎。

朱贵忙起身抓住宋万的衣衫，劝道：“何以至此啊，老杜也是为了你好！你以为老杜不想反宋江？可现在不是好的时机！”

杜迁低着头又倒满了一碗，口中道：“兄弟，你以为我不曾想过这些事？在这个世上，强者立跻霄汉，弱者困尘泥。你以为宋江去大名府找个哑巴来做二把手，是何用意？”

“总之，我不甘心！”宋万的口气比之前软了不少。

朱贵唤来酒保，将地上的碎陶收拾了，又拿来个新碗。

杜迁温言道：“时机未到啊，兄弟。”

他话音甫落，屋外忽然有一人道：“宋万兄弟说得是，他宋江没什么本事，论雄才大略，英雄气概，哪点比得上晁天王，凭什么当咱们的头领？”

屋内三人俱是大惊，纷纷拿了兵器，准备与屋外之人拼命。他们心想，若是宋江的心腹，定要他今日回不得梁山，否则刚才那些话落到宋江耳中，那还了得？不过他们也怕对方不止一人，若是带着兵马来抓人，他们三个只怕要命丧于此了。

芦帘被人掀开，门外走进一人，身上穿个棋子布背心，腰系着一条生布裙，双目突出，腮边长着黄须，正是**活阎罗·阮小七**。

他咧嘴笑道：“我大哥有请三位好汉，上船商议要事。不知各位有没有兴趣？”

听阮小七这么一说，宋万、杜迁和朱贵均如释重负，陆续放下手中的兵器。面对阮氏兄弟的邀约，他们三人你看我，我看你，一时间茫然失措，不知该如何作答。

第十五章 营救

张闲抬起头，环视着这间破旧且逼仄的牢房。

牢房的地上，铺陈着干草，墙角因长年湿气而发霉，长出细细的白毛，十多根手腕粗细焊死的钢条将牢房围得严严实实，任凭你力气再大，也无计可施。更可怕的是地上那些数不清的蜈蚣、蟑螂、老鼠在牢内肆无忌惮地爬行，竟不惧人，时常会爬到张闲的衣服上。牢门外，便是一条窄窄的走道。因是山洞内，没有光源，只有墙上插着的火把勉强照出些光亮。

两个腰间佩刀的喽啰在走道上来回巡视，稍有不如意便大声训斥囚犯。

在此之前，张闲没有坐过牢，也没想到自己会坐牢。更没想到的是，竟然会被一群匪徒关在牢里。从义助栾廷玉、少林寺报信，到潜入天书阁，这一切于他来说，更像是一场梦。

他常常幻想，会不会第二天一早醒来，眼前的景象又变成了云来客栈，耳边则是卢掌柜喋喋不休的责骂，夜里收工之后，韩四还会约他一起去玩大象戏。干活勤快一点，赚够了钱，就去把云来客栈对面的铺子租下来，卖炊饼、卖糖果，做一点小生意。运气好，可能还会娶个媳妇，生一对儿女。然后就这样日复一日地了却一生。

想到这里，张闲竟不自觉地苦笑起来。

——幸好我没有这样过一辈子。

熟悉的事物总会令人有安全感，就像东京城，张闲熟悉它每一条街道，每一座石桥。他还从南来北往的客人口中，得知哪家馆子的羊肉味道最好，哪个酒家的自酿酒最香，哪家青楼的姑娘最美。

可是每日重复自己，岂不是等于只活了一天？

他想起了云来客栈隔壁卖梨的董老头，年近半百，每天的兴趣就是喝酒、听书，数十年下来，天天如此。张闲心想，他每天都这样，不腻么？他不想这样。但是说不怕死，又是假的。谁也没死过，死的滋味如何，谁也不知道，恐怕不太好受。张闲也怕痛，对未知的事充满了恐惧。而死确实是最不可知的领域，没人知道阴曹地府什么模样，死去的人也不可能活过来，向你描述这一切。

张闲不是害怕死，而是讨厌死这件事情。

“喂喂喂，想什么呢？吃饭啦！”狱卒用手中的短棒敲击着牢房前的钢条，发出阵阵刺耳的声响，“架子真大，臭冒牌货，还以为自己是咱们的头领呢！”他把手里的木盘从牢门的下沿塞进去，背后众狱卒笑成一片。

盘子里是一些蔬菜和一个馒头。

张闲拿起馒头咬了一口，嚼出一股酸味。被打入狴犴房的头一天开始，他就对这种腐败的酸味习以为常。吃完盘子里的食物之后，张闲把身子靠在墙角，后脑勺抵住墙壁，开始闭目养神。他已做好了心理准备，此时就算狱卒把他带出去砍头，他也不会太意外。至于会不会吓得浑身发抖，有没有好汉的样子，张闲倒有些吃不准。

“喂，小子，你很有种嘛！”

透过墙壁，传来了一个男人的声音。

“你……你是谁？”张闲也冲着那堵墙壁说话，这种感觉非常怪异。

“我观察你很久了，倒是很有种，一直没有讨饶。”

仔细听下来，张闲发现那人的声音十分粗犷，似乎是个硬朗的大汉。

“讨饶也没用啊，他们又不会放了我，”张闲叹息一声，又对墙壁道，“大哥，你又是为何被他们抓住，关在这里的呢？你是朝廷官兵吗？”

“不是，我拜菩萨的。”

“菩萨？”张闲不明白，他们为什么要把拜菩萨的人关起来。

“小兄弟，你知道光之国吗，或者摩尼教？”

“江……江南方腊！”

“是了。方腊是我们光之国的明使，又称光明皇帝。咱们拜的是大明尊。因为我教行事诡秘，很多所谓的正派人士都瞧不上，就连朝廷也屡次对我们进行围剿。其实光之国的明尊，是来咱们大宋救苦救难的！”

“我只知道方腊在睦州起事，就连朝廷军也不是对手。”

“有大明尊的护佑，朝廷的军队又怎么会是敌手？这狗皇帝派人到各地搜刮民间花石竹木和奇珍异宝，用大船运向汴京，劳民伤财，根本不管咱们的死活。君不以民为贵，这样的朝廷，还能活多久？十年之内，我们必会成功！”

这人说完，便哈哈大笑起来，直到牢房外有狱卒前来呵斥。

“请问阁下尊姓大名？”张闲问完就后悔了，忙道，“如果大哥不方便，也可以不说，我只是随口问问。”

“你叫我一声大哥，也算把我看作自己人。在下行不更名，坐不改姓，乃是方腊麾下‘江南十二神’之一，霹雳神·张近仁是也！”

张闲从未听过什么“江南十二神”，但听其名头，想必也是武功高强之人：“你怎么会落入梁山手中？”

“咱们光之国与水泊梁山，素来不对付，只是一南一北，各不相干。我路过这附近的城镇，却让他们当成谍人抓了起来，岂不冤枉？”

原来光之国的信徒爱穿白衣，也不吃荤腥，在人群中极为扎眼，故时人称其为“吃菜事魔”。梁山的探事郎察觉到张近仁行踪诡秘，见他身穿白衣，不食荤菜，当即察觉此人与光之国脱不开干系。张近仁武功虽高，可在花荣、徐宁两位天罡联手之下，还是力战不敌，最后被擒获，打入狴犴房中。

“他们抓错了人，怎么不放了你？”

“对头的大将，怎么能说放就放？罢了，只可惜我瞧不见咱们光之国立千秋大业了。嘿嘿，恐怕狗皇帝躺在龙榻之上，也无法安眠吧？”张近仁说到兴奋之处，将方腊对宋的战略计划都一股脑说了出来，什么先取杭州，再打婺州，或攻克衢州，北上宣州之类，讲得滔滔不绝，张闲听得却兴致索然。

他这是第一回听人说如此大逆不道的话。从前就算是李逵，也不过悄悄抱怨两句朝廷，还怕被宋江责骂。而这个张近仁，一口一个“狗皇帝”，听得张闲毛骨悚然。

张近仁正骂得兴起，忽然牢房大门被推开，有人朗声道：“光之国的贼子，满口大逆不道之言，今日宋江哥哥替天行道，杀了你这反贼。来人，拉出去斩了！”张闲光听说话的语调口音，就知道此人是裴宣。

“哈哈，老子顶天立地，还怕死吗？”

张闲再听，见隔壁传来一阵铁链碰撞的声音，紧接着是张近仁的惨呼声，他口中不停地念叨摩尼教经文，为自己壮胆：“爱惜肉身终须舍，但是生者皆归灭……与我离苦解脱门，令我速到光明界……”

又听狱卒笑道:“他妈的，老子以为你是好汉，好汉怎么还尿了？哈哈！”接着爆出一阵哄笑。

惨呼声越来越远，张闲却听得暗暗心惊。他心想：“江南十二神尚且如此，我一介脓包，到时候必会吓得一把鼻涕一把眼泪，丢尽了脸面。”又转念一想：“我张闲也不是英雄好汉，在东京被牛二打一顿，也是哭爹喊娘。今日被这么一群凶神恶煞的悍匪杀死，哭上一哭，也不丢人。”想到这里，心态倒平静不少。

左右无事，张闲盘腿坐在地上，开始回忆自己在天书阁读过的那些书籍。

其中不少秘籍他并不明白其中的意思，当时只是囫囵吞枣，不管懂或不懂，全都背下。此时慢慢回味，方才慢慢理解。被收押的这些天来，一得空闲，他就会这样做。

挨到日落，张闲忽然听见一阵杂乱的靴声由远及近，向他牢房走来。他本以为是送饭的来了，也没放在心上。那一行约有五人，走到牢门前才停下脚步。张闲抬头望去，为首那人竟是樊瑞，顿时大奇。这樊瑞虽然是他的属下，但自从被童氏兄弟抓进狴犴房后，他就再也没见过此人，不知这次来牢里探望他，有何意图。

“你骗得我好苦啊！”樊瑞看着张闲，意味深长地说道。

“樊大哥，我也是身不由己，请你不要怪我。”

在天书阁的那段日子，樊瑞对他毕恭毕敬，生活方面也颇多照顾。张闲对他并没有太多恨意，眼下四目相交，竟心生些许愧疚。

“虽然是个冒牌货，不过瞧在你也没为难我们兄弟，我来送你一程。”说话间，樊瑞的神情忽然变得有些奇怪。他朝张闲眨了眨眼，又努了努嘴。

张闲不知他为何要朝自己挤眉弄眼，正疑惑时，耳边传来“嗖嗖嗖”几声，走道里的火把瞬间熄灭，四下登时漆黑一片。紧接着，黑暗中就传来几声惊呼与惨叫，铁门被人推开，张闲瞧不清来人的长相，手腕却被那人紧紧抓住。

“臭小子，还不跟姑奶奶走！”

张闲一听这声音，心头一震，惊道：“可是阎姑娘？”

阎凤羽不和他多话，拖着张闲的手就往外冲去。

张闲忙道：“救人！还有三娘和小玉！”

阎凤羽没好气道：“你先管好自己，她们自然有人去救！”

张闲兀自喋喋不休，念叨着要救人，却被阎凤羽抓住手腕，往外跑去。他目不视物，耳边不停传来拼杀声，吓得他双腿发软。

终于奔出洞口，此时虽天色渐暗，但比狴犴房内却明亮百倍，张闲这才确认来救他的人正是阎凤羽。他见阎凤羽身穿黥徒军哨兵的衣服，极不合身，不禁莞尔。

阎凤羽怒道：“臭小子，笑什么笑，再笑姑奶奶割了你的舌头！”吓得张闲立刻闭嘴。

此时，樊瑞浑身披血地冲将出来。他一见到张闲，纳头便拜，口中道：“掌门真人在上，受弟子樊瑞一拜！多谢掌门重新将逆徒招入龙虎宗门下，弟子感激不尽！”过不多时，骆琪花、李衮和项充也随之出洞，三人各扶了一个女子，正是重伤的扈三娘、谢素秋与玉娇枝。

骆琪花见了张闲，眉开眼笑道："官人，别来无恙。有没有想念我？"

张闲红着脸，尴尬得搔头抓耳，不知如何回答。他瞥见扈三娘与玉娇枝，忙上前慰问伤势。两人身受重伤，元气还未恢复，只是朝张闲微微点头，表示还能坚持，话并不多说。

原来樊瑞带了李衮和项充，又将阎凤羽、骆琪花扮作哨兵，假意探视张闲，趁狴犴房不备，项充先使飞刀将火把击灭，骆琪花、樊瑞、李衮便大开杀戒，转身砍杀狱卒，阎凤羽负责救人。待将张闲救出，骆琪花、李衮与项充再将扈三娘、谢素秋与玉娇枝从牢房中带出来，一边冲杀，一边沿走道砍断牢门铁链，将狴犴房中其他囚犯放出来，以制造混乱。

张闲被樊瑞拜得莫名其妙，忙上前将他扶起。随后，从狴犴房传出一阵阵呼喝，是那些被骆琪花、李衮、项充放出来的囚犯与狴犴房狱卒混战的声音。洞内还不时跑出一些身穿囚服的大汉，手里拿着朴刀，窜逃出去。

阎凤羽恼道："快走吧，不然援兵赶到，我们可就走不了啦！"

张闲不肯，说道："我还要去一个地方！"

阎凤羽问道："你要去哪里？"

张闲转头对樊瑞道："回天书阁，我有东西要取！樊大哥，你陪我回去，你们几个，先带她们离开此地。"

众人见张闲执意如此，也拗他不过，商议之下，阎凤羽与樊瑞陪张闲，骆琪花、李衮和项充带着三女先去金沙滩等候。

三人径向南奔，跑出二里地，终于到得天书阁。门口侍卫见是樊瑞，正想上前询问，却被樊瑞一刀一个劈死。阎凤羽领着张闲上楼，见喽啰便杀，书生画匠乱成一团，各自逃散。到了顶层，张闲轻车熟路，走到一间密室之前，上前猛踹一记，大门纹丝不动。

张闲十分懊丧，问阎凤羽道："这门怎么踢不开？"

阎凤羽冷笑，上前一脚蹬开，满眼嫌弃。

张闲轻咳一声，若无其事地走了进去。这间屋子不大，二十余尺见方，四壁白墙，上位的供桌后，有一尊九天玄女娘娘的白玉神像，天然妙目，正大仙容，栩栩如生。供桌上，放着数卷文书，题着"天书"二字。

张闲取来麻袋，将供桌上的天书一股脑装了进去，背负在身上。他心想："天书阁中，就这间密室里暗藏的天书没见过。宋江既不愿让人看见，其中必有阴谋。"他隐隐觉得这天书的内容，可动摇梁山泊的根基，是以不顾生死，也要把这几卷天书带走。

樊瑞跑进屋内，满头是汗，喘着粗气道："掌门真人，追兵快要来了。"

张闲急忙道："好，我们这就走。不过，临走之前，我还要送给宋江一点礼物。"

说完，张闲快步走出密室，来到书桌前，拿起一盏油灯，将油全部倾倒在书架上。他再取来火镰摩擦火石，点点火星掉在灯油上，登时蹿起几簇火苗。片刻之间，那火苗就在书架上连成一片，熊熊燃烧起来，一股热浪扑面而来。

"大功告成，我们走吧！"

张闲丢掉手里的火镰与石子，背起麻袋就走，阎凤羽和樊瑞紧随其后。

三人冲出天书阁时，阁顶窗户中已有滚滚浓烟涌出。右侧道上忽然出现一队黥徒军，樊瑞冲着他们大喊："天书阁走水啦！天书阁走水啦！快来人扑火！"

那黥徒军的头领知道宋江十分在乎天书阁阁顶所供奉的"天书"，如今阁顶烧起了火头，心中大乱，生怕宋江怪罪下来，自己项上人头不保，忙指挥手下汲水灭火，哪还有余力去注意樊瑞一行？正乱间，三人趁机逃走。

天书阁的火势逐渐蔓延至二楼，整个阁顶已被包裹在一团巨焰之内，噼啪之声不绝。夜风一吹，阁顶的焰火蹿起好几丈，忽上忽下，将四周照得如白昼一般。楼底下的黥徒军不敢靠得太近，只是远远地用唧筒喷水、水囊投掷，但面对这样的火势，不过是杯水车薪。

离天书阁十丈远的地方，跪着一个满脸黑炭的腐儒，正痛哭着朝燃烧的天书阁叩首。他发眉焦黑，头上方巾凌乱，皆是因方才不顾生死，冲入火场救火之故。只是火势太大，他一缸水都浇完也无济于事，不得不退出阁外。黑夜之中，他恸哭之声极是悲戚，口中不停哀道："多少文籍武典，从此绝矣！呜呼哀哉！呜呼哀哉！"

可他并不知道，天书阁内的藏书虽已被尽数烧毁，其所有藏书的内容，却被一人完完全全记下。说天书阁已毁，不如说天书阁正以另一种方式，存乎于天地之间。

话说张闲三人又奔了一段路，忽听耳边传来兵刃相交之声，火光之中，见不少从狴犴房逃出的囚徒，正持刀与梁山泊的哨兵互相砍杀。有个哨兵瞥见张闲，刚想大喊，就被背后那虬髯大汉一刀劈开了脑袋，当场毙命。

张闲见这哨兵脸熟，应是旧识，心中忽然掠过一丝哀伤。阎风羽见他停了脚步，上前扯了扯张闲的衣衫，厉声道："此地不宜久留，我们快离开！"这时远处隐隐传来鼓声，樊瑞也道："恐怕已惊动了大军，趁他们赶到金沙滩之前，我们就要乘船离开！”

三人加快脚步，往金沙滩跑去。张闲筋疲力尽，全靠咬牙坚持，一旦松懈下来，恐怕就要瘫软在地上。他们一路上偶尔遇到四五人组成的巡逻队，都被樊瑞与阎凤羽两三下解决，所幸没有遇到厉害的梁山头领，否则想要速战速决，也是难事。

“咦？这里怎么会有少林和尚？”

临近金沙滩时，张闲忽见前方有两人扭打在一起。定眼一看，发现其中一人光着头，身上竟穿着灰色的少林僧服。

“那人是少林寺的玄泓和尚，这次来到梁山泊，主要是想向燕青报仇。那人便是燕青。”阎凤羽用手里的铁尺，指着另一个身穿青衣的男子。

张闲看那燕青的容貌，心中大惊，生出一种异样的感觉。这燕青果真与自己长得一模一样，他仿佛看见另一个自己，正与少林僧人对战。他心想：“难怪这么多人会认错我俩，就算让我爹爹来认，恐怕也瞧不出两样。”

两人手中都无兵器，完全赤手相斗，你一拳我一拳地对打，以硬碰硬，旁人瞧来也是惊心动魄。他们周围，横七竖八躺着一圈哨兵的尸身。

少林拳法威震天下，近距离的比拳更是占尽优势，几个回合下来，燕青渐渐落了下风。忽然间，燕青变拳为爪，左手揪住玄泓的手腕，往后一扯，玄泓反向用劲，燕青立即松开左手，同时右脚勾住玄泓右脚跟，玄泓重心顿失，向后摔倒。

张闲眼目收紧，骇道：“他在用相扑的摔跤术！”

玄泓后脑朝下，摔在了地上。燕青上前一脚飞踹，玄泓闪到一边，立起身子，又向燕青攻去。因之前后脑跌地，使得玄泓头昏脑涨，脚步有些凌乱。燕青抓住时机，抢近玄泓，扭住右手，左手探裆，肩胛顶起玄泓胸脯，整个人托将起来。玄泓头重脚轻，燕青扛起他，借力旋了四五旋，将玄泓远远抛去！

玄泓与人拳脚打斗，摔跤术却接触得极少，甫一交手，竟手足无措，被燕青先发制人。他被抛出后，腰椎猛地撞在一棵树上，剧痛传遍全身。

张闲抱头惊呼道："鹁鸽旋！"

阎凤羽忙问道："什么旋？这招式好古怪！"

张闲解释道："此乃摔跤术的一种，十分厉害，没想到这燕青竟练得如此纯熟。不过这鹁鸽旋虽然凌厉，却也不是无解。少林武学中，亦有一种跤术，名叫'罗汉钩'，出手明快，进逼沉猛，不输给这燕青所习的绝招！"

两人说话间，玄泓已站起身来，背脊受到重创，使得他动作更加迟缓。燕青奔踏上前，将左腿插入玄泓两腿之间，猛地向外旋踢小腿，同时右手向前一推，玄泓双手去抓燕青的衣襟，却被他手腕一翻，挣脱开来，玄泓重心又失，跌倒在地。

张闲一拍脑袋，叫道："这招'大得合'使得厉害！"

燕青从地上揪起意识模糊的玄泓，从身后抱住他，前腿上步抵住玄泓背脊，双手猛然发力，掰其下颚。

张闲惊道："糟糕，这招'掰子手'会要了和尚的命。"当即冲玄泓大喊道："快使'罗汉折枝'卸招，再使'罗汉伏虎'制敌！"情急之下，张闲情不自禁地说出两招"罗汉钩"中的招数，也不管玄泓学没学过。

玄泓正迷糊中，耳中一听"罗汉折枝"，心中顿时一片明澄，这"罗汉钩"的招数许久不练，已渐渐淡忘，此时被张闲提醒，一招一式皆在脑中恢复，立刻左右双手各掰住燕青一根中指，往外一折。燕青吃痛大叫，立刻撒手，玄泓双手同时扣住燕青右腕，双膝弯曲，成高马步站立，倏地扭动腰腹，一招“罗汉伏虎”借腰力将其摔在地上。

燕青倒下，玄泓上前一拳，却被他躲过。燕青起身之后，右手倏出，施展擒拿手法，去抓玄泓左肩。

张闲脱口而出道:“不要被他抓住肩膀，快使‘顶心肘’，再用‘挂面拳’打他的脸！”

玄泓不及思索，上身立起，下盘成左弓右箭步，右手屈拳在内，右肘猛然前冲，一招“顶心肘”击中燕青心窝。燕青被打中要害，气息不畅，才抬起头，又见玄泓左手上捎，右手握拳护腰，左脚踏前，右拳由腰下提起，向燕青面门一击！

燕青躲闪不及，砰的一声，鼻梁猝然中拳，登时鲜血喷射出来，整个人摇摇晃晃向后退去。玄泓又冲上前去，一记飞腿踢中燕青胸口，将他踹倒在地。未等他起身，又一脚踏在他的胸膛上，令燕青起不得身。

“杀我戒律院师兄弟的人，是不是你！”玄泓脸上都是伤痕，犹如怒目金刚。

燕青不理他，转过头去看远处的张闲，笑着道:“你可真厉害。”

张闲被他夸得不好意思，摇了摇双手道:“我不厉害，我一点武功也不会。”

阎凤羽见地上有一柄朴刀，脚尖一提，将刀高高挑起，飞向玄泓，口中道:“和尚，快杀了他！再等下去，时间来不及啦！”玄泓双目怒视燕青，也不瞧阎凤羽，凌空接住飞来的朴刀刀柄，手腕一翻，刀尖直指燕青咽喉。

“贫僧这就超度了你！你还有什么话想说？”

燕青嘿嘿一笑，道：“我只嫌当日杀的和尚太少！”

玄泓听了，怒火更甚，举起手中朴刀，一刀刺了下去！

这一刀却没刺中燕青，而是插在了他身旁的泥地上。燕青受了大惊，登时昏死过去。张闲一众见玄泓没下杀手，心里均感到奇怪，只见玄泓愣在那里，一言不发，不知在想些什么。

虽然是武僧，可对于出家人来说，杀人实在不是一件容易的事，尤其是对一个已丧失还击能力，手无寸铁的人。

此时他内心着实为难，他看了看燕青，再看了看手中的刀，心道：“我这一刀下去，固然痛快，可师兄弟又岂能复活？师父曾经说过，须知一切法无我，得成于忍。佛祖过去修忍辱波罗密时，被歌利王割截身体，没有动过怨恨之心，唯有慈悲的念，是以他并没有感觉痛苦。若不放下怨恨，我又如何证得罗汉、菩萨境界，甚至成佛……一切法无我，得成于忍，唉，罢了！罢了！”接着刀刃向燕青脸上劈砍过去。

青光闪了几下，玄泓在燕青脸上划了几道血口，接着冷冷道：“贫僧要让你永远记得今天的耻辱！你就用余生好好忏悔自己的罪孽吧！”燕青仍是昏迷不醒，完全听不见他的话。

远处又传来一阵喧闹，隐隐有杀伐之声，樊瑞催促道：“快走吧！大队人马就要到了！”

四人继续向金沙滩疾奔。过了一会儿，终于来到泊岸，只见数十人在沙滩上战成一团。骆琪花、李衮与项充护着扈三娘、谢素秋、玉娇枝三女，正与敌人拼杀，又见赵元奴在人群中来回穿梭，所到之处，鲜血飞溅，不少喽啰殒命当场。还有三个陌生男子，正挥舞刀剑，协助赵元奴应敌，正是宋万、杜迁和朱贵。

张闲一瞥，又见七八个喽啰围住一个女子死斗，他凝神再看，赫然是这些日子朝思暮想的李师师！

“李姑娘！我……我在这儿！”

张闲忍不住朝她喊了一声，但立刻后悔，生怕令她分心。

李师师遥遥望见张闲，心头一热，手中蜂芒剑陡然间剑气纵横，有如一片光网，洒向四方。那些个喽啰纷纷倒地，喉咙上只有针尖大小的伤口。李师师突出重围，向张闲奔去，张闲也不顾危险，迎了上去。有几个喽啰想要伤他，便被身边的骆琪花与阎凤羽杀退。

张闲跑了几步，在李师师面前停下，红着脸道：“李姑娘，又见到你，真好。多谢你来救我。”他想自己这一生，命贱如蚁，竟有人不顾生死，舍身来救他，眼泪不由得簌簌而下。李师师伸出纤手，拭去他脸上的泪痕，柔声道：“往后，哀家不许别人再欺负你。”张闲轻轻握住李师师的手，满心欢喜，却不知说什么才好。

“好啦，上船吧！”李师师抽出手来，脸上也是一片红晕。

岸边驶来一条战船，一面绣有“阮”字的旌旗迎风招展，船头上立着三人，为首一人双眉竖起，胸口长有黄毛，便是大哥**立地太岁·阮小二**，身后壮汉是二哥**短命二郎·阮小五**，余下一人便是小弟阮小七。

原来赵元奴先找到樊瑞，出示玉龙簪。樊瑞大惊，没想到张继先已将龙虎宗掌教之位传给了张闲。赵元奴又假借张闲之口，重新将樊瑞归入门下，但要求其必须协助她们营救张闲，樊瑞自然义不容辞。李衮与项充早在芒砀山就追随樊瑞，加入梁山泊，也是听从了樊瑞的号召。眼下樊瑞要反出梁山，两人也无异议。

此后，赵元奴又将晁盖在少林寺抄写过的佛经，交给樊瑞，让他去说服三阮。这件事对于樊瑞来说，可不容易。

不过也非全无办法。樊瑞知道阮氏兄弟不服宋江，在他们心中，唯有晁盖才是真正的梁山之主。其外，阮氏兄弟厌恶招安，甚至公然顶撞过朝廷命官，对于宋江示好朝廷，内心是瞧不上的。想到这两点，樊瑞便应承下来，表示可以一试。

樊瑞找到阮氏兄弟后，便将宋江毒杀晁盖的阴谋告之，起初阮氏兄弟并不相信，阮小二还将其怒叱了一顿。

他们三人根本不信晁盖之死与宋江有关。

无奈之下，樊瑞只得将少林寺中晁盖亲手誊写的佛经，拿了出来。阮小二读书虽少，却认得出晁盖的笔迹，见之大惊。他想起曾经追随晁盖的岁月，心中一阵酸楚。

既见亲笔手信，阮氏兄弟对樊瑞所言，也不再怀疑，加上阮小七在旁添油加醋，众人便下了决心，脱离梁山。

阮氏兄弟知道宋万、杜迁和朱贵早就对宋江派系心存芥蒂，便邀约他们来战船商议此事。正巧宋万、杜迁和朱贵也正恼宋江，六人一拍即合，当即决定转投二龙山。

众人见阮氏兄弟的战船已到，不再恋战，且战且退，都上了战船。

战船上的数百水兵手持弓弩，透过弩窗为张闲等人做掩护，不断向黥徒军放箭，一时间漫天箭镞，如暴雨般朝金沙滩上的黥徒军射去。追击之人大多中箭，哀号声此起彼伏！

“开船！”阮小二怒吼一声，两排船桨同时启动，数十人棹桨，战船缓缓往后移动。

阮小五与阮小七穿上水靠，领了一支水性极好的水兵，纷纷跃下水去。他们生怕“鲛人”突袭，凿破船底，是以在水底护航。

伴随着岸上震天的叫骂声，阮氏战船越行越远。

渡过水泊，众人弃船上岸，杜迁数百个心腹手下与芒砀山群雄正在此处接应，各路人马聚在了一起。众人七嘴八舌，追问接下来该何去何从。

阮小二朗声道：“咱们是梁山好汉，不是他妈的朝廷走狗。宋江要投降，我们可不愿意。晁天王现在尚在人间，我们去二龙山寻他，重新拥他为梁山之主，到时再杀回此地，光复梁山泊！”

众人齐声称是。

于是由樊瑞、李衮、项充领着芒砀山群雄为先锋，阮小二、阮小五、阮小七领着阮氏水师为中路，玄泓、扈三娘、张闲、李师师领着仙音阁众刺客紧随其后，而杜迁、宋万、朱贵等带着梁山元老兵团断后。四路人马望二龙山进发。

行了大约十里路，元老兵团的探子来报，说后有追兵赶至，过不了多久，便要追上。

宋万调转马头，怫然道：“既然如此，咱们跟他们拼了！”

过了半晌，梁山追兵已至，元老兵团众人望去，只见密密麻麻的人头，数之不尽，口中喊道：“杀叛贼！杀叛贼！杀叛贼！”声震山谷，回音不绝。

追击他们的梁山军团恐怕有三四千人之众。杜迁手下这几百个老兵，哪里是他们的对手？就算加上阮氏水师、芒砀山群雄，也无法与之抗衡。

张闲与李师师听得身后有异响，策马赶来，见了梁山追兵的盛威，也是暗暗心惊。两军对垒，实力极为悬殊。梁山数千人喊声大作，如同闷雷一般。

绝望的情绪弥漫开来，元老军团中不少人开始抱怨，当初为何相信杜迁，叛出梁山。此时若被捉拿回去，定会被打入狴犴房。众口纷纷，军心大动。

此时，忽有一人身披银色铠甲，手持丈八蛇矛，从梁山军团中疾驰而出，身手极为矫捷。

杜迁见了，拱手道："原来是林教头！"

那人面色白净，眉宇间似有郁郁之色，正是前东京八十万禁军教头，**豹子头·林冲**！他见宋万说话，也回道："不敢当。你们叛出梁山泊，我奉军师之名，将你们带回梁山。请不要让兄弟我难做。"

宋万怒道："别人来抓我，我也认了，怎么你林冲也这般不明事理？晁天王没死，这件事你知不知道？"

林冲听了宋万的诘问，并不作答。

宋万又道："当年晁天王收留你，如山一般的恩情，你有没有报答？现在竟做了宋江的走狗，翻脸不认人！当年王伦果真没看错，你不配在梁山做好汉！"

"你们随我回去，我自会向宋江哥哥求情，"林冲将手中丈八蛇矛横在胸前，面露杀意，"否则，就休怪我不念旧人之情，把你们的人头带回去了。"

蛇矛的矛尖在月光下，闪烁着刺眼的寒光。

第十六章 覆灭

自从施恩走了之后，桃花山就没有一天太平日子。

先是李忠、周通等头领公然反对杨采苓的决策，认为与少华山、二龙山联盟对抗梁山，才是上策。他们对杨采苓的一意孤行颇有微词，况且这决定完全是感情用事，根本没有为山寨的弟兄着想。

杨采苓则对这些流言蜚语置之不理，整日把自己关在房内，埋首于山寨事务。

她虽是女流之辈，但决策果断，思路清晰，胆识过人，比之李忠强了不知多少倍。上位这些日子，声望一日高过一日，山寨上下无不对她俯首帖耳。是以就算有不利于她的言论，也丝毫动摇不了杨采苓在桃花山的地位。

另一方面，因在山中发现梁山泊的探子，杨采苓极为重视，命玄武负责山寨守备，李忠、周通协助，各领壮士百人，日夜巡视。众人都忙碌了起来，这下可冷落了延庆公主。她从京师来到这桃花山已有数月，尽管一路上惊险不断，但也总强过待在深宫里，和那些个太监宫女朝夕相处。她性子活泼，最怕气闷，这一连数天只能在院子里踱步，还不如要了她的命。

这天，延庆公主吃过午饭，走出院子，去山林散步。出门时，她身后跟着两个随从，高瘦的叫张五，矮胖的叫李六，均是桃花山的喽啰，奉杨采苓之命保护延庆公主的安危。

延庆公主一路上听张五绘声绘色地说着江湖上的奇闻，故事又惊又险，比闷在院子里快活多了。三人走了几里路，忽然听见水流的淙淙声，走过去一看，是一条山溪。延庆公主正走得口渴，见溪水潺潺，清澈见底，便蹲下来掬水喝。她喝了两口，才想起张五、李六也走了半天的山路，恐怕也渴了。

延庆公主道："你们也来喝点水吧。"说话时也不回头。

话说完了，也没人应她，反而听见枯枝被踩断的响声。

延庆公主回头去看，发现身后空无一人。原本护卫在她背后的张五和李六，仿佛人间蒸发一般，没了踪影。

"张五！李六！你们去哪儿了？"

延庆公主朝着四周喊了一圈。除了山风吹过树叶发出的响声，什么回应都没有。

他们刚才站立的地方，左侧都是嶙峋的岩石，躲不了人，右侧有片林子。延庆公主心头疑云大起，隐隐感到不妙。张五、李六二人虽说不上十分可靠，但也不会平白无故失踪。只有两种可能，要么是在延庆公主喝水时，出现突发事件，两人来不及提示公主，便已采取行动，要么就是两人在短时间内，俱已遭遇不测。

延庆公主抽出腰间匿藏的匕首，反握手中，小心翼翼地往林子深处走去。她觉得第二种可能性极高。因为踏入林子后，她发现地上的枯叶沾有斑斑血迹，且尚未干涸。

晌午时分，阳光直射在树叶上，使得密林中树影斑驳，让人迷离恍惚。延庆公主打起十二分精神，缓步朝前移动。她心里已猜到几分，张李二人若遭毒手，必是梁山泊的人已潜上山来，想打桃花山个措手不及！

张五、李六二人武艺平平，但也绝非普通的喽啰，对方能一声不响地将他们俩同时结果，武艺之高，可想而知。

延庆公主越想越害怕，不由放慢了脚步，心里也打起了退堂鼓。

突然，耳边传来哗啦一声巨响，一具尸体从天而降，垂吊在她右上方的树枝上，左右晃荡。延庆公主吓得大喊一声，摔倒在地。她定眼一看，被吊死在树上的人，正是方才生龙活虎的张五。她还来不及站起身来，左侧也哗哗哗响起一片树枝折断的声音，另一具尸体也被抛下，脖子上缠绕着一根粗绳，吊在高树上晃荡。那是李六的尸体。

“什么人！你们想做什么！”延庆公主挥舞手里的匕首，试图恐吓对方，“有种的出来，和本宫决一死战！躲在暗处算什么英雄好汉！来呀！”尽管她知道，这根本没用。

不知从哪儿传出了一声娇笑，听声音像是个女人。

延庆公主已吓得语无伦次，胡乱说道：“你……你不是男人……也不打紧，你出来，不出来不是巾帼英雄！”

她话音刚落，从悬着两具垂尸的大树上，各闪出一个人影，身披黑衣，但瞧不清面目。

延庆公主手忙脚乱地从地上爬起，双手握住匕首，刃尖向前，手臂不停颤抖。她吞声忍泪，心里念道：“玄武个死和尚，关键时候，不知死到哪里去了！本宫要是有个三长两短，回头让父皇诛你九族！”

她正想着心事，耳边又传来一阵笑声，距离极近，仿佛就在身后。

这一惊可非同小可！她蓦地挥起匕首，向后横劈。谁知站在她背后那人早有准备，身形一避，延庆公主就劈了个空。趁她收招之时，那人一个跨步，双手倏出，用擒拿手将延庆公主手中的匕首夺下。

兵刃脱手，延庆公主大惊失色，同时也知道自己与对方的拳脚功夫差距极大，动起手来，根本讨不到便宜。此刻对方只需反手一刺，她必定当场毙命。正当延庆公主准备闭目待死之时，那人又发出一阵银铃般的笑声。

延庆公主感到奇怪，睁眼一看，惊呼道："琼英，是你！"

仇琼英朝她一笑，双膝跪地，恭恭敬敬地将匕首双手奉上，口中道："属下冲撞了殿下，罪该万死，请殿下恕罪。"与此同时，两棵高树上的人影也从枝头跃下，分别跪在延庆公主两侧，齐声道："皇城司亲事官救驾来迟，请殿下恕罪！"

"原来是你们，平身吧……"延庆公主见是朝廷的人，悬着的心才放下。

三人起身后，仇琼英又道："我们原本以为公主被徐燎掳走后，一直匿藏在二龙山。派人查了很久才知道，原来公主殿下已被转移到了这里。其中花了不少时间，让殿下受苦了。"

延庆公主见仇琼英言辞恳切，整个人也瘦了一圈，想来这几个月她一定吃了不少苦，内心颇为自责，挥了挥手道："好啦，本宫不怪你们。"她抬头看了一眼张五、李六的尸首，心中又多了几分愧疚，不禁喟然长叹。

仇琼英环视四周，警惕道："殿下，这里不宜久留，请速速随我们下山。"

延庆公主犹豫道："这个……不如你们先走，我……"

“殿下，要是被桃花山的匪盗瞧见，我们想走也走不了啦！”

尽管内心百般不愿，但拗不过仇琼英的催促，延庆公主只得随他们离开。

他们为了避开桃花山的哨站，不走大路，只挑曲折崎岖的羊肠小道行走。延庆公主故意走得很慢，希望玄武能带人追上。可眼看离山脚越来越近，也没见到桃花山半个人影。有几处理应分派人手巡逻，却也不见巡视的喽啰。

仇琼英瞧延庆公主脸上阴晴不定，以为她害怕被追上，笑着道：“殿下不必忧心，桃花山的匪盗们正自顾不暇呢！”

“自顾不暇？”延庆公主问道，“什么意思？”

“我们来此之前，便已探得卢俊义所率领的梁山大军，已屯兵山下，随时准备对桃花山发起进攻！”

“这……这不可能……若是有大军来袭，为何山寨里的人不知道？”

仇琼英冷笑道：“桃花山四下所布置的哨站，早就被梁山泊黑风亭的刺客捣毁。探子都被割了脑袋，还有谁回去替‘毒药师’报信？”

杨采苓用毒烟制服桃花山群雄的消息已传遍江湖，这“毒药师”三个字，便是江湖中人赠予她的诨名。这件事，她自己却不知道。

延庆公主听到这个消息，脑中一片混乱，内心深处，只有一个声音不停在喊：“必须回去，把这个消息告诉杨采苓！”

眼下有三名皇城司的高手在她身边，怎么回去报信呢？

或者当着仇琼英的面，表明立场，并以自己公主的身份命令他们协助桃花山众人。不过就算她这么做，皇城司亲事官们也有权拒绝。毕竟桃花山大多是作奸犯科之辈，为正道人士所不容，帮助他们，就等于公然与朝廷作对。

“最晚不过今夜亥时，卢俊义就会发起总攻。届时，这桃花山将变成一片火海。”

仇琼英的口吻，就像在述说一件稀松平常之事。而这些话传入延庆公主耳中，却字字如针尖般扎入她的心头。

朝夕相处数月的伙伴们，命在旦夕，而她却什么都做不了。

对于延庆公主来说，是表明立场赌一把，还是置若罔闻听之任之，她必须做出抉择。

宋万此时已极为愤怒，手掌按住腰刀，随时准备冲上前去，与林冲厮杀。虽然他知道，自己的实力远远不及林冲，贸然上前，也不过送死而已。杜迁瞧宋万的表情，知他内心所想，忙伸手捏住他的臂膀，缓缓摇头，示意他不要轻举妄动。

所有人都在屏息等待着。只要林冲一声令下，梁山的数千追兵就会向他们冲来，两军兵力相差太远，元老兵团完全无法招架。

林冲身边忽然有一人喊道：“林教头，和这些个叛贼啰唆什么，一股脑杀了便是！宋江哥哥也不会因此怪罪于你！”那人身披战甲，手里提着一杆长枪，目露凶光，正是梁山排行八十位的头领，**小遮拦·穆春**是也。

此人曾是江州揭阳镇的恶霸，仗着其兄穆弘的声威，连官府都头都让他三分。外人若想在揭阳镇谋生，必先到穆家庄拜谒。因其兄穆弘在少室山被晁盖一箭射死，是以对二龙山一派恨之入骨，对待叛军，自然也不会客气。

“穆春，你仗着你哥哥横行梁山，自以为是，实则庸才！有种的话，来与我单打独斗！我要是怕你，就不姓宋！你敢是不敢？”

宋万抽出腰刀，刀刃直指穆春。

他早就看不惯穆春的为人，故而见了他，便破口大骂。

穆春冷笑一声，喝道："说我庸才？宋万，你虽是梁山元老，这些年又做了什么？宋江哥哥仁义，养你这个废物，换作是我，早就逐你下山了！"

宋万听了，一张脸气得通红，骂道："没用的杀才！只敢躲在林教头身后叫嚣，有种的上来，咱们比比，我让你下黄泉陪你大哥！"

这句话极为刺耳，穆春一听，登时怒火攻心，大喊一声，正要冲上前去。他身后的士兵见步军将校要上，也准备追随他上前进攻。

谁知就在这个时候，突发变故！

穆春拍马上前，林冲忽然旋转丈八蛇矛，以矛尾向穆春的后颈猛然扫去！

这一记变故来得十分突然，穆春毫无准备，后颈蓦地受到重击，整个人摔下马去，头跌在地上，顿时昏死。便在此时，追兵中不少人偷偷将一块红布绑在右手手臂，然后抽出腰刀，纷纷往临近的人身上招呼！

不少梁山追兵还没来得及反应，便身中数刀，立时毙命。也有人反应及时，拿手中的兵刃与红布兵对砍。但还有更多追兵敌我难分，不知该如何是好，犹豫间要害中刀，也纷纷倒下。一时之间，追兵阵地乱作一团，相互砍杀起来！

"你们快走！"

林冲朝宋万大吼一声，扯动缰绳，手中蛇矛倏出，当场扎死一个喽啰。

其实那些手臂绑红布的喽啰，皆是林冲的亲兵。他们按林冲的吩咐混于追兵之中，随时准备发难，替叛军阻挡梁山泊的追击。

林冲出手如电，瞬息之间便击杀了四五个准备追击元老兵团的喽啰。他见宋万、杜迁等人呆立原地，又喊道："快走！快去找晁天王！"

这时宋万他们才反应过来，林冲是在拖延时间。对于刚才唾骂林冲的言语，宋万内心十分惭愧，大喊道："多谢林教头！"慌忙下令撤退。

林冲骑在马上，在千军之中进进出出，如入无人之境。一来他在梁山地位极高，就算叛乱，也没人敢对他下杀手。二来林冲的马上功夫已然纯熟，普通的杂兵，没几个能抵挡得了他猛烈的攻势。

张闲也随元老兵团开始撤退，他回头望去，见身后梁山追兵血流成河，尸骸遍地，心中不忍，别过头去，不敢再看。元老兵团急追了三四里，这才赶上大队人马。此时，身后的杀伐已经没了声响。

东京城，仙音阁。

梁红玉倚靠在阁顶上房的栏杆上，望着窗外的景色。已是夜里亥时，御街上仍是来来往往的人流，好不热闹。路上行人的欢笑声，街上小贩的叫卖声，还有仙音阁内丝竹管弦奏出的乐声，无不传入她的耳朵。

尽管眼前的场面是这样的热闹，可梁红玉的心中却无比的冷清。

尤其在见过那个人之后，这种感觉越发强烈。

按理说，像她这样生在风月场的女人，于情感之事，早就该看得淡了。她也知道，男人这东西，天下乌鸦一般黑。可梁红玉还是觉得，他和经常光顾仙音阁的男人不一样。天下武艺比她强的男人，有很多，但能被大家称为英雄的男人，却并不多见。

这时，房间的门被人轻叩三下，梁红玉应了一声，过了一会儿，走进来一个丫鬟，先向她行了个礼，才道：“小姐，冯老板又来找你了……”说完就流露出为难的神色。

“跟他说，我没空。”梁红玉头也不回地道。

“五天前也这么打发的。他说这次在东京城逗留那么久，就是想听小姐弹一首曲子给他听。一首曲子就行。”丫鬟像是在恳求。

“来几次也没用，就说我身体不适，让他找其他姑娘。”

“可是……”

“怎么？我的话你听不懂是吗？”梁红玉回过头来，眼神中似有愠意。

“是，是，我这就去打发他！”丫鬟吓得忙低下头，退出房间。

过了半晌，楼下传来争吵的声音。梁红玉忽听得啪的一记响声，她心想，定是那冯亮老板气不过，抬手打了翠玉这丫头。

梁红玉轻叹一声，目光又投向窗外。

从少室山回到东京之后，她就没离开过仙音阁。没有刺杀任务的时候，她也拒绝再像以往那样接待客人，为他们奏曲吟诗。在遇到那个人之前，她从来没嫌弃过自己的身份，如果不是仙音阁的虫二爷，她恐怕早在幼时就饿死在街头。但遇到他之后，梁红玉内心深处总有一个声音在哀叹，在惋惜，在懊悔。

——此刻，不知他在做什么呢，想必正在为国事操劳吧。

她正胡思乱想，忽然听见门口又响了脚步声。这次的人没有敲门，而是直接走了进来。

梁红玉不需回头，也知道来的人是虫二爷。

“怎么了？又闹情绪啦？”

说话时，虫二爷脸上还是挂着笑容，仿佛他只有“笑”这一个表情。

“没什么。”梁红玉还是不去看虫二爷的脸。

“唉，你们都是我从小带大的，又有什么事不能和我说的？红玉，那冯老板可是山西的大盐商，你下楼对他笑上一笑，就有大把的黄金进账，这么好的生意，你也不做？”

“实在对不住……”

“不做就不做，也没什么大不了的，”虫二爷哈哈一笑，挑了一张交椅坐下，“这冯老板仗着有几个臭钱，对人呼来喝去，没有君子风度，我其实也不喜欢他。可是前天的陆烨华陆二爷玉树临风，会谈天，善戏谑，诗词歌赋是样样精通，你怎么也不见他？”

“我……我不想……”梁红玉不知该如何作答。

“也是，这陆二爷啊，家里有八房妻妾，每日却还在烟花之地流连忘返，也是个浮滑浪子，不见也无妨。”

梁红玉知道，她不愿意做的事，虫二爷从不会勉强她。

“对不起……我……”

“红玉，你是不是有心上人了？”

梁红玉一惊，抬头向虫二爷望去。见虫二爷还是笑嘻嘻的，并无责怪她的意思。

“你正值青春，喜欢男人，再也正常不过，”虫二爷走到她跟前，柔声说道，“只是这天下间的男人，皆是薄情之人。今日爱你，可为你去死，回头见了新人，便把你忘了干干净净。嘉祐年间，一个穷书生来京师赶考，得到一位山东歌伎资助，并许诺考上了状元，娶她为妻。及第之后，这书生背信弃义，为求荣华富贵，与相国之女成了亲。你自小在仙音阁长大，这种事还见得少吗？”

“他……他不是那种背信弃义的人。”

“就算他是个讲仁义的汉子，可你别忘了你的出身。天下间的男子汉，有几个愿意娶青楼女子为妻的？即便有，结果也多是被抛弃，或是做个小老婆，整日受他人白眼，郁郁而亡。红玉，这世间男子皆不可信，唯有孔方兄不会背弃你。”

梁红玉低头不语。

“好啦，不说这件事。昨天官家又来找师师，我和李妈妈好不容易才瞒过去，说她害了风寒，咳嗽厉害，官家这才半信半疑地回宫。你可知道这件事？”虫二爷见她这样，知道她脾气倔，便扯开话题。

“官家来了？”梁红玉忙问道，“他是一个人来的么，还是带了将军护卫？”

虫二爷不知她何以要问“将军”，皇帝逛青楼，怎么会带将军？于是便不理会她，继续道：“不仅师师不见了，元奴、琪花、凤羽这几个，也都见不到人影。红牌没了，老客都去了对面的万花楼，咱们生意可损失惨重啊！我就奇怪了，这些日子也没任务，师师带着她们去做什么了呢？”

“别问我，我可不知道。”梁红玉侧过脸，避开虫二爷的目光。

“你去告诉师师，可别给我捅娄子！到时官家怪罪下来，咱们仙音阁上上下下，都要掉脑袋。”虫二爷说完这句话，嗟叹一声，便走出了房间。

说实话，主上究竟想做什么，梁红玉也不明白。她竟把皇帝晾在一边，跑去梁山泊救什么店小二，说给别人听，恐怕都没人会信。

自己又何尝不是呢？

梁红玉坐在桌前，单手支颐，眼睛瞧着油灯上跳跃的火苗，脑海中尽是韩世忠的英姿。

她和他之间的差距，犹如霄壤，一个是名震天下的青年将军，一个是身处青楼的烟花女子，硬是要在一起，也会引人耻笑，有辱他的名声。想到此处，梁红玉只觉得面颊发烫，心道：“我这般没羞没臊地想他，若是被人知道了，那可丢死人了！”

话虽如此，但只要一想到韩世忠的样子，梁红玉心头还是被一股柔情蜜意包围着。

忽然，又是三下敲门声响起。

梁红玉有些厌烦，没好气地道：“我不是说过了么，告诉冯老板，我没空。”

门外的人并没有离开，而是自说自话地推开门，走了进来。

梁红玉转过头去，正想怒喝，见了那人的模样，登时语塞，整个人僵在座椅上。

进屋的人体格高大，浓眉星目，竟就是她朝思暮想的韩世忠。

韩世忠见了梁红玉，深深一揖，道：“梁姑娘，深夜打扰，实在难以为情。”

过了半晌，梁红玉才蓦地惊觉，起身道了个万福，柔声道：“将军言重了，这仙音阁就是通宵达旦做生意的地方，何来打扰一说。”她没想到心上人会忽然降临在自己眼前，面上虽表现得很平静，内心却是惊喜交集。

“在少林寺时有所冒犯，请姑娘恕罪则个！”

“咱们各为其主，也说不上冒犯不冒犯。何况你将我困于少林寺中，没把我交给官府，也未对我狠下杀手，我倒是应该谢谢将军才是。”

“不敢，不敢。”韩世忠说红了脸，忙低下头去。

“将军今夜来这儿，是想听曲呢，还是喝酒？”

韩世忠见她误会自己，立刻澄清道：“实不相瞒，我这次来仙音阁，是专程来找梁姑娘的。”他说完才觉得词句中有歧义，忙修正道：

“我找梁姑娘，有要事相商。”

“喔？”梁红玉轻皱秀眉，“将军武功盖世，深谙兵法，我一个弱女子，也没什么见识，不知将军有什么事，需要找我来商议？”她嘴上这么说，心里却暗暗有些失落。

韩世忠转身合上房门，正色道：“为了梁山泊的事。”

“梁山泊？”

“正是。”韩世忠点头道，“这件事，也只有你能帮我。”

浩浩荡荡走了好几日，大队人马终于进了青州地界。翻过了杏子山，再有六七十里路，便可到达二龙山。樊瑞见天色已晚，便提议就近埋锅做饭，当晚就在山上歇息。

这日晚间，因怕梁山追兵赶至，阮小二提议夜里轮番站岗，众人均无异议。扈三娘、玉娇枝与谢素秋伤重，张闲不得不用临时掌握的药理知识，在山上采集草药，替她们疗伤。张闲虽已将数本药典倒背如流，但临场操作还是首次，是以瞻前顾后，十分犹豫。

中国医道博大精深，稍失分寸，疗效极为不同，正所谓差之毫厘，谬以千里。这个道理，张闲自然明白。扈三娘见他下药时犹疑不决，便宽言道：“张闲兄弟，不打紧，你尽管放手治，反正左右是死，姑且搏一搏。”

张闲见她们三人身体越来越虚，咳嗽不断，时而还会呕血，继续拖下去怕会有后遗症，于是便把心一横，死马当活马医。幸好他记忆超群，配制药材的分量丝毫不差，煮水的火候也很精准，因此按古方熬制出来的药汤，把药效都发挥到了极致。他按照每个人不同的伤势，分批调制，三女服用后，挨到天明，内伤均有好转。

天亮之后，众人继续赶路，向着二龙山前行。

走在二龙山的山道上，张闲忽然觉得有些奇怪。山岗没有哨站，一片死寂，山门处也无人把守，完全不像有人在山顶扎寨的样子。不仅张闲，李师师也察觉到了些许不对劲，数千人驻扎的山头，怎么会闻不到一丝人的气味？

沿着山道爬坡，路上开始见到许多凌乱的脚印，还有一些散落的兵器。

——难道有人攻上宝珠寺了？

张闲与李师师策马上前，赶上做先锋的芒砀山群雄。

“樊道长！”张闲在队伍后方喊道。

“掌教真人，请问有何吩咐？”樊瑞对张闲十分尊敬，如果不是张闲制止，他都想要下马给张闲行礼。

“我觉得这里有点古怪……”

“古怪？”樊瑞不解。

“你不觉得太安静了么？”

经张闲这么一说，樊瑞才蓦然惊觉。其实他在上山之时，也感到有些不对，但他却说不出何以会有这样的感觉。

——确实太安静了。

明明已经接近二龙山的本部宝珠寺，可山野中除了鸟虫鸣叫的声音，什么都听不见。

又行了一里，张闲发现地上散落的兵器更多了，兵器上还沾染着不少鲜血。张闲与樊瑞翻身下马，上前查看。他们眼前的山雾渐渐退去，遥见三百尺远的地上，似乎还倒着一个人影。张闲与樊瑞向那人影奔去，间隔渐近，他们才看清那是个躺在地上的年轻喽啰。从他的穿着打扮来看，应该是二龙山的人。

“究竟发生了什么事！”张闲扶起那人，急切地问道。

这喽啰此刻已是气若游丝。他努力地想说些什么，可是嘴一张一合，听不见声音，如同一条离水许久，垂死挣扎的鱼，除了鲜血泡沫，什么都吐不出来。勉强了抽动几下，终而一口气没能提上来，瞠目死去。

樊瑞深吸一口气，呛的一声，拔出长剑，左手捏剑诀，右手将剑身齐眉。在他的身后，芒砀山群雄也纷纷亮出兵刃，生怕四下有敌人埋伏。

李师师走上前来，伸手往死者的怀中探去。这不探不打紧，一探之下，见多识广的李师师也惊呆了。这喽啰的整个胸腔都陷了下去，形成一个触目惊心的“凹”字。胸膛一十二根肋骨，皆已崩裂，胸廓已不成形，肋骨尖端也深深插入肺脏。受了如此重的内伤，还能活到此时，已属奇迹。

“把他的衣服撕开，让哀家看看！”

樊瑞把长剑搁在地上，双手撕开死者的青衫。

李师师迅速扫视了一遍，果然不出所料。这喽啰浑身上下，并无兵刃造成的外伤，唯一的致命伤就是胸口那团已变黑的瘀青。他是被人一脚踹死的。想到这里，李师师背脊感觉到了一阵寒意。在她的印象中，如此霸道绝伦的力量，即便是武松的绝技玉环步、鸳鸯脚也未必能够做到。

只是一脚，就把一个成年人踢成如此重伤……

李师师不敢想下去。

“兄弟们，继续往前瞧瞧！”樊瑞手持长剑，冲在队伍的前方，李衮、项充各持兵器，紧随其后。李师师也不敢托大，抽出腰间的蜂芒剑，仗剑在前，让张闲躲在她的身后。众人怀着紧张的情绪，缓步朝宝珠寺前行。

渐渐地，空气中飘来一股刺鼻的气味，那是焦炭的味道。离宝珠寺越近，这股味道就越发浓烈。

山道两边，开始陆陆续续出现了许多躺倒在地的山寨喽啰，无一例外都断了气。

忽然有人发出一阵呻吟。是从右侧传来。张闲闻声望去，只见一个喽啰尚存一息，他赶忙跑上前去，将这人扶起。李师师见这喽啰转眼就要死去，忙问道："究竟发生了什么事？花和尚呢？武二郎呢？"

"都……死了……所有人……我……"

"你是说你们的几位头领都死了？那……那栾大哥，栾廷玉怎么样？还有，唐兄弟现在身在何处？唐兄如此机智，武艺又高，怎么可能就这样轻易……"张闲不停发问，希望能得到一个令他安心的答案。

"所有人……所有……"

这喽啰其实已瞧不清眼前的人究竟是谁，头脑也一片混沌。

"不可能，栾大哥、唐兄弟，他们没那么容易就死的……"张闲有些失神，口中喃喃起来。李师师怕他太过伤心，伸手拍了拍他的肩膀，以示宽慰。

"是谁？谁攻的二龙山？"樊瑞急忙问道。

"好……好多人……是梁山……卢……"可惜他尚未说完此人的名字，便把头垂到一边，命归黄泉。

山风呜呜地吼了起来，空中的云慢慢升腾，扩散开来。四周寂寥无声，天空亦暗了下来。

"梁山卢俊义。"李师师说出了那人没说完的话，"宋江果然派人奇袭了二龙山。"

接下来，众人陷入了一阵沉默。

其实宋江派人攻打三山，他们并不意外，意外的是竟打得如此轻松，如此彻底。

他们继续往前走去，跨出的每一步对他们来说，都十分艰难。直到站在宝珠寺前，他们才彻底心灰意冷。

说是人间地狱，一点也不为过。

所有的一切都已化为焦土，宝珠寺被大火烧得只剩下了断瓦残垣。寺前的空地上，躺着密密麻麻的焦尸，其中大部分的面目已无法辨认。

众人下马，手持兵刃戒备。过了大约一顿饭工夫，阮氏水师、仙音阁众刺客、元老兵团也都来到了宝珠寺前。见到这般场景，无人不惊愕，无人不叹息，不少在梁山与鲁智深、武松等人私交好的头领，也纷纷陨涕。

扈三娘更是放声痛哭，自责不已。玄泓和尚见状，不忍去看，只是双手合十，默默低头诵经。

面对堆积如山的焦体和无数断剑碎刀，张闲再也忍耐不住，泪水簌簌而下。

他们千辛万苦从梁山来到二龙山，谁知竟是一场空。

“这里到底发生了什么……为什么会这样！”张闲仰起头来，朝着半空吼了一声。

“为什么会这样！”

“为什么会这样！”

“为什么会这样！”

嘶吼的回音，不断地在山间激荡。

这遍地的焦尸，究竟哪一个才是栾廷玉，哪一个才是唐霄？就算张闲拥有一双“龙虎瞳”，也实在难以分辨出来。

皇城司指挥使秘密奏报宋徽宗：

宣和三年冬，鲁智深、史进等头领叛变，宋江遣卢俊义率梁山逆鳞军讨之，间道疾驰数日夜，抵其巢。以闪电之姿，逐次攻破少华山、桃花山和二龙山。于一月内，将三山势力尽数瓦解。三山诸帅，亦被其诛杀殆尽。

更多精彩，敬请期待《水浒猎人 4：大结局》

《水浒猎人4：大结局》即将出版，精彩预告：

下了二龙山后，张闲、李师师等人虽然一时间心如死灰，却仍抱有一丝希望。商议之下，一行人藏身于郓城县附近的景阳冈上，以四下出没的猛虎为屏障，并决定一边搜寻二龙山和桃花山的残兵，重整兵马，一边派人寻找栾廷玉、唐霄、鲁智深、杨采苓等人的下落。而另一边，侥幸带着残兵驻扎在荒山上的杨采苓也是同样心情。

深夜时分，一个身穿夜行服的蒙面人蹑手蹑脚地出现在景阳冈上。他到底是宋江派来的细作，还是为栾廷玉等人传递消息的斥候？

这场众人与宋江之间的仇怨，也在蒙面人的到来后，终于走向了收场……